爱情也许近，也许远，我知道你在那里

原山 著

南方出版传媒

花城出版社

中国·广州

图书在版编目（ＣＩＰ）数据

爱情也许近，也许远，我知道你在那里 / 原山著
. -- 广州：花城出版社，2015.8
ISBN 978-7-5360-7613-6

Ⅰ．①爱… Ⅱ．①原… Ⅲ．①长篇小说－中国－当代
Ⅳ．①I247.5

中国版本图书馆CIP数据核字(2015)第170826号

出 版 人：詹秀敏
责任编辑：余红梅
技术编辑：陈诗泳
内文版式：李玉玺
封面设计：刘　萌
封面摄影：林　剑

书　　名	爱情也许近，也许远，我知道你在那里	
	AIQING YEXU JIN YEXU YUAN WO ZHIDAO NI ZAI NALI	
出版发行	花城出版社	
	（广州市环市东路水荫路 11 号）	
经　　销	全国新华书店	
印　　刷	广东新华印刷有限公司	
	（广东省佛山市南海区盐步河东中心路 23 号）	
开　　本	880 毫米 ×1230 毫米　32 开	
印　　张	11.375　1 插页	
字　　数	240,000 字	
版　　次	2015 年 8 月第 1 版　2015 年 8 月第 1 次印刷	
定　　价	35.00 元	

如发现印装质量问题，请直接与印刷厂联系调换。
购书热线：020 - 37604658　37602954
花城出版社网站：http://www.fcph.com.cn

「目录」

［ 1 ］ 那一年，
倘若嫁了你

苏蔚走到图书馆门口，抬眼望一望钟楼上沧桑的古铜表盘，离讲演还有二十分钟。瞥见布告栏里有她的演讲海报，上面是一支箭穿透一颗心，红心滴落一滴鲜血，染红几个大字：爱情心理探讨；演讲者：苏蔚，德国海德堡大学心理学博士。

探讨爱情要这么血淋淋？又一想，也许不过分。被爱神丘比特的箭射中，会受伤，会流血，可以说幸福是血染的。苏蔚边想边朝报告厅走。

咖啡店里走出一个背双肩包的女子，乳白色风衣，银色眼镜，像个研究生。她认出苏蔚，爆米花似的蹦出两句："是苏博士吧？跟电视上一样。"

苏蔚微笑点头。两周前，电视台"文化天地"栏目播放了对她的专访。

这位研究生正是来听苏蔚演讲的，两人一起朝报告厅走。

著名心理学家苏蔚博士到多伦多城市大学演讲的消息六个月前就在网上传开了，组织者还配上了一分半钟的视频。

从视频点击率和网上的讨论看，宣传达到了预期效果。组织者决定把会议地点改到图书馆最大的报告厅。

这位研究生告诉苏蔚，同学们得知演讲内容是针对大家网上的提问，都说这个方式好，想问什么就问什么，不怕难为情，反正没人知道谁问的。她留了十个问题，本打算问九个，后来想干脆凑个整儿。苏蔚恍然大悟："你就是那个问题最多的人呀，把你的问题归纳分析，可以写一本书啦。"

两点整，报告厅座无虚席，主持人简单介绍苏蔚。屏幕上打出她发表的著作、文章，学术论文有一半用德文发表。主持人是一位40多岁的副教授，也曾留学德国，他开玩笑说，如果大家愿意，苏博士可以用德语演讲，但德语听起来要有耐心，他自己刚到德国时，听导师讲述一种新论点，便频频点头，连称有道理。谁料想，教授讲到最后用了否定句式，完全反对之前陈述的观点。吃一堑长一智，他从此学会屏住呼吸听句尾，任凭句式复杂，枝节烦琐，面不改色心不跳，终于在最后听到关键词，听完就晕过去了。

　　会场气氛活跃，主持人把讲台交给苏蔚。她在开场白中首先感谢大家冒雨赶来，也感谢大家在网上的讨论提问，如今的年轻人看问题深刻，不少想法让她深思。她反复修改演讲稿，尽量使演讲内容覆盖网上所有的提问。

　　话音刚落，响起热烈掌声。苏蔚望着一双双期待的眼睛，感慨地讲：

　　黑格尔曾说，"人性千年不变，而且从不吸取教训"。但愿大家作为有知识的新一代，能走出常规，意识到我们今天情感上的困惑前人都曾经历过，相恋、失恋、忠诚、背叛……有人甚至付出了一生的代价。

　　不论男女，恋爱交友都容易受伤，情感挫折往往让人痛苦不堪。要防止走弯路，就要在寻找伴侣前，先认识自己，弄清该跟什么样的人分享今后生活。究竟是跟自己相似的人，还是所谓互补的人呢？认为应该找跟自己相似的人，会举出生活中许多实例；而认为伴侣应当互补的人，也会举出不少成功的例子。到底谁正确？

如果仔细分析那些成功的互补伴侣，不难发现，他们或许性格不同，一个内向，一个开朗，但在其他重要方面，比如人生观、价值观，对人对钱的态度等，他们是一致的，否则难以和谐。

荷兰心理学家佩特奈尔·迪珂丝卡教授做过一项研究："我们知道自己想找什么样的伴侣吗？相似型还是互补型？"她调查了760位男女，发现不少人偶尔会被互补型的人吸引，但双方通常不发展成固定的恋爱关系，"如果人们找到的伴侣是互补型，两人的不同之处会让人觉得新鲜，让人兴奋，但维持关系的平和，还要靠两人的共同点或者说相似部分"。多数人是找跟自己相似的人，90%的人强调在社会生活方面相似。

一旦找到约会目标，男女初次见面的心态也不同。美国心理学家研究指出，女人见到男人，先对他的气质、谈吐、仪表有初步印象，如果外在的一切合乎标准，女人希望进一步了解。男人交往女人，在不同阶段会问自己三个问题。初次见到约会的女人，他问自己，她在床上会是什么样子？当他考虑是否确定恋爱关系时，他问自己，我愿为她放弃其他的可能性吗？决定结婚前他会犹豫：现在就挺好，结婚会有改变吗？

有的女生恋爱三次，三次被甩，常见的原因是遇到尚未打算安顿的男士。美国《全国婚姻调查》显示，81%的男人感到该结婚时才安顿下来。哥伦比亚大学临床心理学教授艾伦·格尔次认为，"男人结婚，49%是因为遇到合适人选，51%是由于他觉得该结婚了"。在没有进入"安顿状态"前，"男人会有意无意地挑女友的毛病，最终找出分手的理由"。

听众席鸦雀无声。从一双双专注的眼睛，苏蔚知道大家感兴趣，心里顿时踏实许多。她继续讲：

曾有女生问，男生都说要找有自信、能自立的女孩当女朋友，我就是这样一个女孩，为什么没男朋友？他们反倒喜欢能力有限、没安全感的女生。

纽约市立大学心理学教授克罗蒂娅·布鲁鲍调查了146位大学生，认为那些把自己归为自信组的女生，待人处世我行我素，给人的印象是"嘿，我就是这样"。这种表现容易让人看作是傲慢。毕竟，自信和傲慢不同。当男生自己不像女孩一样自信，便怀疑自己能否把握一个锋芒毕露的异性。一方不积极，关系难发展；接触一旦不顺，自信女生不愿尽全力挽救。

与此相反，认为自己"没安全感"的女生，通常不表现得很要强，与人交往关注对方的感觉，给男人怜香惜玉的想象空间，异性之间容易形成良性互动。即使与男生交往不顺，她们也不轻易放弃。男人，即便事业成功，也怕求偶受挫。柔顺、无助的女性让男人觉得"她需要一个靠山"，进而演变为"她需要我"。男人有知难而退的天性，也有"英雄救美"的本能。

也有男生问，我是一个好男人，为什么找不到女朋友？女孩跟他讲，你不错，但我只想跟你做普通朋友。他不明白，有些不尊敬女生或者不负责任的男生为什么倒有女孩喜欢。

每人的自身条件无法选择，比如身高长相、家庭出身，但如何追求女生，则可以学习。美国《实验社会心理学》发表对奥克拉赫马州立大学单身女生的调查，发现90%的女生愿意跟已经有女朋友的男生约会。

此话一出，有人交头接耳，窃窃私语。苏蔚解释，这里的问题是愿跟什么样的人约会，落脚点在于什么人。

不是说这些女生毫无顾忌，看到有女友的男生，她们就去抢。这项研究的发起者，心理学家麦丽莎·巴克莱和婕西卡·派克认为，有女朋友的男生显然有两点可以肯定，第一，愿跟女生确定恋爱关系。第二，他的品行达到了别的女生对男友的要求。

有位自身条件不错的男生，从没交过女朋友，也不知该怎样跟女孩打交道，犹豫许久，他胆怯地邀请一位相貌平平、家境一般的女孩去看电影，由于紧张，他说话急促，前言不搭后语，女孩回绝了。他没想到。之所以没敢约班上漂亮的女孩儿，就是怕被拒绝。他以为，不太漂亮的女孩接受他的几率大。后来，他又约一位相貌中下的女孩，还是被拒绝了。他非常沮丧，觉得完了，这辈子也成不了家，连不被男生推崇的女孩儿都看不上他。直到毕业，他再也没约会女孩。

后来他工作了，组织一个义工活动，邀请几位年轻人一起参加。在活动期间，他做事认真，有礼貌，待人诚实热情，跟他一起工作的人都对他有好感。其中一位年长的女士很喜欢他，把女儿叫来帮他做事。小伙子从一系列正面信息得到鼓励，从容大方地对待这位同事的漂亮女儿，两人从共同工作到随后约会，后来结婚了。

这件事说明，如果在女生面前表现得不自信，会给她负面印象，唯唯诺诺让女生受不了；如果表现得迫不及待，交往太急太快，也会让女生不舒服。当这位男士撇开杂念，踏踏实实地做义工，渐渐学会坦然地对待女生，终于水到渠成。

奥克拉赫马大学社会心理学家分析指出："一个不认为自己有价值的人，异性不会认为他／她更有价值。拥有伴侣的男人，尤其是关系稳定的男女，他们的言谈举止会表露自信。这样的男人会让女人觉得他们坚强可靠，因此更有吸引力。"

苏蔚讲到这里，正要换一页投影，听众席里突然有人大声问道："如果有一个麻省理工的博士，不管他有没有女朋友，结婚没结婚，你觉得他很有吸引力，就会恬不知耻地去追求吗？"

苏蔚大吃一惊，手里的遥控器掉落在地上。她慌乱地弯腰捡起来，声音带着疑惑和不安地问道："请你站起来说话。"

前三排中间站起一位20岁左右的亚裔女孩，穿浅黄色高领毛衣，乌黑长发披肩，神情冷漠。苏蔚心里问，这个陌生姑娘，为什么有些似曾相识？

苏蔚头脑麻木地站在讲台上，耳边嗡嗡回荡着长发女孩的声音："请问苏博士，如果婚姻家庭顾问抢了别人的丈夫，叫不叫知法犯法，是不是罪加一等？！"苏蔚的眼睛模糊了，似乎看到了二十年前的自己，那是在联邦德国留学的事了，那时叫西德……

20多岁的苏蔚，兴冲冲地朝火车站走着。海德堡跟往常一样，宁静安详，她无论如何也想不到，生活即将天崩地裂。此刻就像大地震前夕，一切如常。

乘火车到卡斯弗需半小时，她走过无数次了。这次坐在火车上按捺不住激动，今天将第一次见到结婚的新房！

新房是套宽敞的一室一厅，李铭钧等了一年多才租到。刚拿到钥匙，他就先去看过，兴奋不已，给苏蔚打电话说，房东更换了新地毯，卧室、卫生间、客厅、厨房全部粉刷一新。跟现在的小阁楼比起来，一步登天啦！卡斯弗大学的留学生大都住阁楼或地下室，要么高高在上，要么地位低下。苏蔚在海德堡留学，也住"至高无上"的阁楼，不仅卧室窄小，卫生间和厨房还跟别人共用，太不方便了。她对这套公寓望眼欲穿！

耳机里播放着歌剧《学生王子》，激动人心的饮酒歌正唱出她的心情。李铭钧电话里说，他买了新版电影《学生王子》的歌曲磁带，英语和德语都有，是苏蔚早想要的。前些天他起早贪黑忙着准备材料，要去参加国际会议，苏蔚打算搬家那天过来帮忙。李铭钧说不必，他的家当少，一车装不满，不必劳驾未婚妻。待新家安置妥当，她只管大驾光临吧。

搬家第二天，李铭钧出差了，跟他们研究所的人一起到奥地利参加机械工程年会，现在人还在维也纳。

伴着卡尔斯伯格王子对爱情的咏叹，苏蔚端详着磁带盒上的彩色剧照，一只脚随音乐轻轻敲打节拍。正要把磁带盒收起来，身边一位慈祥的白发老妇人瞧见赫然醒目的彩照，惊喜地说："《学生王子》？我最喜欢的。想不到年轻人也喜欢。"苏蔚把磁带盒递给她说："西格蒙·罗伯格的音乐。"妇人笑眯眯地接过，望着彩色剧照，英俊王子拥抱一位金发姑娘，她轻声道："音乐是很多年前的，世界已经变了，可音乐不变。"

见妇人凝视剧照触景生情，苏蔚莞尔而笑："这出歌剧对我非同一般，遇见我的未婚夫就在这音乐声中。"

老妇人如同遇到知音，欣然地说："是吗？"稍停，她抚摸着磁带盒，声音悠长地说："我也是。"

苏蔚从她的语调中听出了一丝哀怨，于是关了随身听，摘下耳机。

"他是那一群穿军装的小伙子中最英俊的。"老妇人道。

"二战的时候？"

"1942年7月21日。他24岁。我们相识三个月，他就上前线了，叫我等他。直到今天我还在等。"说着，老妇人笑了，眼角的鱼尾纹衬托一双蓝眼睛，水盈盈，亮晶晶。

苏蔚问："他也来自海德堡？"

老妇人扭过身子，从精致的白皮包里拿出一个红色小薄夹子，打开递给苏蔚。一张发黄的照片上，一位身穿德国军服的英俊小伙子，和一位看上去像是老妇人孙女的金发女孩，那样子还真有些像《学生王子》的剧照。

"他来自曼海姆。"老妇人说。

红色小夹子里似乎仅有一张照片，苏蔚猜，这大概是她唯一的亲人了。她合起夹子，还给妇人，妇人接过，捧在手上，笑眯眯地问："你的王子呢？"妇人的样子很可爱，竟有些小姑娘般的羞怯。苏蔚掏出钱包，里面呈现一张李铭钧的照片："他在卡斯弗大学读机械工程博士，我们下周结婚。"

"太好了，祝贺你！"妇人望着照片高兴地说。

见妇人直率又健谈，苏蔚便跟她讲起李铭钧，说他可不是"一群穿军装的小伙中最英俊的"，但也是从追求者中"五里挑一"。说着，她也带些羞涩地伸出五个手指头。

老妇人的脸笑红了。一时间，列车角落里的白发妇人和黑发女孩，像两个情投意合的小姑娘，不停窃窃私语。苏蔚告诉妇人，她在海德堡大学读心理学博士。老妇人笑着说，以后两个博士在一起，不知该听谁的了。

苏蔚问，按照德国传统，一家之主该是丈夫还是妻子？

老妇人道，当然是妻子了。

火车到达卡斯弗，苏蔚要下车了。一路跟老妇人聊天，知道她孤独地一个人生活了几十年。苏蔚把那盘《学生王子》送给她，说那王子太像妇人的心上人了。妇人过意不去，苏蔚说李铭钧又给她买了《学生王子》，她已经有重了，妇人才再三感谢地收下，她从提包里拿出一块绣着两朵玫瑰花的手绢，送给苏蔚，祝她新婚幸福。

下了火车，苏蔚没有马上离去，在站台上跟老妇人挥手告别。列车徐徐开动，渐渐远去。苏蔚把手上的绣花手绢展开。两朵玫瑰花位于手绢边角，花朵朝绢中心开放，红色花儿由绿叶环绕，紧紧贴在一起，像一对恋人互相偎依，恋人共同仰望前方，那里是一片空白。

苏蔚把手绢折叠好，放进旅行箱，拉起箱子，走出车站。

听众席里站起的亚裔女孩咄咄逼人，苏蔚确信没见过她。沉静几秒钟，她回答："今天我们谈论婚恋心理，不讨论任何人的私生活。请你坐下，以后发言，请先举手。难道你在幼儿园没学过吗？"

长发女孩正要反驳，主持人起身，走到她身边，请她出去。那女生气哼哼地一把拽起书包，眼睛射出两道冷光直刺苏蔚，而后在众目睽睽之下，狠狠拉开门，"咣啷"一声走了。

苏蔚经历过无数次演讲，可谓身经百战。此刻她控制住情绪，继续讲道：

网上有许多关于大龄未婚的讨论。中国世纪佳缘网对67467位单身人士的调查显示，83%的女性等待爱情降临，53%的男性愿意主动追求心仪人选。有人建议，女士降低标准，男士"主动出击"。

对于婚姻，不能迫于压力而草率，无论男女，宁缺毋滥。但什么是"滥"？明确切合实际的择偶标准是每个单身面临的最大问题，因此，今天的实例着重分析他人婚恋得失，供大家引以为戒。对于担心被拒绝而不敢表白的人来说，一种选择是孤独寂寞，另一种是大胆追求幸福，有可能成功而不再孤寂，也有可能失败。失败的痛苦究竟有多可怕？能否解脱？哈佛大学教授的研究会帮你拨开迷雾，科学的理念会给你信心。这里先指出一个普遍现象：挑花了眼。

苏格兰爱丁堡大学心理学家艾里森·林顿调查了 1868 名平均年龄为 34.3 岁的未婚女性，1870 名平均年龄为 35.6 岁的未婚男性，发现大龄未婚人士通常有众多候选人，但选择太多，反倒挑不出来了，物极必反。她的这一研究结果发表在《英国生物学通讯》上。

为什么选择越多，越没有合适的人选？

美国哥伦比亚大学商学院教授什娜·林格曾做过果酱销售实验。在一个超市里分别摆 24 种或 6 种不同果酱，请顾客免费品尝。台子上摆满 24 种果酱，会吸引 60% 的顾客去品尝，但品尝之后，仅有 3% 的人购买；而只摆 6 种果酱时，40% 的顾客去品尝，30%的人尝了以后会购买，就是说，人们品尝 6 种果酱以后购买的机会比尝过 24 种的多 6 倍。

使人眼花缭乱的 24 种果酱让人好奇，人们会感兴趣，但选择太多了，大脑不堪重负，难以确定该选什么，最后什么也没选。

加州大学旧金山分校医学中心的神经学医生罗伯特·贝顿在《相信自己，即便错了，也相信是对的》中说："做出两性关系的决定，取决于诸多因素，外表、性格、性吸引以及经济状况等等，往往不是黑白分明，充满不确定因素。我们面临的问题，不是找不到她／他，而是不确信她／他就是我们要找的。"不管嫁谁娶谁，都不能保证幸福。现实中，未来无法确定，天有不测风云……

苏蔚按照李铭钧给的地址，找到离卡斯弗大学不远的一栋四层楼公寓。提着行李上了二楼，走到209房门前掏出钥匙，心急，门打不开，左右转动两三圈，门终于打开了。

哇，苏蔚一步迈进去，高兴地长舒一口气。多么宽敞、漂亮的一套公寓！仅客厅就比自己住的阁楼大两倍！而且房间高，显得豁亮。居然还有一套沙发。苏蔚顾不上细瞧，放下行李，推门走进卧室，一进门就吓了一跳，床上睡着个黑头发的陌生男人。她连忙退出，隔着门问道：

"你是谁？怎么在铭钧的房间里？哎呀，对不起，难道我走错房间了？"

屋里的男人睡眼惺忪地连忙起身穿衣，说："你是苏蔚吧。李铭钧走得匆忙，这屋的电话今天刚接通，他没来得及通知你。我从波士顿来，跟李铭钧在同一个研究所。刚来没找到房子，他让我先来暂住。"

卧室门开了，男人身穿深蓝色西裤、白色衬衫，他伸出手，自我介绍："你好，我叫乔英哲。"

苏蔚也伸出手："乔英哲？怎么像朝鲜人的名字？"

"朝鲜有姓乔的吗？你说的是朴成哲吧。"

苏蔚微笑："听口音你像北京人。"

乔英哲道："我出生在北京，16岁的时候，父亲单位迁到山西。我从山西考上大学，同学们都叫我山西人。现在父母又调到南京，其实我们家祖上是四川……"

"不必客气啦，你跟我是四川老乡！"苏蔚用四川话说。

乔英哲道："那当然荣幸，可我不会说四川话。其实四川话倒没什么，现在的麻烦是德语，在波士顿学了半年德语，当时感觉还不错，来到才知差远了。没想到西德房子这么难找。来到就忙着找房子，到现在都没着落，眼看你们要结婚了。昨天去租房子才知道，德国老太找房客，比选女婿还挑剔。"

苏蔚觉得乔英哲讲话风趣，于是说："这就对了。德国人讲究实惠，女儿女婿结婚就搬走，节假日才回来一次，房客可一直待着不走。李铭钧拿'全职'奖学金，月收入两千马克，费了一年工夫，才租下这一室一厅。"

"我手上有学校的聘书，白纸黑字写着工资，付她那点儿房租绰绰有余，那老太看都不看。"

"我昨天真急了，不知该说什么才能让她把房子给我。跟她说，我从波士顿来。我琢磨波士顿能引起德国人重视，二战的时候，我们学校造的雷达可把德国人坑了。"

“你是麻省理工的？要不怎么你不去海德堡，来卡斯弗这工科学校呢。”

乔英哲忽然想起什么，问：“说起海德堡，你跟我跑一趟怎么样？听李铭钧说，你来西德四年了，德语肯定棒。你跟我一起去，就说……是我女朋友……你别误会，借我十个胆儿，我也不敢抢别人的未婚妻，而且我有女朋友，她在波士顿，下个月就来了。”

苏蔚没应声，琢磨有没不妥。没有不妥，李铭钧回来就告诉他，自己假称是乔英哲的女朋友，陪他租房去了。把乔英哲顺顺当当“请出去”，可能李铭钧比苏蔚还着急，小别胜新婚，“小别”再加上新婚，谁想看大灯泡乔英哲？

“好，我们一起去。”苏蔚说。

乔英哲让苏蔚等一下。他进卫生间洗了脸，头发梳得整整齐齐走出来，对坐在客厅的苏蔚说：“今早电话刚通，我先给女朋友打了电话。这里长途电话费比美国贵三倍，我跟她没说几句，反正卡斯弗的情况在信上详细讲了。信过几天就会收到。今后几天，我要天天在家打电话租房子。反正等账单来，我付钱就是了。”

苏蔚说没关系，电话随便用。两人说着话，一起出门。

在一楼大门口，乔英哲指着不远处一辆红色塔博特车说，这是他刚买的二手车。

苏蔚问：“到了西德还开法国车？”

乔英哲回答：“我着急买车找房子，看了三部就买下了。本打算买部小型车，因为这里街道窄，停车不方便。在卖车场见到一部意大利菲亚特，想试试，卖车的小伙子说，别去看那车了，那根本不是车！这话真让我开眼，德国人觉得别人造的车都不是车。"

"我刚来的时候，见满街都是大奔，还以为扫街的都开奔驰呢。"苏蔚也开玩笑。

"不瞒你说，我就是冲大奔才到西德。卡斯弗的机械工程最有名气，奔驰汽车厂的创立人卡尔·奔驰就是卡斯弗毕业的。"

乔英哲进车坐定，一边发动车一边说，早晨起来先出去看了套房子，可惜已经租出去了。回来吃了午饭，时差没倒过来犯困，睡着了，做梦还在租房子。

说起租房，苏蔚道，要不是李铭钧非要租间好房，我们一年前就结婚了。在卡斯弗租房难，租条件好、价钱公道的更难。房子少，房客多，房东挑剔：德语是否标准，穿着是否整洁，待人是否规矩。德国老太最不喜欢穿着脏兮兮、身上有气味的人。按这里的规矩，每逢房客搬走，需更换新地毯，里外彻底打扫。如此善待房客，挑剔点也应该呀。

乔英哲觉得这些规矩挺新鲜："你怕是让德国老太给洗脑了。听上去德国没别人，净些个老太。"

"可能因为老太多吧。二战中男人战死了，剩下孤寡女人，女人寿命长，即使男人从战场上侥幸回来，到老年又先死了。所以见到许多孤寡老太，无儿无女，非常喜欢孩子。"

"喜欢孩子？哼，那张脸就能把人吓跑。"乔英哲道。

说话间，车子来到卡斯弗西北的一个住宅区。乔英哲停下车，称这是几天来看到的最满意的地方。出了车，他稍稍拽一拽腰间的衬衫，把聘书递给苏蔚，道："看你的了。"

苏蔚接过聘书，见乔英哲有些不安地理理头发，一下笑了："你还真以为人家要选女婿呢。"

乔英哲也笑了，承认让"德国老太"们一次次拒绝吓怕了，声称："这些老太哪里是在挑房客，比选女婿还麻烦，压根儿是在招驸马！"

两人说笑着，一起走上独立屋的五级台阶。苏蔚伸手按响了门铃。

门开了，一位头发全白、稍微驼背的老妇人站在门口。苏蔚热情问候，并介绍自己和"从波士顿搬来的男朋友"。她流畅地讲着，翻开乔英哲的聘书，递给妇人，表示一定会爱惜房间设施，保持室内外整洁，按时交纳房租等等，说着，她扫一眼阿拉伯数字的年薪，那个数字让她颇为惊讶，没想到机械工程博士后赚这么多钱。停顿一下，她又开始有说有笑。

乔英哲没全听懂，但从老妇人迥然不同的态度看，他昨天亏在德语讲得不好。

老妇人转身去拿房间钥匙，带他们去看房。

乔英哲悄声问苏蔚："有戏？"

苏蔚摇摇头："已经租出去了，不过没交定金。如果那人没按时来交定金，才会给你。"

乔英哲撇撇嘴："昨天跟你来就好了。"

苏蔚笑道："你不是今天才找到'女朋友'吗。"

乔英哲无奈地摇摇头。

看了明亮宽敞的一室一厅，乔英哲和苏蔚都称赞房间干净漂亮，乔英哲跟老妇人说，他见到几处卡斯弗的房子，都比波士顿的好。老妇人笑眯眯地要了他们的电话，说如果房子没租出去，一定给他们。两人再三感谢，告辞了。

出了门，乔英哲说，谢谢你帮忙，虽然可能性不大，至少有希望了，总算看见德国老太的笑脸了。不管租不租得到，李铭钧回来，我一定搬出去，顶多暂住酒店。昨天算了一下，酒店也住得起。其实大老远来是因为工资高，加上卡斯弗是名校。谁知马克好赚却拿不走，一个月酒店费、车费、吃饭，五千马克得全交出去。

苏蔚安慰道："不会一直住酒店的，顶多一个月。但是不能挑剔，如果阁楼也行的话，不出一个月会找到房子。"

正说着，车子到了一家叫海尔褐的商店，苏蔚要去买床单。挑好了两套粉色和蓝色的棉布床单，乔英哲非要替她付钱，说正琢磨该送李铭钧什么结婚礼物，这下不用操心了。苏蔚争了一会，还是随了他；但桌布和窗帘，她执意自己付钱。

从商店出来，乔英哲要去超市买菜。苏蔚说，只买你一个人的就行了，我放下东西就回海德堡。乔英哲带着歉意说，你是不是原先打算今晚住这儿，我看你带着旅行箱……

苏蔚满不在乎："我不是只打算今晚住这儿，我要彻底搬过来。看了房子就有数了，我要回去买两幅画，还有其他事。"

乔英哲道："那好，晚饭我做拿手的酱牛肉、红烧鱼，你在这儿吃了饭，我送你回去。我刚买车，还没上过高速公路，跟德语好的人先走一趟，心里就有底了。"说完，他笑了："你看，我其实全为自己打算。"

苏蔚笑笑："好吧。"乔英哲随后走进超市。

两人提着六个大袋小袋回到公寓，一进门，见地上有个白信封。苏蔚没理会，先把手上的袋子放到门厅长方桌上。乔英哲低头看一眼信封，见寄信人是李铭钧，说："李铭钧归心似箭，人刚走，信先回来了。"说完，他提着两包食物走进厨房。

苏蔚拿着刚买的窗帘走过来，一边打开包装袋，一边弯腰捡起信封。果然是李铭钧的笔迹。信封反面有几个德语字："我提前回卡斯弗，现去法兰克福参加婚礼，铭钧要我给你带封信。汉斯。"苏蔚见过这个叫汉斯的小伙子，跟铭钧同一实验室。

苏蔚在餐桌边坐下，打开信封。

"亲爱的蔚蔚，"苏蔚读到称呼，就像是铭钧一下把自己拥在怀里……

可是，这是不是梦，他说什么？他说什么？他在开玩笑？他疯了吗？！

苏蔚的手不停地抖，越看心越慌，她不得已把信放到桌上，才能读出渐渐模糊的字迹……

亲爱的蔚蔚：

我曾从不相信命，现在我信了。

在我出生的第五天，母亲抱着我在医院门口，等父亲去推自行车。有一位戴旧式眼镜、穿着古怪的中年男人从门前走过，见到我们母子，他走过来，看了我一眼问："是个男孩？"

母亲笑笑："是。"

"四天前出生的吧？"

母亲吃惊："对。"

"没错，早上八点。"那男人说。

母亲震惊："这位大哥，这话怎么讲？"

男人叹口气，摇摇头："这孩子命里缺钱。名子带上钱吧。"

母亲掏出身上仅有的两块钱说："谢谢你。拿着吧。"

那男人拿起钱，转身要走的时候又回过身来，把手里的钱放回到母亲手上："还是给这孩子留着吧。"说完他走了。

这故事母亲讲过许多遍，我从不相信。尤其是拿到"全职"奖学金，更认为是无稽之谈。在我离开北京到西德时，母亲在机场最后把那两块钱交给我。我觉得母亲实在太迷信，而且两块钱算什么？我每月两千马克。母亲很坚决，说算命先生都不忍拿我的钱，他们这些年都保留着，等有一天交给我，算是老天保佑吧。母亲把钱放进她特制的小信封里，贴到护照的最后一页。我就带着来到西德。

今天，我拿着那个小信封哭了很久，认命了。我要去走一条自己都不知会是什么样的路。因为我缺钱，真的缺钱，我真的命里缺钱！谁会想到？！在卡斯弗所有研究生中，中国人也好，德国人也好，我拿最高奖学金，还有一年就能拿到学位，以后不管回中国还是去其他地方，都可以从事我挚爱的机械工程专业。可惜，这都是梦想。

我已给导师写了封信，说因私事不能按时完成学业，暂时要离开西德一段时间。希望他们给我保留位置，至少能保留多长时间就保留多长时间。离开四年来给我许多指导、帮助的导师、同事，我很遗憾，但只能请他们谅解。

如果老天有眼，我以后还会遇上你。如果命运怜悯我的话，你还会是我的。但是现在，你不必打听我去哪里、干什么去了。请你相信，我李铭钧是个明白人，但是没办法，命里缺钱。

请不要告诉我的父母、亲戚这封信的内容。我决不能让他们为我担忧，如果父母知道我遇到麻烦，会坐卧不安，日夜担忧，等于亲手杀了我的父母。请你理解我的苦心。如果有人向你问起我，你最好的回答是：你跟我散了，不知我的去向。

蔚蔚，你知道我写到这里心里有多么难过。男儿有泪不轻弹，我的泪已经流干了。我无悔无憾，谁都不怨，只怨我的命！

　　最后告诉你，有个叫乔英哲的中国人从麻省理工来，到我们研究所做博士后。他没找到房子，我叫他去新房子住了。你可以告诉他，不必再找房子了，就住那新房子吧。他说他的女朋友也要来了。我想，你还是回海德堡住方便，离学校近、安全，我也放心。房租我已经交了两个月的，请你转告乔英哲，让他把两个月的房租交给你就行了。你可以拿这些钱，到海德堡租个好一点的公寓，不必再跟别人住一起了。我知道你这些年一直没搬家，是因为我们很快结婚，你就要把房子退了。我何尝不是天天盼望一个属于我们自己的家，可如今家对我来说，已经太奢侈了。我没有资格拥有一个家。

爱你的铭钧

　　信末尾是一行用圆珠笔反复画掉的几个字，苏蔚仔细辨认，又拿起信纸对着窗口看，猜出大概是"请你给我一年的时间"，其中的"一"字只能采用否定法，因为那个字不像"两"，不会是"二"，也不像"三、四、五"，也许苏蔚更愿意相信那就是"一"。

　　乔英哲端着两盘菜从厨房出来，见苏蔚对着窗子辨认字迹，就笑道："情书还要对着光线看，你们写信用密码吗？"

　　苏蔚回转身，乔英哲顿时一惊。她嘴角抽搐，脸色发青，眼里含泪。

"怎么了？出什么事了？"

苏蔚走近，递给他信，默默在桌边坐下。乔英哲放下手中的菜，接过信读起来。

屋里静极了。乔英哲读完信，半天不语。苏蔚喃喃地问："他会遇到什么麻烦呢？"

乔英哲沉思许久，又把信重读一遍，才思索着开口了："你觉得他说的可信吗？如果可信，就是说他遇到麻烦需要钱，弄钱去了。如果不可信，就要另外解释。"

苏蔚点头说："可信。你所说的另外解释，无非是他不想结婚，找机会脱身了，这不可能。"

乔英哲同意。"跟他一起搬家收拾房子，能看出他可高兴了。我跟他说，我女朋友下个月来，要不我们一起结婚？他说不想等了，因为已经等得太久。但是，有没有可能被胁迫而言不由衷呢？"

苏蔚沉思片刻说："他给导师写了封信，从他说的看，跟学校单纯请假，而跟我说实话。这样做事，像铭钧自己的主意。当然，这仅是感觉。凭我对他的了解，如果被胁迫，他会写得让别人看不出名堂，我一眼就明白，比如：'你回海德堡时，记住带上那盆海棠花。'我们一起读过一本《犯罪心理学》，议论过类似的事，他很聪明，知道该怎么做。"

乔英哲想说什么，忽然闻到煳焦味，急忙赶回厨房。他的汤烧干了。

从厨房回来，乔英哲对坐着发呆的苏蔚说："看来他需要钱，而且是一大笔钱，单靠向亲戚朋友借不到。是谁向他要钱？不是他父母，从信上看，他父母一无所知，他还有其他亲人吗？"

苏蔚回答："有一个哥哥在中国，在图书馆工作。还有叔叔、姨妈、舅舅、堂兄、堂姐、表弟什么的，我不太清楚了。"

乔英哲说："亲戚向他要钱，他能给就给，不能给就不给，用不着躲。而且，放着两千马克不去赚，要到手的学位不去拿，马上就要结婚了……"

乔英哲停下了，苏蔚已经呜呜地哭起来。乔英哲起身递过一盒纸巾，说："先别难过，再仔细想想。会不会他在维也纳开车撞到什么人，要赔人家一大笔钱？"

苏蔚哽咽着摇摇头。"维也纳我们去过，城里停车贵，乘地铁方便。我们上次在维也纳五天都没开车，他不会不知道。而且这次几个人一同去，车又不是他的。他开车的可能性小，撞人不太可能。即便撞人，也要很长的时间打官司，由法官判如何赔偿。"

"那么就是他得了重病？"

"如果真病了，那更要回来。我们都属联邦雇员，有医疗保险，看病免费。铭钧是个开朗的人，遇到这种事，哪怕仅有一线希望，他也不会放弃。曾有个跟他一起出国的同学说，李铭钧最乐观了，即便全世界的人都自杀，他还会自己在家做红烧肉。"

"会不会让黑社会的人盯上了？"

"也不太可能。他的父亲是工程师，母亲是医生，社会关系简单。在香港的亲戚也没有来往，家里跟黑社会扯不上。"

乔英哲说："没辙了，实在猜不出原因。"

苏蔚神情黯然，沉思许久说："我明天就去维也纳，他也许还在那里。"

"如果他已经走了呢？"

"至少会打听到一些消息，比如有什么人找他，也许有人看到可疑的迹象。"

乔英哲想了想说："我明天开车带你去。我还没上班，有时间。本来提前来是为找房子，现在房子……你别误会，李铭钧回来，我就搬走。一个人到哪里都可以住。"乔英哲说。

"不能这么麻烦你。"

"没事，我也是为自己。高速公路还没开过，德语不好，心里没底。而且这里没限速，我想跟德语好的人走一趟。再说，我女朋友下个月就来了，我们想来西德的原因之一是想用这两年游遍欧洲。申请到西德签证以后，我们都申请了法国、奥地利的签证。本来打算今年夏天去这三个国家。"

苏蔚点点头："那我去把地图找出来。"说完，她起身要走。乔英哲说："你先吃饭吧，菜都凉了。我去给你盛饭。"

"我不饿。"

"我特为你做的，感谢你们……感谢你帮了我。你不吃就都剩下了。"

望一眼诚恳的乔英哲，苏蔚停住，随即回转身，重新坐下。

乔英哲急忙起身去盛饭。不一会儿端着两碗饭，拿着勺子、筷子回来，一碗饭放在苏蔚眼前，递上勺子和筷子。

苏蔚接过来，道声"谢谢"。

她端起饭碗，瞅着熟悉的碗盘，抚摸蓝边碎花图案，想着它的主人，她突然放下碗，号啕大哭。乔英哲正要安慰，她三步并作两步冲进卧室，关上门，哭声更响了。

乔英哲站在门外不知所措。

过了许久，里面没声了。他轻轻敲门："苏蔚，你没事吧。先别伤心。也许李铭钧跟你开玩笑，他想让你去维也纳。你不是说，原先你也要去才办了签证吗？他帮你找个借口，你就可以跟导师推脱了。你明天找到他，不就好了？苏蔚，你就算让我没白忙，出来尝尝我做的饭。你刚才说，如果全世界的人都自杀了，李铭钧还会在家做红烧肉，你应该向他学习。我跟他接触时间不长，觉得他挺幽默，说不定是跟你开玩笑。你不吃饭，他知道你还真信，不得意死了。"

门开了，苏蔚眼睛红红地走出来，重新在桌边坐下。乔英哲说："快吃吧，吃完饭，我们好好准备。到维也纳这段路，我在美国研究过，至少八小时。我们要把地图、吃的东西准备好。长途旅行，带上吃喝最省时间。我跟女朋友曾经从波士顿开到旧金山，又从西岸开回来，一共五个星期，一路玩儿着过去，玩儿着回来……"

看着苏蔚吃了一块牛肉，咽下一口饭，乔英哲稍稍松口气，但仍不敢松懈，继续讲他的西岸之行，每件事都筛选、斟酌着讲，怕用词不当，又引起苏蔚伤心的联想。

苏蔚的饭碗空了。乔英哲吃了还不到一半。她放下碗说："我饱了，你慢慢吃吧。谢谢你做了一顿好饭，还费尽心思讲故事，真难为你了。我坐在这里，反倒会影响你吃饭。不如我去收拾东西，找出地图来。"

乔英哲答应着，低头吃饭。苏蔚起身走进卧室。

吃完晚饭，收拾停当，乔英哲装了一包苹果、橘子、三明治，告诉苏蔚帮他记住，明天从冰箱拿出来。而后他拎起床上的被子，说："我到沙发上睡了。"

苏蔚拦着："不，不，还是我睡沙发。你个子高，睡沙发腿伸不直。明天开车挺辛苦，要休息好。"

乔英哲态度坚决："这不行。说不定李铭钧今晚就回来了，一进门见我让他未婚妻睡沙发，我睡你们的床，反客为主，太不像话了。"

见苏蔚还要争执，乔英哲说："你要回避了，我要脱衣服。万一不小心泄露军事机密，我倒没什么，怕你不好意思。"

苏蔚露出难得的一丝微笑。

乔英哲这下真高兴了："我睡沙发能让你笑笑，即便还有一间睡房我也不去了。"

苏蔚道声晚安，转身进卧室，关上门。

乔英哲关了灯，在沙发上躺下，看看表，凌晨一点。不一会儿，他睡着了。

　　不知睡了多久，也不知是不是时差让他睡不踏实，他听到隐隐的抽泣声，望望卧室门，里面灯还亮着。

[2] 失败后
依然能够幸福

站在演讲台上的苏蔚，已把长发女孩的干扰抛在脑后，恢复演讲开始时的感染力。

"当我们爱一个人时，是否还会跟其他异性有情感纠葛？"她稍微停顿，删除脑海里"麻省理工博士"的身影，侃侃而谈：

回答这问题前，先看看中国《新世纪周刊》和腾讯网对中国人的爱情婚姻调查。75%的受访者"非常相信"有真正的爱情存在，但60%的人曾经或正在经历感情出轨、脚踏两只船或多只船。纽约市立大学社会学教授米尔特·曼科夫认为，"婚外性行为是人类经历的一部分；对某些人来说，'多样化'是生活的调味品。尤其对于男人来说，人类不是严格的一夫一妻的物种。"

有位婚姻专家把经营婚姻比作开车。我们见过父母开车，而自己只坐在车上，现在自己也有一部车，刚摸方向盘就要上高速，的确很玄。婚姻是一门学问，比开车复杂得多。妥善处理两性关系，不仅关系到幸福，有时也会涉及人身安全。

在加拿大，平均每六天就有一位女性被其伴侣杀害。可见处理两性关系可能生死攸关。有人认为，女性自我防卫的最佳方式是学会中国功夫。其实懂拳脚不如会用脑，无论男女，保护自己的最佳方式首先是动脑思考。

有一则发生在功夫的发源地——中国的真实故事。

农民黄刚老实憨厚，妻子汪玲跟他结婚八年后，爱上一位能说会道的网友，要跟丈夫离婚。黄刚苦苦相劝，汪玲却说："我不爱你了，你别碰我。我爱的人在电话那边呢。我要为他守身。"

黄刚最后绝望，用刀砍死了汪玲。

夫妻或男女朋友之间，一旦谈及分手，就不要依赖原有的信任，不要抱着"他／她很爱我，不会伤害我"的幻想。爱也能杀人，当然这种爱已经变质，变成自私的占有。

女人可以不爱一个男人，但不要在他面前张扬如何倾慕其他男人。不能流露"别的男人多么优秀，你是何等窝囊"的想法。如果面对的男人易走极端，言词过激将把自己置于危险境地。

无论爱与不爱丈夫或男友，在性的问题上，可以找理由推辞，比如说太累、身体不适、没心情等等，但不能用"为别人守身"来侮辱、刺激他。舌头柔软无骨，但说出的话比刀还锋利。对待身心侮辱，有人忍气吞声，有人血性报复。

有个聪明女孩跟男友争执，一句话激怒了他，男友突然扼住她的脖子，她很害怕，急忙喊："我错了，快松手。"男友以为她真认错，气消了，松开手。其实女孩事后说，她是在保命。后来她跟男友成功分手了。还有报道，一位女孩跟男友提出分手，男友当即用刀捅了她。她哀求："抱抱我。"而后两人做爱。完事后男友送她去了医院。她活下来了。这也是个聪明女孩。

在危急关头，要想办法让失去理智的男人缓解怒气，以柔制刚，以情动人，从你对他的了解，机智应对。生和死常在一念之间，机智灵活才有生存的希望。

无论是爱上别人要分手，还是面临所爱的人要走，都不能仓促决定婚姻大事，切勿因暂时的激动或愤怒，制造永久的伤害。

哈佛大学著名心理学教授丹·吉尔伯特说过："研究证明，除个别情形外，绝大多数痛苦在三个月后烟消云散。比如，考试通过与否，追求女友是否成功，是否加薪、提升等等，三个月过去，忧伤自然化解。"

如此看来，我们通常的焦虑担忧都是多余的。因为三个月后，我们便不在意了。天大的事在心头压了座山，但一月以后减为石，三月以后化为烟，一年、五年、十年后更无足轻重。

苏蔚接着回答关于网恋的提问，最后说，选择伴侣的标准至关重要。

什么时候该对自己说，就是他／她了？

苏蔚抬眼望着听众席里一张张青春面孔，仿佛看到了自己……

第一次见到李铭钧，是在三年前的海德堡城堡。苏蔚跟好友肖韵夫妇一起去听城堡节歌剧。肖韵曾是苏蔚的室友，她在丈夫周运亨来西德后就搬走了。

那天刚进城堡，就见一位充满阳刚气息的男生迎面走来，是李铭钧。他先跟走在前面的周运亨打招呼，周运亨悄声嘀咕一句，随即给苏蔚介绍："他叫李铭钧，是卡斯弗大学留学生联谊会主席。"而后对李铭钧说："这，就是苏蔚。"他的"这"字声音稍长，像早已透露信息。苏蔚甚至猜测周运亨传递的全是美言，因为李铭钧朝她望过来的时候，眼睛充满期待。

苏蔚没想到城堡节还有"序曲",含蓄地跟李铭钧微笑打招呼。眼前的李铭钧,让人一眼望过去就想再仔细看第二眼。苏蔚通常要靠第二眼确定是不是自己喜欢的类型。但那天她控制住欲望,抬眼瞧瞧肖韵。肖韵嬉笑着说:"李铭钧是周运亨的校友,他有车,就爱帮人搬家,你以后要用车就找他吧。"

李铭钧道:"没问题,保证随叫随到,搬家更不用说。"

周运亨话里有话地说:"他是讲,你如果搬到卡斯弗,他愿意帮忙。"

四人愉快地聊天,李铭钧随后去买啤酒。肖韵和周运亨借故走开了,直到演出结束,他俩再也没照面。

那天的城堡节上演歌剧《学生王子》,气氛热烈又浪漫。两人在诗画般的情调里喝啤酒闲聊。城堡里的人们像过节一样欢天喜地。当歌剧唱道"谁是海德堡最漂亮、最温柔的女孩",台上有人回答:"凯蒂!"李铭钧望着眉开眼笑的苏蔚,心想,凯蒂确实不错,王子为她沉迷爱河,可依我看,比不上身边的苏小妹!

演出结束,两人走出城堡,歌剧热情奔放的旋律依然在耳畔回响。漫步在海德堡幽静的夜色里,不知不觉过了桥,踏上位于内达尔河北岸的"哲学家之径"。

碧水青山烘托出美妙的心境,清新的空气里弥漫着花香,柔柔的月光下,苏蔚琢磨这位工科准博士会不会附庸风雅,在海德堡著名哲学家走过的路上,也道出些一般人意想不到的深刻道理。两人边走边聊,李铭钧讲话占了四分之三。苏蔚耳边尽是他小时候的黔驴之技：爬树跌断胳膊、下河摸鱼惹祸、偷玉米挨罚，所有的烂摊子都由哥哥顶着，父母只拿他哥哥问罪……

苏蔚心想，得了，哲学家之径上走个机械工程师，思维呆板，行为机械，即便有点哲学思想，也叮当搅没了。

李铭钧只顾滔滔不绝，忽然意识到身边这位苏小妹已经很久没说话了，于是问："我讲得很无聊吗？"

"不，不，很有意思。我最近读了本儿童心理学书。我在想，父母对哥哥尽是批评，对弟弟一贯表扬，结果怎么样？"

李铭钧刚才的热情有些降温，寂静的夜色里，他的语气带着无奈："我一直挺顺利，读了大学又拿到'全职'奖学金，哥哥中学没毕业。"停了一会儿，他又说："自从出国就想帮哥哥申请来读书，可惜都没成。他很想出来。"

苏蔚心里自责，眼前的"弟弟"刚才还兴致勃勃，此刻却一言不发了。唉，怨自己，不分场合心理分析。这毛病不改，喜欢的人早晚被吓跑。

"你德语说得挺好，在中国念过德语吗？"苏蔚打破沉默。

这话如同给李铭钧的话匣子重新充电，他又开始绘声绘色地讲起来了。出国前念了一年德语，来到后常看电视练语言。有次看了个喜剧。一位牙医的儿子从牙学院毕业了，踌躇满志地对父亲说："库比太太的牙最让您头疼。您忙了这么多年都没治好，交给我吧！我一定把她的牙治好。"牙医父亲一听就急了："你小子简直是个榆木脑袋，我就是靠着库比太太的一颗牙，才供你念完了牙学院！"

苏蔚给李铭钧逗乐了，心想，笑声能变伤心为喜庆，如果跟身边的人一起笑口常开，嫁的人就一定不错。

从"哲学家之径"走出来，苏蔚既没听到哲学思考，也没悟出哲学道理，倒是心里琢磨，差不多就是他了？还是再多了解吧。她心里想的当然不会说出口，记得有人说过，不要相信所听到的一切，不要讲出所想的一切。在"哲学家之径"走一趟，还是有收获的嘛。

后来李铭钧承认，那天去海德堡，全是"内线"周运亨的安排。周运亨打电话说有个单身女孩也要去城堡节，她各方面都不错，你来试试运气？李铭钧挺高兴，马上说，干脆我来买票。周运亨道，得了吧，女孩帮我们买的票，还没跟她说起你呢。想来的话，自己买张票吧，到时候别忘了犒劳我一杯啤酒。

李铭钧满口答应："啤酒不成问题，问题是，长得怎么样？"周运亨觉得问话多余，刚才已经说了，女孩样样都好。他提高嗓门儿道："老兄，这儿可有仨哥们儿惦记着呢。六只眼睛还会看走眼？！如果我把女孩行踪透露出去，来的可就不只你一个人了。"

从海德堡回来，李铭钧不管多忙，周末一定去海德堡，开车接苏蔚去卡斯弗，白天接，晚上送回去。周运亨早有通报："要是有什么想法，就抓紧点儿，这边有人盯得很紧。"

李铭钧的确没敢怠慢，当下请教周运亨，问他当年如何追到肖韵。周运亨现身说法，告诉他四个字："投其所好。"李铭钧心领神会。

在苏蔚之前，李铭钧曾追求过一个德语班上的女孩，那时也不知该如何追。女孩对他若即若离，后来跟一个老外好上了。李铭钧整整难过了一个月。自从遇到苏蔚，他又觉得，没追上那女孩，其实是件好事。

有句话说得好："对待人生大小事情，都要看好的一面。如果没有好的一面，那就等，时间会带来好的一面。"

苏蔚喜欢听音乐、读诗和小说。她曾说最喜欢的诗人是英国的拜伦和美国的罗伯特·弗罗斯特。李铭钧也喜欢拜伦，但没听说过弗罗斯特。那天两人分手后，他去图书馆借了本弗罗斯特诗集。当晚回家连夜攻读，边读边想，难怪这位诗人到英国连王室成员都去迎接，他的诗的确吸引人。他善于运用看似平淡的事物，表达深刻的哲理，把抽象的概念说得通俗易懂。

周末见到苏蔚，两人在莱茵河边散步时，李铭钧说他认为弗罗斯特最好的诗是《没走过的路》。苏蔚很高兴，"英雄所见略同"。两人牵手走着，互相提醒，能把诗大致背诵下来。

卡斯弗的莱茵河段远离市区，鲜有行人。恋人们不喜欢被打扰，没有人烟的地方能证实他们的感觉：这世界上只有他们两个人。不远处，一群白色羊群在碧绿的草地上悠然吃草。寂静的原野呈现几分诗的意境。李铭钧随口说，诗人独自在林中走，才有如此臆想；如果跟人结伴而行，一路畅快谈笑，不会思考多虑，走哪条路都一样。

苏蔚琢磨他的话，认为有道理。但议论到诗的结尾该如何理解，两人各持己见。李铭钧建议，扔硬币请上苍评判，硬币一面朝地，一面朝天。朝天的一面就是上苍的选择。他从兜里摸出一枚五分硬币，一面是数字"5"，一面是橡树枝图案，他问，你选哪一面？苏蔚说，我选橡树枝。

李铭钧神情诡秘："你可想好了，选这一面，我肯定赢。"

苏蔚犹豫，李铭钧喜欢捉弄人，这次不知搞什么名堂。他满怀信心的样子让苏蔚以为自己上当了，于是改口："我选另一面，选5。"

"你两面都挑过了，输了就要受罚。既然你选5，那我的橡树枝就会朝天了。"说着他抛出硬币，硬币从空中落下，在一片树叶上东倒西歪，眼看苏蔚选的数字"5"即将仰面朝天，李铭钧手疾眼快抽动树叶，硬币翻个身，他选的橡树枝图案朝上了。

苏蔚撒娇地抱怨："你赖皮，你赖皮。"

李铭钧笑笑说："我没赖皮。我说一面朝地，一面朝天，朝着树叶不算数。"

苏蔚娇嗔地说："我早知道你玩花样，你一贯有理。"

"没办法，我姓李，其他的没有，只有'李'。"李铭钧喜笑颜开。

苏蔚也笑了，样子娇艳妩媚。李铭钧贴近她温柔地说："乖乖受罚吧。"

"你要怎么罚我？"苏蔚嗲声嗲气。

"吻你。"

莱茵河在身边静静流淌，带走了两人的初吻。

拜伦说过，初吻并不能当作永久相爱的保证，但它却是盖在生命史上的一个永久印章。比一切更甜蜜的，是初次的热烈爱情——它唯一独尊。

或许因为学心理学的缘故，苏蔚曾问自己，是谁该先说出"我爱你"。这三个字是恋爱关系新的里程碑。许多年以后，她读了发表在《性格与社会心理学》上的由美国麻省理工学院心理学家卓施·阿克曼的研究，发现男人通常首先表达爱慕。虽然64%的人认为处在恋爱中的女人会首先说出"我爱你"。但他调查得出结论，事实上，男人更有可能先说出"我爱你"。这在苏蔚自己的经历中得到证实。

作为攻读婚恋心理学的博士生，她喜欢跟李铭钧讨论男人心理。他承认择偶先看长相。这不难理解，不同种族文化的男人大都把相貌作为吸引他的首要因素。而男人吸引女人的第一因素是什么？从苏蔚自己的经历看，李铭钧吸引她的第一因素也是长相和气质。美国西北大学社会心理学家的研究表明，男女择偶时第一感觉差不多，最先考虑的都是生理上的外在因素，其次是性格，而赚钱能力则排在第三位。可以说，男女相互吸引的第一因素是长相。

苏蔚常参照教科书上学到的理论，分析自己处在爱情中的感受。男女坠入爱河源自荷尔蒙导致寻找配偶的动力，跟心仪的人相处，大脑分泌各种神经递质，让人有陶醉的感觉。深陷爱情中的人言行极为特殊，有人形容像得了神经病，其实有科学根据。苏蔚很快就跟李铭钧一样痴迷疯癫。

在后来的职业生涯里，苏蔚给女性提出建议：跟男性接触初期，要保持清醒的头脑，他的所言固然重要，他的行为更要作为判断取舍的首要因素。要在被情感冲昏头脑之前，通过现象看本质，理性地思考。对于你的合理需求，他是否关心？两人相处，他是否设身处地为你着想？不关心你的感受的人，不会使你幸福。

西德南部温和的秋冬过去了，春意阑珊，恋人们喜欢的夏天又到了。星期五，李铭钧打来电话："明天一早带你去个不同寻常的地方，因为明天是你的生日。"苏蔚想不起什么时候告诉他自己的生日了。

第二天天刚亮，苏蔚被震耳的雷声惊醒。她定定神，听到窗外淅淅沥沥的雨声，心想，糟糕，这种天，铭钧怕是不会来了。她在床上磨蹭到八点才起床洗漱，从卫生间出来，想看雨停了没有，撩开窗帘向外张望，见那部熟悉的蓝色大众车在雨中慢慢驶近停下。她急忙奔下楼。

李铭钧刚要按门铃，门一下开了。他顿时笑嘻嘻："生日快乐！"

苏蔚上前一步，拥抱他，高兴地说："这么大的雨，我以为你不来了。"

"怎么会呢，说好要带你出去。"李铭钧道。

"天气不好，我们别出门了吧。"苏蔚说。

"没关系，很快就转晴。"

吃过早饭，雨小了。他们开车出了城，一直向北，过了法兰克福，前方是一个叫吉森的城市。苏蔚不明白，这是去什么地方？

李铭钧回答："拜登博格。你不是说男人要有骑士风度吗？到这里，别说男人，连女的也成骑士了。"

中午时分，古老的拜登博格城堡赫然显现。停下车子，苏蔚跟李铭钧走进城堡餐厅。古堡内光线幽暗，凉风习习，像进了山洞。"洞"里的装饰、身披盔甲的骑士塑像、墙壁上的兵器以及工作人员的穿着打扮，一下把人带回到中世纪。

两人跟随侍者入座。苏蔚仔细打量别致的环境，眼前的木制桌椅古朴亲切，厚实的木条桌和迎面墙上的原始兵器交相辉映，奏出一首粗犷的乐章。桌上燃着蜡烛，透过摇曳的烛光，苏蔚望望李铭钧。他胳膊肘支撑桌面，两手合在一起放在胸前，望着她微笑，"以前跟吉森的朋友来过一次。那时就想，等我有女朋友，一定带她来这里。"说着，他递给苏蔚一份菜谱。

苏蔚接过，扫了一眼，不禁笑起来。菜名太古怪了，全是中世纪的名字，最为离奇的叫"一铲子土"和"一桶骨头"。她把菜谱还给李铭钧，道："你点吧，我不知该吃土，还是该啃骨头。"

李铭钧说："我看你吃土吧，我啃骨头。一铲子土就是烤猪肉，外加色拉和面包，放到木质的铲子上；一桶骨头就是烤猪肋骨放进小铁桶里。骨头啃起来不太雅观。我不怕，我今天是骑士护驾。"说着，李铭钧坐直身子，目光平视，表情冷漠。

苏蔚被他古怪的神情逗乐，这时，一位身穿骑士服装的侍者走过来，李铭钧给苏蔚点了一铲子土外加一杯啤酒，自己要了一桶骨头。因为要开车，他只能喝冰水。

酒水先端上来了。李铭钧举起冰水杯，苏蔚举起酒杯。李铭钧道："祝你生日快乐！干杯！"两人同时喝了一大口。苏蔚品味着啤酒，味道清新爽口。在西德生活这些年，不知什么时候变得爱喝啤酒了。

一会儿工夫，饭菜端上来了。木铲子上的烤肉带着扑鼻的香味，披挂着胡椒等各种调料的烤猪骨在红色小桶里高高冒尖，似乎足够四个人吃了。苏蔚心想，这里环境别致，一份菜八马克，分量这么大，真不贵。显然这位学工程的人喜欢实惠。不错，既浪漫又不铺张，两个同样讲实惠的人容易过到一起。中国人说，不是一类人，不进一家门。

李铭钧选了一块切得整整齐齐的猪排骨，放到苏蔚的"铲子"上说："你先尝尝排骨，如果喜欢，我们就换过来。"

苏蔚想，他一定是个会为别人着想的人。于是说："我们一起吃吧，我也给你留半铲子土。"她尝一口烤肉，香嫩味浓，擦擦嘴说："原来骑士每天吃烤肉，那我也要当骑士。"

李铭钧摇头："这怕不行。我昨晚特意查了字典，骑士就是保护主人或妇人的武士。我当骑士保护你，你当骑士保护谁？"

"当然保护你了。怕你烤肉吃多了，得高血压、心脏病什么的。"

李铭钧笑道："好，为两个骑士，干杯！"

傍晚回到卡斯弗，李铭钧手脚麻利地做好两碗"长寿面"。吃完晚饭，他从冰箱里端出一个小蛋糕。苏蔚盯着烛光许愿的时候，觉得这是记忆中最幸福的生日了。望一眼微笑的李铭钧，她许下一个美好的心愿。紧接着，就听轰隆一声雷响，她吓了一跳，急忙问："许完愿就听到雷声，是好还是不好？"

"当然是好了。打雷就是老天爷回应'好哇'！"

苏蔚心有余悸，吹蜡烛前，重新许愿，跟刚才一模一样。可她刚许完愿，正要吹蜡烛，一阵狂风突然吹开窗子，蜡烛一下灭了。李铭钧重新点上，苏蔚望望他，用力一口吹灭。

李铭钧为她唱"祝你生日快乐"，苏蔚脸上挂着幸福的微笑，心里却有一丝疑虑。刚才她许的愿是"但愿我跟铭钧永远不分开"，她没说出口，因为按照西方的说法，许愿一旦说出，就无法实现了。

蛋糕吃完了，雨却越下越大。

平日吃过晚饭，李铭钧送苏蔚回海德堡。可今天窗外电闪雷鸣，轰隆的雷声让人胆战心惊。他看看窗外说，等雨停了再走吧。

苏蔚随手拿起桌上的《莱茵通讯》读起来。在 20 世纪 80 年代留德学生中，由留学生创办的《莱茵通讯》深受大家欢迎，在各地同学间流传。苏蔚自从认识李铭钧，便近水楼台先睹为快，不必等待别人读完才辗转到手。

雨一直下不停，天不早了，苏蔚收拾提包准备走。一道闪电突然把房间照得通亮，接着一声闷雷震得桌子微颤。苏蔚背起提包，走到窗边，望着窗外风雨交加漆黑一片，犹豫着。李铭钧踱出低矮的房间角落，站到屋中央，一米七十八的身躯终于站直了。

"你……这种天气……还要回……海德堡吗？"李铭钧的语气包含着期待和不安。

苏蔚放下手里的包，不敢看他，没回答。

李铭钧低声道："周末有这种绝妙的天气，我都等一年了。"

苏蔚在桌边坐下。李铭钧走近她，把她揽在怀里："每次送你走，我就盼望下雪、下冰雹、刮飓风、降暴雨……"他的嘴被她的手堵住了，随后的吻便是一切的开始。

从那个周末开始，李铭钧每周五下午必去海德堡接她，星期一一早送她去卡斯弗火车站。李铭钧卧室里的单人床也换成双人床了。

后来，李铭钧很少去海德堡找苏蔚，改为她乘火车到卡斯弗。两人计划结婚，但合适的房子一时租不到。无论李铭钧的阁楼，还是苏蔚的阁楼，都只适合单身。

李铭钧在卡斯弗找广告、打电话，广泛搜索、精心筛选。他找房子的首要标准就是价钱，价格太高的一概忽略。他打听到两处价廉物美、离学校不太远的公寓，索性只盯着那里的房子，等候一套一室一厅。

结婚的事因房子而推迟，两人并没有为此焦虑。不到 30 岁，又都没毕业，也不在同一个城市，即便找到房子，恐怕苏蔚平时还要住在海德堡，周末才能回来，跟现在差不多。够不着的葡萄肯定酸，住阁楼还能省钱呢。

为房子奔波告一段落，两人又继续踏踏实实地恋爱。苏蔚打算学开车。李铭钧给她联系了驾驶学校，每周末带她去。苏蔚知道，如果李铭钧教她开车，在西德属违法。西德讲究规范，学开车只能到驾驶学校。苏蔚不久拿到驾照，李铭钧仍不放心她独自驾车，坚持要她多练习。每当她开车，他坐旁边时时提醒，要她务必养成安全驾车的习惯。这段时间里，李铭钧又开始开车到海德堡接她了。他开到海德堡，苏蔚开回卡斯弗。

两年后的暑假，两人经周密筹划，第一次驾车从卡斯弗经因斯布鲁克、萨尔茨堡到达奥地利首都维也纳。

苏蔚喜欢听歌剧，但对于去维也纳听歌剧并不抱奢望。音乐之都的剧院肯定贵，两个靠奖学金生活的穷学生，能到维也纳看看就不错了，听歌剧是富人才有的奢侈，想也别想。

那年夏天，维也纳炎热。他们订的学生旅店离市区稍远，房间小，没空调。如果在室内走动，其他人最好躺到床上才不会"阻碍交通"。但有一点两人都满意，便宜。那天赶到学生旅店，正值下午三点，房间闷热，两人放下行李，打开窗子就出门了，乘地铁直奔位于市中心的国家歌剧院。本打算只进去参观，到门口一问才知，花两个奥地利先令就能买站票！两人没问上演什么，毫不犹豫买票进去。富丽堂皇的歌剧院让人目不暇接，从一层层台阶走到最高层，在一个个穿戴讲究、持站票的听众旁边站好，苏蔚拿出门票仔细看，真是意外的惊喜，今晚上演歌剧《学生王子》！

第一次走进如此豪华的大剧院，不知该感谢奥地利政府，还是感谢维也纳音乐之都，既然音乐是大众的，那么每个人都应该有机会欣赏歌剧，不管贫穷还是富有。"高高在上"的站票只需两个先令，居高临下也别有情趣。剧场音响极佳，虽距舞台遥远，歌声依然清晰悦耳。

帷幕拉开了，观众们跟随《学生王子》来到 20 世纪初的德国海德堡。

卡尔斯伯格王国的王子到海德堡读大学，爱上旅馆主人的女儿凯蒂。后来国王突然去世，王子回到卡尔斯伯格继承王位。作为国王，他必须履行义务跟约汉娜公主结婚。他把对凯蒂的珍爱埋藏在心底，再次回到海德堡，带着无限的痛楚，向凯蒂告别。

剧终散场，两人挽着手从歌剧院出来，乘地铁回学生旅店。也许受剧中故事感染，两人都没说话。坐在车上，苏蔚拉着李铭钧的手说："我们一起听过两次歌剧，海德堡一次，维也纳一次，两次都听《学生王子》。这出戏缠上我们了。"

"缠上你了，可没缠上我。你整天听，英语的、德语的，可惜没汉语《学生王子》，要是有，你也听上了。"

"这出戏结尾太伤感。"苏蔚说。

"伤感只是最后那一幕，整个剧多热烈。潇洒的王子爱上平民海德堡姑娘，多么浪漫。每到周末，我们实验室的人就问我：'你的海德堡姑娘要来卡斯弗吗？'或者，'你这周不去海德堡？'"说着，李铭钧笑了。

"别叫我海德堡姑娘，我可不想让自己爱的人娶了别人。"

"那就叫你约汉娜公主！"李铭钧悄声道。

"我才不要跟不爱我的人结婚呢。"

从维也纳回去的路上，李铭钧开车，苏蔚坐旁边。车里播放《万水千山总是情》，当唱到"聚散也有天注定"，不知为什么，苏蔚想起生日那天让她心惊胆战的雷声。她伸手把音量调低，温情地对铭钧说："这次回去我们结婚吧。我不在乎房间小，跟你住阁楼也愿意。"

李铭钧知道，苏蔚说的是真心话，不管他住哪里，她都会嫁给他。但越是这样，他越想租套条件好的公寓。他把右手从方向盘上挪开，拉着苏蔚的手："蔚蔚，我知道你不在乎，可我在乎。住阁楼打哈欠伸不直腰，我自己倒没什么，不想让你也缩着。我又不是住不起大点儿的房子。可能下个月就租到了。我们再等一个月。"

李铭钧也想结婚，但他希望婚后生活有实质性变化：苏蔚把她海德堡的房间退了，两人天天在一起。如果还住阁楼，苏蔚就要跟现在一样，只能周末来，他的租赁契约只允许一个人住。

这"下个月"一次次推下来，就是一年。李铭钧要去奥地利开会前拿到新房钥匙。当天,他把其中的一把钥匙交给来卡斯弗办事的肖韵,由她转交给苏蔚。苏蔚早说过,她等不及了,李铭钧出差期间,她会先来看新房!

[**3**] 每段爱情
都有它的道理

当初准备演讲稿时，苏蔚留意到网上有关女性的问题多，男性的问题少。其中一个男生问，我追求一个女孩一个多月了，她并不讨厌我，但对我热乎不起来怎么办？

对于类似"追异性困难重重"的提问，苏蔚统一解释：

大家可能知道心理学经典——温哥华卡皮拉尼吊桥实验，由两位如今已在美国当教授的博士后精心设计。这个实验把男大学生分为两组，一组走过 138 米长的惊险吊桥，在桥上遇到一位漂亮女子，她交给他们一份带照片的问卷，让他们根据照片写出故事，并给他们她的电话号码，说如果需要请打电话。另一组走过不惊险的普通桥，也同样拿到照片问卷和电话号码。结果，走过惊险吊桥的男生，60% 给女孩打了电话，答的问卷跟性有关。走过普通桥的人打电话的不到 20%，回答问卷跟性无关。

丹·杜顿和阿瑟·艾郎得出结论，人们处在惊恐中时，会误把恐惧感当成异性造成的性兴奋。另外的实验，让女生走过惊险吊桥，在桥上遇到一位男生，结果类似。

日本大地震后出现结婚潮，再次验证了'吊桥效应'。人处于恐惧环境中，会对自己的生理反应做出错误的归因，把回避危险的心理需求当成爱情。

对于上述男生的提问，建议他带那位女孩看部惊险影片或者坐过山车。同时提醒大家，一旦处于陌生、惊险、孤独、恐惧的环境中，要尽量排除外界干扰，慎重理性地把握情感。

有时候，惊险活动并不利于追求异性，比如，当被追求者认为追求者很讨厌，在经历恐惧后，他／她会认为对方更讨厌，长得更难看。这是卡皮拉尼吊桥实验后的又一个相关心理学实验。

有位女生，上大学的暑假里独自乘飞机去欧洲旅游。途中遇到恶劣天气，飞机颠簸得厉害，她挺害怕，抓着旁边一位男士的手臂，男士安慰她别怕，一会儿就好。

飞机突然下沉，女生以为要出事，惊慌失措，然而男士镇静地说他天生能化险为夷，跟他在一起就不用怕。不久飞机穿过气流，平稳了。女生松了一口气，望着男士蓝色的眼睛，感觉十分浪漫。随后飞机供应晚餐，两人都点了葡萄酒，像约会似的聊天，仿佛是关系亲密的老朋友。飞机平安到达维也纳，两人结伴旅游，不久成为男女朋友。

后来，女生大学毕业，到别的城市深造，成为一名卓有成绩的医生，而男友一直呆在原居地，没找到安定的工作。周围的人曾对女孩感兴趣，她一直婉言谢绝。几年过去，她动摇了。男友不愿离开原居地，女孩嫌他不思上进，两人总不在一起，最终还是分手了。她后来说，其实跟男友交往期间就觉得跟他不是一类人。她勤奋要强，而男友不求进取、安于现状。两人之所以能交往多年，是因为在飞往维也纳途中的惊恐瞬间里，她爱上了他。

苏蔚换上一张投影，自己当年的维也纳故事在眼前一闪而过。

早上七点半，天已大亮。乔英哲悄悄起床，轻手轻脚刷牙洗脸，做好早饭，开始装车。旅行箱进车以后，又装了一箱饮料和水，最后拿上苹果、橘子。

苏蔚的房间依然静悄悄。

乔英哲吃了饭，洗完锅碗，一看表，八点半了。怎么办，要不要叫醒她？算了，她大概凌晨才睡，反正天黑前到达维也纳就行。

乔英哲想起该拿上相机。这次虽不是旅游，但在维也纳拍张照片的时间还是有的。他忘记相机放哪里了，在客厅里翻找着。

没过多久，卧室有动静。不一会儿，苏蔚穿戴整齐，推门出来，见乔英哲在悠闲地装胶卷，急促地说："真对不起，这么晚了，为什么不叫我？"

"你大概天亮才睡。好不容易睡着了，多睡会儿吧。"

"我昨晚影响你了吗？"

"没有，这些天倒时差，睡不踏实。"

"我很快就好。"苏蔚说完，转身进了卫生间。

乔英哲走进厨房，把两片面包放进烤箱，不一会儿端着煮鸡蛋、烤面包出来，见苏蔚把旅行箱放在门厅，对她说："快吃吧，趁热。"

苏蔚在餐桌边坐下："真不好意思麻烦你。等有机会，我也给你们做顿饭。"

乔英哲边摆弄相机边聊天，说他的女朋友也喜欢做饭，她叫夏宜，在波士顿读工程。待相机装进包，他便进厨房收拾去了。

苏蔚匆匆地吃着面包、鸡蛋，喝完最后一口牛奶，拿着玻璃杯走进厨房，对正在擦手的乔英哲说："读工程的女生都是女中豪杰，佩服。"她洗完杯子，乔英哲已经拉起旅行箱先走了。苏蔚锁了门，拎着提包下楼。

车子已停在门口，乔英哲见她走来，忽然想起什么："等一下，忘了样东西。"

乔英哲提着装三明治的袋子回到车上，苏蔚问："带这么多吃的东西？"

"开长途就怕路上没吃的。有一次，我从宾西法尼亚的匹茨堡开车到西弗吉尼亚，想省时间，没吃饭就上路，打算路上加油休息时吃饭。结果开出两个多小时，到了目的地也没加油站，没有卖吃的，我差点儿饿晕了。从那以后，只要开长途，我总带吃的，就怕饿着心慌。"

"这种情况西德不会有。无论在哪里，高速公路每两公里就有电话以备应急，每隔50公里就有加油站、吃饭休息的地方。不过，带吃的也好，到奥地利就有用了，那里东西贵。"苏蔚说着系好安全带。

车子出了卡斯弗，苏蔚详细讲解高速公路上常见的德语词，路边有箭头指向，标志距离最近的电话机方向。乔英哲赞扬德国人考虑细节，服务周到。也许正是他们一丝不苟的精神，才造出奔驰这样高质量的汽车。在波士顿的时候，他读了卡斯弗一位教授写的书，受益匪浅，于是写信希望来做博士后。教授很快回信，同意接受，给的待遇不错，他便放弃波士顿的工作机会，毫不犹豫地来了。现在看来这一步没错，能见识不同的文化。虽然来西德时间短，感触还真不少。

四小时过去，高速公路指示牌一次次预告，慕尼黑就要到了。过了慕尼黑，很快就是奥地利边境。苏蔚说这一段由她来开，边境官通常只问司机几句话，检查护照就放行。

刚换司机不久，前方出现奥地利边境岗楼。车子在岗楼边停下，身穿笔挺制服的女边境官和善地用德语问："要去哪里？"

"维也纳。"苏蔚一边回答，一边递上她和乔英哲的护照。

"为什么到奥地利？"

苏蔚回答："旅游观光。"

"待多长时间？"

"三天。"

"以前来过奥地利吗？"

"来过。"

边境官检查了护照，见苏蔚有两个奥地利签证。她把护照还给苏蔚，挥手放行了。

过了境，迎面有加油站，乔英哲说："先去加油，换我来开吧。"

回到高速公路，很快就要到萨尔茨堡了，乔英哲记得好像是莫扎特故乡，刚想跟苏蔚确认，就听车子嘣嘣响，车身摇晃。乔英哲惊呼："不好，轮胎爆了。"他慌忙打开紧急灯，在路边慢慢停下。下车一看，果然，车子右前方轮胎破了。车子像瘸了一条腿似的歪着。

苏蔚回到车里找汽车使用手册，乔英哲把后车厢的东西拿出来，掀开底层，搬出备用车轮、千斤顶。苏蔚念着汽车使用说明，不时放下书，帮乔英哲把破车轮换下来，装上备用车轮。

卸车轮、装车轮花费两小时，重新上路时已快到晚饭时间了。乔英哲担心天黑前到不了维也纳。因为备用车轮只能开短途，要到修车铺换轮胎，但愿下一个加油站就有合适的轮胎。

前方出现加油站，两人进去一问，轮胎倒有，可刚才乔英哲一时疏忽，把破轮胎连同轮子一起丢了，合适的轮子没有。没办法，到下一站吧。

高速公路的下一站就要进城了，正是莫扎特故乡萨尔茨堡，想省时间也省不了。

在萨尔茨堡的一家修车铺换了车轮，已是晚上八点了。天黑前无论如何赶不到维也纳。乔英哲说服苏蔚，在萨尔茨堡住一晚，天亮起程。

苏蔚本来怕耽误时间，但乔英哲说了，到陌生地方，最好天黑以前到达，黑夜再加路不熟，开车不安全。苏蔚心里也清楚，乔英哲不是李铭钧，如果李铭钧开车带她心急火燎地去找人，她会劝说李铭钧不要在萨尔茨堡停下，直奔维也纳，先赶到再说。一个是相处三年的未婚夫，一个是刚认识的朋友，能相提并论吗？

苏蔚同意在此住一晚。她心里安慰自己，如果半夜赶到维也纳，连李铭钧住的地方都不知道，很难找到他。倒不如早上九点到，直奔开会的地方，至少能见到他的同事打听消息。于是说，去我住过的学生旅店吧，往前不远，右拐就到了。

这家学生旅店位于萨尔茨堡市郊，价钱便宜。门口登记处的中年女人居然还记得苏蔚，苏蔚跟她说要两个床位，一个在女生宿舍，一个在男生宿舍。

中年女人说："女生宿舍已经满了，男生宿舍还有一个空位。另外还有一单间，单间的价钱住一个人、两个人都一样。"

苏蔚问："单间是什么样子？"女人回答："跟学生宿舍形式一样，两个上下床，可以住四个人。"

苏蔚犹豫，琢磨该怎么办。既然女生宿舍已经满了，她肯定得住单间。而乔英哲或者住男生宿舍，或者也住同一单间。

她问中年女人："男生宿舍里住几个人？"

"八个。"

住八个人的集体宿舍容易休息不好，苏蔚心想。总有人半夜才回来，进屋说话、吃东西，洗洗刷刷。明天要早起赶路，还是住一起省钱又方便。

于是她跟乔英哲商量，单间住一个人、两个人都一样价，那还不如都住单间，这样乔英哲不必担心男生宿舍里有人打呼噜，就当是两人住男女混住的集体宿舍。苏蔚以前在希腊住过混合宿舍，没什么，都是学生。乔英哲也同意，跟朋友住一间房，当然比跟另外七个陌生人住好啦。

苏蔚告诉中年女人："我们都住单间吧。"

两人领了折叠整齐的床单、枕套，来到二楼宿舍，打开房门一看，房间挺大，厕所跟洗浴间分开，着实考虑到便于四个人高效率使用卫生间。衣柜有四个门，每个门都带锁，一张长方木桌配有四把椅子，桌面厚实，紧靠窗户。

　　苏蔚把自己的床单放在上铺说："我睡上铺吧。"

　　乔英哲说："好，我睡下铺。我们算是上下楼了。"

　　刚才等修车的时候，两人吃了车上带的三明治，算是吃过晚饭了。一整天的奔波，苏蔚感到疲乏，见到床铺就想倒下睡觉。她想早睡早起，明天早些赶到维也纳。她踩着梯子，把上铺的床单铺好。

　　乔英哲从洗手间出来，手上拿着两个洗好的苹果，递给她一个。两人面对面坐在桌前吃苹果。乔英哲说："我想开车进城转转。沿刚才的大路一直开，就能进城，是吧？"

　　苏蔚没立即回答，心想，乔英哲没来过奥地利，一定想看看萨尔茨堡。他专程开车带自己跑了这么远，实在帮了大忙。于是说："我带你去吧，我认识路。这城市像海德堡，坐缆车上山，能观全景。上次我跟铭钧找缆车口还费了些周折。从这里进城，也就几分钟。"

　　乔英哲连声答应，三两口吃完苹果。两人关上门，下楼了。

　　乔英哲开着车，远远望见前方山顶城堡，山下座座教堂尖顶各异，绿水青山衬托，如同渐渐拉近的风景画。不一会儿，车子跨过萨尔茨河。望着墨绿色的河水，苏蔚说这条河途经奥地利和德国，叫盐河。曾用来运输盐，直到后来修建了铁路。

车子来到萨尔茨堡东南的老城，苏蔚又介绍，莫扎特故居在一条小街上，要专门去找。那边还有些商店，现在大概都关了。另外还有拍摄《音乐之声》的地方，你们以后去玩吧。

夏天的萨尔茨堡晚上10到11点才天黑，这时正是傍晚时分，夕阳照在迎面的山顶城堡上，城堡像涂了层金黄色。乔英哲赞叹这依山傍水的景色真美，下次来要住三天。车子在河边停下，两人沿着河边走，湿润的微风吹过，轻拂脸庞，消除旅途疲劳。穿过一条马路，沿着狭窄的小巷朝山脚下缆车口走，没走多远，乔英哲停下，说："我们回去吧，我以后还会再来。你已经累了。明天要早起，走吧。"

乔英哲说着转身朝车子走，见苏蔚站着没动，又说："我知道你是为了我才进城。现在已经看了城区，足够了。"

苏蔚慢慢跟在他身后，望着乔英哲的背影。他走到车子右边，为她开开车门，苏蔚坐进去，他关上车门。以前只有铭钧为她这样开门，第一次坐进去的时候，感到他绅士般细致待人，如今的乔英哲让她更加思念李铭钧。两人都带着温和的微笑，举止斯文。苏蔚眼睛渐渐潮湿。乔英哲有些地方像李铭钧，见到他的第一眼就有这种下意识的感觉。也许因为两人个头差不多，都学机械工程，专业也一样，流体力学。可是李铭钧不知去向，乔英哲是别人的。空旷的萨尔茨堡，暮色里游荡着的，其实是一个孤魂。

乔英哲进车坐定，刚要发动车子，又停下了，回身拿起后车座上的一盒纸巾，递给苏蔚。苏蔚接过盒子，拽出一张纸巾，擦拭眼睛。两人一路没说话，十分钟后回到旅店。

一进门，苏蔚打开衣箱准备洗漱，乔英哲要到楼下问明天开饭时间。这里房费包早餐。苏蔚明白他有意躲出去，不知什么时候回来。于是说："如果我明天起晚了，一定叫醒我。最好六点半以前上路，九点多就能赶到维也纳。"

乔英哲答应着出门了。

苏蔚洗漱完，到上铺睡下。刚躺下一会儿，乔英哲回来了。他先敲门，而后用钥匙开门，推开一条缝，在门外问："我能进来吗？"苏蔚说："进来吧，我好了。"

乔英哲进门先关灯，而后走进洗漱间。不一会儿，他悄悄出来，摸黑上床睡了。

早上五点半，苏蔚醒了，猜想乔英哲还没醒，轻手轻脚从梯子上爬下。见乔英哲闭着眼一动不动，便小心翼翼走进洗手间刷牙洗脸。

其实苏蔚的床一有响声，乔英哲就醒了。只是他闭眼装睡，待苏蔚进了洗手间，他急忙起身穿衣。苏蔚洗漱完毕推门出来，他已衣冠整齐，也要用洗漱间了。

吃过早饭，两人交回钥匙，出门了。苏蔚说出城这一段由她来开，因为有好几条出城公路，去不同方向，到慕尼黑、茵斯布鲁克等等，她可能还记得，一个小时就换司机。乔英哲开长途经验多，能一口气开到维也纳，中间不必再停车。乔英哲答应了。

出城高速路线复杂，苏蔚开始紧张，指示牌一个接一个，她有些顾不过来，对乔英哲说："你帮我看着去维也纳的方向。"

几分钟过去，又有两个指示牌闪过。乔英哲没动静，苏蔚急了，连忙自己察看路标，一看下个路口就要右拐，而自己仍在左线上，慌慌张张打指示灯，还好后面的车及时让开，她仓皇换线，急忙右转弯上了另一条高速公路。上去后再看指示牌，的确没错，是去维也纳。她稍微舒口气，张口就抱怨："刚才好玄，差点走错路。叫你帮我盯着维也纳，你怎么不吱声？"

乔英哲如梦初醒："我是一直盯着，不知为什么没看见。我找维也纳 Vienna 的 V，可这么多路标，没一个有 V，我想可能维也纳还没出来，再等等看，这一等，就等过了。"

"谁叫你找 V？维也纳德语是 Wien，你要找 W，你怎么不找汉字'维'呢？"

乔英哲扑哧笑了，他一笑，苏蔚也笑了。两人竟哈哈笑不停，以至于车子压线，乔英哲连忙把手放在方向盘上，谁知苏蔚也有察觉，稍稍转动方向盘，乔英哲没料到苏蔚的手偏移，他的手正放在苏蔚的手上，他连忙移开，两人都不再笑了。

沉静一会儿，苏蔚说，其实都是讲英语的人不好，德语叫Wien，英语跟着叫 Wien 得了，非别出心裁叫维也纳。

乔英哲道："叫维也纳就对了，名字好听创出牌子。现在是世界音乐之都。叫 Wien 的话，译成中文就是'闻味儿'。'闻味儿'怎么配得上音乐之都，纯粹移动厕所。"

苏蔚笑出声，车又压线。乔英哲忙说："前面加油站快下来吧，其实你开车我更紧张。"

苏蔚打指示灯，她要下高速了，在加油站旁停下车，走出车子。乔英哲见她脸上有两道泪痕，心想，她这是笑出泪还是哭出泪？我哪句话不对，惹着她了？

苏蔚坐定，乔英哲开车，重新上路。苏蔚拿着纸巾擦拭眼睛。这话多么熟悉，"其实你开车我更紧张"。

三小时过后，维也纳到了。车子直趋市中心，在离国家歌剧院不远的会议中心找到"机械工程学会"会址。为提高效率，两人分头找，约好不管有没消息，中午12点在一楼大厅碰面。

苏蔚在二楼一间报告厅门外，遇见跟李铭钧同实验室的一位同事。他正随散会人流出来。他告诉苏蔚，刚来时见过李铭钧，这两天没有。还有好些人也都没再见到，会议有好几个场所。今天午饭时间，实验室一行人约定到附近一家餐厅吃饭。下午有人回卡斯弗，其余的人大都明天走，说不定李铭钧会去那里。苏蔚问清餐馆名字，心里点燃希望。

12点钟，苏蔚跟乔英哲在一楼大厅碰头，乔英哲也打听到中午聚餐的事，于是两人一起来到一家跟超市紧连的自助餐厅。

正值午饭时间，餐厅人多，苏蔚见到李铭钧的几个同事，大家都说这两天没见到他，待会儿李铭钧的导师来，也许他会有消息。苏蔚和乔英哲各拿一个盘子跟在同事后面排队拿饭。

这家餐厅虽是自助餐，但维也纳酥炸猪排却是现点现做。这道维也纳名吃几乎每个餐馆都有，乔英哲说在波士顿吃过这道菜，猪排薄又硬，没觉得好吃。苏蔚心不在焉地说，那是猪排没做好，在维也纳就不一样了。

头戴白帽的高大厨师给乔英哲盘子里放了一块又厚又大、金黄带红色的猪排，乔英哲觉得看上去跟波士顿的"假冒"维也纳猪排不一样，这个看着好吃。厨师也给苏蔚盘里放了一块刚炸好的猪排。苏蔚的眼睛在朝门口张望，竟没意识到该跟上队伍，乔英哲倒退两步提醒她，她才慌忙拿起盘子跟他去拿菜。

李铭钧的导师来了，他留着络腮胡子，灰白头发，见到正排队的苏蔚和乔英哲，认出他们，朝他们招招手，他排在隔几个人的队尾。

苏蔚和乔英哲端着长方形盘子，跟卡斯弗的七八个人坐在一起。刚坐定，导师也端着盘子走过来了，并在苏蔚旁边坐下。苏蔚说，李铭钧给她写了封信，说要跟学校请长假，还说也给导师写了封信。

导师见苏蔚忐忑不安，安慰道："我想你不必担心李铭钧的安全问题。从他给我的信上看，他不是被绑架或者发生什么可怕的事，他自愿休学一段时间，处理一些私事，希望我们给他保留位置，他还愿意回来。既然这样，他处理完私事就会回卡斯弗，我们会给他保留位置。"导师和在座的人边吃边聊，把知道的信息一一列出，情况大致是这样：

前天，就是苏蔚接到汉斯带回信的那一天，早晨约七点，李铭钧敲响了汉斯的门,交给他一封信和一提包会议材料、笔记本等跟工作有关的东西,交待了一些工作上的事,说他因私事将在"一段时间"内不再回卡斯弗。大概在同一时间,他在导师的房间里塞了一封信,信中夹着实验室钥匙。导师起床后,到酒店登记处询问,得知李铭钧已退房了。

在这之前的下午,一个学生见到有人到会议报告厅找李铭钧,他出去不一会儿,又回到报告厅,拿上自己的提包走了。那人的样子没看清,是个男的,亚洲人。

苏蔚问导师,除了汉斯和李铭钧,卡斯弗的人都仍在维也纳吗?

导师说,另一位刚毕业的博士生罕娜也离开了。她原打算做完报告就走。就是说,她和汉斯都按原计划提前离开维也纳。苏蔚认识罕娜,她是捷克人。

从餐厅出来,苏蔚和乔英哲直奔酒店,找前天早晨登记处值班的人,得知她今晚八点才来上班。两人商量,不管下一步怎么办,都要在此住一晚。乔英哲说,就住这家酒店吧。苏蔚原想到附近找家学生旅店,此刻她犹豫了。乔英哲明白,她嫌这间位于市中心的酒店贵。于是说,我们只住一个晚上,在李铭钧原先住的地方,说不定会有意外的线索,不必怕贵,仅住一间有两个床铺的标准间,就算你在我房间借宿。我们昨天不就睡在同一房间,你有不方便吗?况且,我一直都在你们家借宿,你借宿一晚不算什么。

苏蔚转身问登记处的人,能否告诉李铭钧住哪间房,如果那间房没人住的话，可不可以住那一间？

　　登记处的人查了一下，摇头说，你们要有两个床铺，可他那间仅有一张双人床。既然你们已登记，正好那间房还空着，可以叫人领你们进去看看，但是看也没用，房间已经打扫过了。

　　一位年轻的服务生带他们到六楼，进了李铭钧住过的房间。苏蔚一进门就明白，里面的确已打扫干净，垃圾清除了，一张双人床也换了新床单。苏蔚把所有的抽屉、壁橱都拉开，没找到任何东西。

　　从李铭钧的房间出来，苏蔚找到打扫房间的清洁工，一位约40岁的黑发女人，苏蔚给她看跟李铭钧的合影，自我介绍说是李铭钧的未婚妻，想询问有关他的情况。那女人点头说记得这个人。有天下午，她正在隔壁房间打扫卫生，听到走廊上有说话声，知道有人回房间。她出来拿床单，刚好见李铭钧正提起地上的提包，边说话边走进屋，她猜测进到屋子里的是两个人。

　　"一男一女？"苏蔚问。

　　"不好说，因为没见到另一个人。"

　　"他们说德语吗？还是说其他语言？"乔英哲问。

　　那女人想了想说："不知他们说什么语，但不是德语。"

　　"他退房以后，房间里有没见到特殊的东西，比如说奇怪的字条、外国包装纸，血迹，甚至……"苏蔚停顿一下说："特殊场合使用的东西。"女人摇摇头说："我只记得房间很干净，没什么垃圾，不记得有特殊东西。"

晚上八点，前天早晨登记处值班的人上班了。苏蔚像见到救星，先把跟李铭钧的合影递给她，解释自己是未婚妻，李铭钧没回西德，她很着急，想打听情况。那人拿着照片说记得这个人，因为他看上去很疲倦，付账签字把纸都划破了，似乎很不安。跟他一起退房的还有个女的。

　　"那女的也住在酒店？是不是罕娜·班尼克娃？"

　　值班人查了一下说是叫罕娜。她忙于两人的退房，没注意是否有其他人跟他们一起。

　　离开登记处，苏蔚和乔英哲找到那天值班的门卫。从他那里证实，李铭钧和罕娜都拉着行李同时在门口等车。有一辆黑色中等型号的轿车停在门口，开车的是个亚洲男人，李铭钧上了他的车，坐在司机旁边，罕娜也上去了，坐在后排。

　　苏蔚希望门卫能详细描述那亚洲男人的长相。门卫说他只见到侧面，而且亚洲人在他眼里都长得差不多，比如，他说着望望乔英哲，又换个角度端详他侧面，"可能就是他这样，或许比他年长一些。"说完，他又觉得不妥："也不一定，从亚洲人的面孔很难猜测年龄。"

　　回到房间，已经十二点多了。苏蔚筋疲力尽地在桌边坐下，乔英哲也疲惫不堪，倚在靠门的一张床上。两台比电脑还复杂的机器开始处理所有信息，互相补充，不断修改、剪接，拼凑成这样一幅素描：

　　李铭钧由于一位亚洲男人的缘故，变得非常缺钱，钱要得急切，他或者跟着这男人弄钱去了，或者罕娜愿帮他，他们都跟罕娜走了。这男人会是谁？如果是李铭钧的亲戚，无非是他的哥哥、堂兄表弟，但他们都在中国，不可能到奥地利。如果是远亲旧友，苏蔚就不得而知了。她想起李铭钧家有"海外关系"。他的母亲有个舅舅，早年在上海做生意，后来去了香港。在中国 20 世纪60 年代"三年困难时期"，母亲的舅舅曾往家乡邮寄饼干、奶粉、猪油，但他从未回过大陆，后来他们失去联系了。这些海外亲戚有可能到奥地利，但苏蔚无从查起，这条线索就断了。还有一条线索就是罕娜，她最可能去的地方是捷克，或者说首都布拉格。

结论一得出，苏蔚忽地从桌边站起来："我明天去布拉格。"

乔英哲没吱声。苏蔚接着说："我可以坐火车去，不必麻烦你了。你跟卡斯弗的人明天回去吧。"

乔英哲问道："你怎么知道罕娜一定回布拉格？"

苏蔚道："汉斯和罕娜曾经恋爱，不久前吹了。铭钧曾说，罕娜毕业后要回布拉格，而汉斯是德国人，不想去捷克。罕娜对布拉格非常自豪，我跟铭钧就是因为听罕娜讲布拉格如何让人振奋，被她神采飞扬的神情所感染，才决定去那里旅行。罕娜比铭钧早两年到卡斯弗，两人做的课题接近……"

乔英哲又问："李铭钧跟罕娜有什么不一般吗？"

"没有，也不可能。但是……"苏蔚脸上的表情渐渐凝重，说话声音开始颤抖。

"你还记得铭钧给我的信吗？他详细讲了他刚出生算命先生

的话。其实这些我早听他说过，他也许以为我忘了，在信上又讲一遍。其实我没忘，事情的结尾我依然记得，不知是不是他有意没提起。那算命先生拿起他母亲给的钱，转身要走的时候又回来，把手里的钱放回到母亲手上：'还是给这孩子留着吧。'说完他走了。母亲叫回他：'请给孩子指条路吧。'那男人摇摇头：'如果是成年以后的事，就跟姓钱的人家结亲吧。'"

乔英哲听了依然不解。

苏蔚说："罕娜的名字是 Hana Banikova，Banikova 来自于 Banik，意思是银行。"

乔英哲站起身，在屋里踱了一个来回，轻声道："李铭钧跟着捷克姑娘去布拉格抢银行了？你去布拉格如何找到罕娜？"

苏蔚仍然沉浸在自己的思路里：我现在越来越觉得李铭钧有可能去布拉格。一年多以前，我们跟卡斯弗的同学一起去野营，汉斯和罕娜也去了。我曾跟罕娜聊天。她祖辈是做生意的，这些年捷克改革，父母承包了酒店。她说，如果我们以后去布拉格，可以住她家的酒店。她家很好找，在查理桥西岸有个店铺，卖纪念品。也许李铭钧为了钱，到她家的酒店工作了？

乔英哲不同意："到捷克能赚多少钱？要比他的一月两千马克多得多，李铭钧才有可能去。除非……"乔英哲停下不说了。

"不管怎样，最后见到铭钧的只有罕娜。可能只有她见到过那个陌生男人，就冲这，我也要去布拉格。反正捷克是社会主义国家，我们不必申请签证。"

"那好，我陪你去。"乔英哲说完打个哈欠，带着倦意说："不早了，该睡了。"

苏蔚心怀感激。她知道，此刻需要有人商量。如果乔英哲说，他不去捷克，明天跟卡斯弗的人一起回去，苏蔚会失望，现在她很怕孤独。乔英哲毫不犹豫地答应陪她去捷克，让她心里宽慰许多。她望着乔英哲说："其实从布拉格回卡斯弗，和从维也纳回卡斯弗路程差不多，只是捷克的公路不好。而且明天的路大部分在捷克境内。"

"我不担心公路，就怕看别人开车。"乔英哲说完，微微一笑，样子十分亲切。苏蔚望着他，内心温暖。

"你先去洗漱吧。"乔英哲似乎又精神起来了，他站起身说："这酒店虽然高级，其实还不如萨尔茨堡的学生旅店方便，厕所和洗澡间分开就好了。我到外面看看夜景，一会儿回来。"说完，他不容苏蔚说什么，拿起钥匙出门了。

苏蔚拿着牙膏牙刷朝洗手间走，见乔英哲脱下的袜子丢在床上，顺手拿起来，进了浴室先洗好袜子，晾在一边，而后开始洗澡。

当她穿着黄色浴衣，头上裹着白色毛巾走出卫生间时，乔英哲已经回来了。抬眼见沐浴出来的苏蔚，洁白的皮肤带着湿润，眉清目秀，神态舒展，他眼睛不自觉地流露出一种欲望。两人视线对撞，他立即收敛，低头拿起睡衣走进卫生间。

苏蔚解开头上的毛巾，脱下浴衣上床，侧面躺下，脸对着墙壁。这样她和乔英哲之间就隔上一堵墙了。不一会儿，听到乔英哲也上床了，不知他的脸冲哪一边。

　　维也纳的夜晚寂静坦然。乔英哲却睡得不踏实，隐约听到抽泣，声音依稀，不知来自梦里，还是屋里。

[4] 不论目前好坏，
一切都将改变

苏蔚喝一口演讲台上的矿泉水，讲起网上留言：

他30岁，出生于一个贫困村庄。硕士毕业后，娶了位教授的女儿。婚后由于文化教养和生活习惯差异很大，两人常闹矛盾。

一次出差时，他认识了一个跟他经历相似的女大学生，她也曾穷得连饭都吃不饱。两人由相怜到相爱，男士跟妻子提出离婚。但他去找那女友时，她却留下一封信走了。她无法承受心理压力，不愿做破坏别人婚姻的第三者，希望他原谅，不要再找她。

生活充满变迁，每个人的婚姻都要经历一个个考验。日常琐事的摩擦会导致感情危机，从而把目光投向第三者。

第三者在不同的文化、阶层都有，由于位置特殊，心态、境况容易变，别以为不足和不便是暂时的，一旦名正言顺就万事大吉了。上例中的女孩做出了明智的选择。而另外有一个女孩由第三者升为太太，得到了名分，却失去了幸福。

这位女孩跟公司老板发生婚外恋，逼老板跟共同创业的发妻分手。但老板再婚后并不如意，公司生意连连受挫，两人天天吵架，互骂对方不是好人。一个骂破坏他原先的家庭，一个骂对方搞婚外恋，活该报应！最后公司倒闭，老板成了普通职员。

短短几年，女孩从小三到正房，从职业女性到家庭主妇，从平民到阔太，又转为平民了。

人生变化莫测，不顾一切地摧毁一个契约，重新建立一个新的婚姻关系，就像先推倒一座楼房，让住在里面的人搬迁，切断水电，清除旧物，然后重打地基，再建新楼。麻烦多，难度大。

即便新楼拔地而起，也会面临意想不到的新问题。好与坏、新与旧是相对的，不会一成不变。

对于不同阶层之间的婚姻，由于生活方式以及观念的不同，需要付出更多的努力来适应。如果某一方一次次得不到满足，容易产生怨恨，心有怨恨便会有意或无意地回应，其结果是感情受创。当感情极度受创，重新修复难度大，有时则不可能。感情直接关系到婚姻的存亡。那么男人跟女人比起来，谁更需要情感的支持呢？

美国欧克兰大学社会学教授塔莉·奥布齐调查了373对结婚25年以上的夫妻，认为男人比女人更需要婚姻中的情感支持。如果丈夫得不到妻子在情感上的关心，离婚率会增高一倍；而同样的婚姻中，妻子在情感上的要求则没有丈夫强烈。这可能因为女人的情感会在其他方面，比如家庭或朋友那里得到满足，而男人在情感上更加主要地依赖配偶。人的情感世界是脆弱的。男人一贯被认为坚强，他脆弱的一面只对知己敞开，妻子是丈夫内心情感的慰藉。

对女人来说，维护婚姻的重要一点，是尊敬丈夫，理解、关心他。如果丈夫在情感上得不到妻子的支持，就容易受挫败感和愤怒的情绪干扰，做出在正常情况下做不出来的事情。一旦做出的事让妻子难以接受，婚姻就受到威胁。总之，对丈夫不闻不问，就等于放弃他了。

当然，并不是说可以对妻子漠不关心。2012年英国通奸调查表明，女性发生婚外情主要为情感依托、寻求浪漫和增强自信，而且比男性更容易爱上情人。男性发生婚外情主因则是性冲动、厌倦婚姻或满足自尊心。

人的情感是很复杂的，一对非常相爱的男女，职业、性格、家庭等也般配，由于某种原因，这位女士要跟另一位条件相当的男士踏上旅途，当年轻的孤男寡女日夜相处的时候……

苏蔚伸手抓起那瓶矿泉水，她需要理清自己的思绪……

第二天，天气晴朗。从维也纳开车出来，乔英哲轻易找到了去布拉格的高速公路。他得意洋洋："你看，我这次没像在萨尔茨堡那样犯傻吧。"苏蔚说，"布拉格的英语、德语、捷克语名字都差不多，想弄错还不容易呢。"

不一会儿，捷克边境到了。持中国护照过境简单，边境官在护照上盖个章，记录入境时间，就等于发签证了。如果持西方国家护照，必须事先申请签证。当时的捷克斯洛伐克是社会主义国家，社会主义国家之间属于同一个"大家庭"，"同志加兄弟"。既然是同一个家庭，那么回家的感觉总是好的。但重上公路不久，美好的感觉再也找不着了。

通往布拉格的公路有很长一段高低不平，"嘣嘣"的噪音就像耳边在敲鼓。捷克的公路和奥地利、西德比起来乃天壤之别。噪声混进车里播放的《鸵鸟》钢琴曲，像是嚼着香喷喷的米饭，却跟沙子一起咽下去。

道远路颠，乔英哲被颠得心烦意乱，刚想抱怨这糟糕的公路，瞥见苏蔚睡着了。他关小音乐，伸手拽一件毛衣给她盖上。昨晚可能她又没睡好。这个李铭钧，唉。

　　前方出现加油站，乔英哲停车加油。加油站里走出一位年轻人，见到黄皮肤的外国人就问是否要换捷克克朗。按黑市价格，比官方价多二十倍。乔英哲同意，随即用少量马克换到"大笔"克朗，心里高兴，不觉得是生平第一笔非法买卖。再看年轻人，早没影了。他望望加油站价目牌，算着价钱便宜，但不知怎么办。各种汽油名称都是捷克语，存心捉弄人，刚弄清德语各种汽油名称，在奥地利得心应手，到捷克又没辙了。问一位老年人，那人不懂英语，但懂些德语，讲解带手势，油加好了。

　　乔英哲回到车上，苏蔚问道："问题都解决了？"

　　"解决了。英语、德语一块儿说，哪句听懂算哪句。欧洲真麻烦，下次谁把我惹急了，我就讲汉语，爱懂不懂。"

　　"只要在捷克没问题，靠你的三国语言，跑遍东欧都能应付。"苏蔚道。

　　"嘿，叫你这一说，我轻飘飘的，手一哆嗦转了方向，下站可就是波兰了。"

　　一路颠簸中到了布拉格，车子直驱温塞拉斯广场。温塞拉斯广场号称布拉格的香舍丽榭大街，乔英哲被眼前壮观的古建筑群吸引：罗马式圆形建筑、哥特式大教堂、布满雕塑的古迹……那位捷克姑娘并没有夸张，这是一座罕见的历史名城，文化气息浓郁，不愧是欧洲九座文化都市之一。

在广场附近停了车，乔英哲稀奇地打量着来来往往的车辆。布拉格的街上几乎清一色是捷克自产斯格达小轿车，看上去简陋，比他的法国塔博特车小四分之一，乔英哲顿时得意。苏蔚好奇地问："你这么高兴？"

乔英哲没回答，问："你瞧别人的车，跟我的比怎么样？"没等苏蔚回答，乔英哲又说："在美国，我的车一看就是穷人开的；在西德我的车属中下，到了捷克……"乔英哲说着，把手里的车钥匙高高抛在空中，又伸手接住，道："我的车属贵族车，我成大款了。"

苏蔚笑了，眼前的乔英哲带些孩子气。可能男人都这样。

两人沿着温塞拉斯来到老城广场，从广场旁边的小巷走过伏尔塔瓦河上的查理桥。通往久负盛名的布拉格大教堂是一段长长的山坡路，两人走得气喘吁吁，边走边问，没打听几家，便找到姓班尼克的店铺，一家卖纪念品的小店。

店主人是位老奶奶，她说罕娜是她的孙女，现在到酒店帮忙去了。两人按照老奶奶给的地址，找到位于伏尔塔瓦河边的一家中小型酒店。一进门就见罕娜身穿工作人员的制服在前台忙着。苏蔚走上前，罕娜抬头见到她，吃了一惊："你到布拉格啦？铭钧没跟你一起来吗？"罕娜在卡斯弗的时候见过乔英哲，也跟他握手寒暄。

苏蔚说明来意，罕娜请他们先到会客室休息，她把手头的事交代一下就过来。不一会儿，罕娜来了，在苏蔚对面坐下，细细说起。

"李铭钧不在布拉格。三天前，跟他同时离开酒店，只是搭他的车去火车站，到车站就分手了。他说有事要先离开维也纳。原以为他跟那开车的男人一起回卡斯弗了。"

"那男人叫什么？"

"铭钧没给我介绍。他跟我说，他有便车可以送我去火车站。我本打算叫出租。"

"那男人长什么样？"

"我坐在后排，只见到侧面。从后视镜看到他的眉毛又浓又黑。那人没跟我打招呼。我当时觉得奇怪，铭钧是个讲礼节的人，要是平常，会给我介绍开车的是谁。他没有，我没在意，因为铭钧说他有急事要处理，我想他可能心情不好。我问，是不是能帮上忙。他说也许以后，他要了我的地址。我把酒店地址给他了。因为我夏天在酒店帮忙，暂时住在隔壁。等旺季过了才去找工作。"

苏蔚立即说："如果他跟你联系，不管什么时候，一定告诉我。待会儿给你我的地址。后来呢？"

"后来我下了车，铭钧帮我提下行李，跟我再见。那个男人没下车。我猜他是中国人，因为他们在一起说中文，对，我猜测是中文。"

"你能不能再详细讲讲，铭钧还跟你说了些什么。还有那个男人的情况？"

铭钧那天神情沮丧，说话不多。我没问到底出了什么事，以为也许你有什么急事，他要赶去海德堡。至于那个男人，他神情似乎很平常，穿一件咖啡色衬衫，黑色头发，头发有些长，显得乱蓬蓬。他开的黑车好像是德国大众车。

罕娜把她知道的都讲了。天色已晚，苏蔚打算在店里住下，罕娜主动提出她请客。苏蔚婉言谢绝，说反正已经换了许多克朗，捷克钱带回去也没用，就要两个单间吧。

罕娜说，今天房间全订满了，重新安排一下的话，最多能找出一个带套间的，有两间卧室。苏蔚跟乔英哲商量，觉得也行。于是罕娜起身去安排住宿。

乔英哲站起身，打算回广场把车子开过来，行李都在车上。

一切都办停当后，他走进这家叫"舒尔信"的酒店。前台工作人员已经换人，可能罕娜下班了。

找到二楼的房间，见房门半开，透着些亮光。乔英哲推门进去，首先看到自己的行李放在桌旁。左边卫生间的门关着，里面有流水声，可能苏蔚在洗东西。他抬眼打量屋子，房间不大，很干净，像由一间大房间隔开的两间房，里间很小，仅有一张单人床，一个床头柜，苏蔚的行李箱放在单人床边。外间大一些，双人床和两个床头柜把房间占满，一张窄窄的桌子和两把椅子靠窗摆着，从窗子能看见宽阔的伏尔塔瓦河。

正打量着，洗手间的门开了，苏蔚走出来，问："车子停好了？"

"停好了。就在街拐角。"

"要不要先休息一下？"苏蔚又问。

"我不累。刚才在楼下喝水聊天，已经歇过劲儿了。"乔英哲说完，转身把桌边的行李箱放倒，准备打开箱子。

苏蔚在桌边坐下，过了一会儿才开口："如果你不需要休息的话，我们现在趁天亮先出门，到街上找个画像的给你画张像。"

乔英哲正在箱里翻找东西，他停下手，回转身问："画像干什么？"

"我想，既然奥地利的门卫见到陌生男人的侧面，说跟你接近，就以你为基准，叫罕娜也去，根据她的印象，再对画像做些修改。我明天拿着画像回维也纳，找那门卫，看看他会不会再做修改……"

乔英哲站起身走过来："苏蔚，你是不是糊涂了。有拿一张侧面像找人的吗？这些人没一个正面打量这中国人。罕娜说眉毛又浓又黑，门卫说亚洲人都长得差不多。这不全是废话吗？！亚洲人跟欧洲人比起来，当然都长得像了，老外在我们眼里也差别不大。凭这些能画出什么？"

苏蔚说话带些神经质："那你说怎么办？！我的线索全断了。本来以为罕娜会有消息，至少知道他去哪儿了。可如今，他失踪了。也许我该报警。"

乔英哲没想到苏蔚一下子像变了个人，变得没有理性。他一时不知该说什么。沉静一会儿，他在苏蔚身边坐下，慢慢劝说。

"苏蔚，在你刚收到信的时候，说要去维也纳找李铭钧，我心里十分佩服。你有主见，遇事不慌。从你对他的情意，也让我十分感动。所以愿意帮你，跟你一起跑了这么远。可你的这份痴情也要有个头儿。从西德到奥地利，从奥地利到捷克，你能做的都做了。如今又要回维也纳，你想还会有收获吗？你还要报警，且不说警方不会立案，因为李铭钧给导师的信说得清清楚楚，他因为私事要请假或者说休学。警方会介入别人的隐私吗？"

"退一步说，就算警方帮着寻找，他们可能首先跟李铭钧父母联系，而他已经跟你说，千万不要让他的父母知道他遇到麻烦。否则等于他亲手杀了父母。苏蔚，你已经尽了最大努力，既帮不上李铭钧，恐怕短时间内也找不到他。你唯一的出路就是等。他不是说需要一年吗？就先等一年，不就是要晚一年结婚吗？你们已经等了几年，再晚一年又有什么关系？"

"从他给你的信上，能看出他很舍不得你。跟你一路走来，我也知道为什么。李铭钧很聪明，是个明白人，这个你我都相信。他遇到麻烦，如果警方能解决，他一定报警。他没这么做就是因为警方帮不了他。似乎他觉得罕娜以后能帮他，那就跟罕娜保持联系，她即便不告诉你李铭钧的消息，至少会告诉他，你焦急地到处找他，他能知道这些也好。"

"最初读李铭钧信的时候，我曾疑问他说的是否可信。现在看来，他说的是真的。他因为这个男人带来的消息弄钱去了。他的离去是不得已，希望你等着他，但又怀疑自己能否在短时间内处理好一个难题，他不知需要多长时间，所以把写下的字又画掉了。但有一点你要相信，他希望你好好活着。如果因为他，你大病一场，从此一蹶不振，甚至想不开、寻短见，那他将一辈子不得安心。他最希望的，就是你好好活，过得好，等着他。"

"苏蔚，你也是个聪明人，又学心理学。你应当比我更明白，世界上没有任何男人值得你为了他而失去自我，无论他多么出色。你应当等待李铭钧，他是个好人。但等待不是不活了，不是变成一个祥林嫂。祥林嫂没文化，你是一个心理学准博士，这么年轻，还没结婚，难道一下子三级跳变成失去丈夫、儿子的祥林嫂了？

"你才是祥林嫂呢！"苏蔚脱口而出，脸色阴转晴。

"我当祥林嫂，想当也当不上，当祥林倒有可能。"

"你让我变成祥林嫂，你当祥林。铭钧回来，非揍扁你。"

"是吗？我等着他。"

苏蔚有精神拌嘴，乔英哲连忙不失时机，建议到一楼餐厅吃饭，他已经饿得发慌。罕娜刚才说了，他们店里最有特色的是匈牙利烧牛肉。

苏蔚同意。两人来到一楼餐厅。

餐厅的菜谱仅有捷克文和德文，大概游客以德国人居多。乔英哲装模作样地翻着菜谱，对苏蔚说："你点菜吧，这里可能除了罕娜，没人会讲英语。"正说着，一小筐刚出炉的面包端上来了。苏蔚点了两杯啤酒、一人一份匈牙利烧牛肉、土豆泥、色拉，统统加起来才相当于三马克。

乔英哲胃口大开，说从未吃过这么便宜的西餐。尝一口捷克啤酒，清凉新鲜，别有风味，他第一次喝捷克啤酒，以前只知道德国啤酒有名，没想到捷克啤酒也首屈一指。饭菜端上来，啤酒加牛肉，他吃得过瘾，最后把盛着牛肉的面包"碗"也吃干净了。他擦擦嘴巴说："捷克太好了！布拉格太棒了！可惜卡斯弗离这儿远，要是近，我每周都来。说起再来，苏蔚，你看今天是星期四，我们如果明天回去，到家是星期五晚上。周末在家也没事，我下周一才上班。如果你不是回去有急事的话，我们能不能……"

苏蔚望着对面那双期待的眼睛。从什么时候开始，乔英哲变得很亲近，亲近到仅有一臂之遥。如果她的铭钧或者他的夏宜出现，这段距离将立即无限延长。但是，如果他们不出现……天啊，我一心一意要嫁给铭钧，刚才还焦虑不堪地要赶回奥地利，为什么望着这双眼睛，会有如此不可思议的想法？如果此刻回到卡斯弗，意味着要立即跟他分手，独自回海德堡。这三天跟他在一起，有他的陪伴和关心，即便在最绝望的时候，总有一丝温暖烘托着心灵……

心里想的和嘴上说的有时不一致，因此不要相信所听到的一切。

苏蔚喝一口啤酒，道："我还是先坐火车回去吧。你一个人逛布拉格，行吗？"

乔英哲放下手中的酒杯，脸上飘过掩饰不住的失望。苏蔚明白，她的感觉和他的一样。苏蔚证实了她的试探。

"也行，"乔英哲回答，"不过，我这趟出来，一张照片都没拍，吃完饭，我们一起回查理桥，你帮我拍几张照片好吗？"

苏蔚说得也干脆："好，那我们赶快，趁天黑以前。"她说着把啤酒一口气喝光，心想，他还不吃我这一套。

两人回房间拿了相机，沿着伏尔塔瓦河朝查理桥走。

乔英哲告诉苏蔚，他刚才去开车的时候，在街上买了本布拉格旅游书，随手翻了几页就打算多住两天。布拉格太让人振奋了，单说温塞拉斯广场就有很多故事。

苏蔚说，那就拐弯从广场上走过去吧，现在正是热闹的时候。一路聊着温塞拉斯，不知不觉查理桥到了。

这座始建于1357年的古桥，是世界上最完美的桥梁之一，布拉格的象征。哥特式建桥艺术、两侧石栏杆上女神、武士雕塑，形成独特的建筑风格。

乔英哲选了一位武士作为背景，手扶石栏杆说，他小时候就想当兵，后来看了本早年的连环画，觉得武士很英武，又想当一名武士。苏蔚从镜头里望着武士雕像和微笑的乔英哲，一下想起李铭钧曾带她到拜登博格吃过一次"骑士午餐"。李铭钧曾说，他愿当一名骑士，永远守护着她。苏蔚不再想了，迅速按动快门。

乔英哲走近，接过相机说："你站过去，我也为你拍一张。"苏蔚推辞："我在这儿照过。"乔英哲不理会，挥手叫她快站过去，再拍一张怕什么，以前照得跟现在不一样。他从相机镜头里端详片刻，随即按动快门。

乔英哲刚要收起相机，听到一声："是中国人。"回头一看，一对约 50 多岁的夫妇带着两个 10 岁左右的孩子站在身后。

"你们从哪里来？"操着台湾国语的太太问道。

"西德。你们呢？"乔英哲说。

"美国，威斯康星。"同样操着台湾国语的先生答道。

太太说："刚才见你们走上桥头，我就对孩子说，昨晚给你们讲故事，有个词叫金童玉女，你们不懂什么意思，现在看到了，这个大哥哥和这个大姐姐站在一起，就叫金童玉女。"

先生伸出手，要过乔英哲的相机，说："出门拍合影真不方便，来，我给你们拍一张。"

乔英哲稍有迟疑，转身朝苏蔚走去。苏蔚面带为难，刚要对乔英哲说什么，乔英哲先开口，悄声道："都是中国人，不在一起照相别人会以为我们有不正当关系。我们有不正当吗？怕什么。"说完，他跟苏蔚站到一起。

那位先生对着相机镜头看一眼，见两人离得稍远，照片会不好看。于是两手做个朝一起推的姿势，乔英哲朝苏蔚挪近半步。照片拍好了。先生接着请乔英哲给他们拍全家合影，而后一家人跟乔英哲聊起来。得知他刚从波士顿到西德，便问是不是从麻省理工毕业，得到肯定回答。太太马上转身对两个孩子说，"你们要好好念书，看这个大哥哥多有出息，念麻省理工耶。"

跟"台湾一家人"告别后，苏蔚对乔英哲说："照片洗出来要连同底片都交给我，你什么也不要留。夏宜见到会不高兴。"

"好，都给你。"乔英哲满不在乎。他把镜头对准河上穿梭的渡船，拍了张风景照。刚才大家兴致勃勃地聊天，乔英哲感到轻松愉快，似乎也跟这家台湾人一样，是来观光的游客。他意犹未尽，想开句玩笑，刚要张口，却停住了，见苏蔚一动不动地凝视着那幅武士雕像。

武士雕像让苏蔚想起拜登博格里身披盔甲的骑士。按照字典上的定义，骑士是保护主人或者妇人的武士，两者区别在于一个特定，一个泛指。就像丈夫和男人的区别。如果说拜登博格是骑士的象征，那么眼前的一切就是武士了。苏蔚扭头，正与乔英哲对视，她的思路戛然而止。

"我们去山顶大教堂吧，从那里到卡夫卡居住过的黄金巷。"苏蔚说。

乔英哲答应，朝西望去，太阳快要落山了。

从教堂出来，两人走进古老的黄金巷。天已经黑了，游客都已离去，巷内空空如也。在仅有两个人的夜色里，有种无形的东西，把年轻的男女朝一起推。两人默默走着，空旷的巷子，只有脚步声在两边低矮的作坊之间回荡。过了好一会儿，乔英哲轻声问："你请了一周假？"

"嗯"

"导师没催你回去吧？"

"没有。"

"明天真要走吗？"

……

"如果我希望你留下，多住两个晚上，你……能答应吗？"乔英哲的声音亲切而温柔。在幽暗的夜色里，需要勇气才能抵御它。

"……好吧，那我们星期天一起走。你一个人开长途……夏宜会不放心。"

弥漫着磁性的空气里，一旦混杂外人的讯息，气氛便有了微妙的变化。但变化可以不顾。

"我想你也不会走。"

乔英哲说这话的语气带有一种放肆，苏蔚并不反感。刚才教堂前的庭院里，她见到一只嘴里叼着草的小鸟在枝头搭窝巢。造房建屋的大都是雄性鸟，当他见到一只孤独的雌鸟无意中闯入，他对她大概会是这样。苏蔚感到脸上发烧，幸亏天黑了，没人能看到。片刻，她平静地说："我们是一起来的，还是一起走吧，路这么远，有个照应。"

终于从窄小的黄金巷走出来了，苏蔚舒了一口气。

下山的路有许多台阶，台阶上忽然人多了，人多的时候，二人世界的短暂思维中断了。

回到酒店，苏蔚让乔英哲先去洗漱，说男的总比女的快，乔英哲道："你先去吧，我到外面透透气。"说完，他出门了。

苏蔚洗完澡，听到外面有动静，知道他回来了。她穿好睡衣，再裹层浴衣，走出卫生间。卫生间的对门就是卧室，她两步跨进门，边进门边说："我好了，你去吧。"而后轻轻关上门。

乔英哲在床上躺下，辗转反侧，许久才睡着。不知是不是两人没睡在一间屋的缘故，乔英哲第一次没听到夜晚的哭声。

第二天，苏蔚先醒了，轻轻推开房门，见乔英哲在酣睡，悄悄进了卫生间，洗脸刷牙。一切完毕，似乎外面依然静悄悄。这是连日来最轻松的一天了。前两天着急赶路、找地址、找人，精神忧郁紧张，她从不花时间琢磨每天该穿什么，衣服只要整洁，就拿起来往身上套。

今天不需东奔西忙，一下多出不少时间。苏蔚打开精致的化妆盒，开始对着镜子装扮，眉毛、眼线、睫毛、唇线、腮红，一笔一笔淡妆素抹恰到好处，最后涂上口红。看着镜子里焕然一新的青春面庞，她十分满意。回屋穿上翻领连衣裙，走出房间的时候，恰与乔英哲打个照面。乔英哲一下站住，望着她没吱声，但他的眼睛代他说话："真漂亮。"

苏蔚心里很满足。

诗人拜伦说过："女人有一句赞美她的话便可以活下去。"让别人欣赏会得到满足，让身边的男人欣赏，会增强自信。说实在的，新婚前未婚夫突然离去，对她打击沉重。他离去不管因为什么，一定是认为需要照顾的事比娶她重要。就是说，她在他心里不是必不可少，不是最受重视，当有矛盾冲突时，她被撇开了。每当想到这里，她伤感，自信受创。她需要别人的赞扬和鼓励，重新树立自信。自信来自成就感，来自周围人的欣赏。

乔英哲洗漱出来，苏蔚对他说："我们先去吃饭，而后去附近裁缝店，布拉格一流的裁缝做一套纯毛西装才七马克。上次我跟铭钧每人做了两套，这在西德每套至少一两百马克。"

乔英哲连声答应。不一会儿，两人出门。到楼下吃过早饭，直接上街了。

开车大约十分钟，来到一条小巷的裁缝店。乔英哲试了几套半成品西装，选中一套黑色和一套藏青色的毛料西服。一位带老花镜、慈眉善目的老裁缝给他量好裤长、袖长，说马上把裤腿、衣袖缝制好，三小时后就可以取。

苏蔚夸老裁缝德语讲得好。老裁缝说，他小时候住在捷克和德国交界的边境村庄，左邻右舍有不少德国人。村子里捷克人跟德国人相处融洽，直到二战开始情形就不一样了。住在捷克的德国人，希望把村庄划归德国。捷克村民不乐意。德国人劝说，捷克不过区区小国，留着个把村庄又不会变大，何必呢？

苏蔚跟老人聊天，乔英哲在女士套装部左看右看，过了一会儿，他走过来对苏蔚说："我想给夏宜也买一套，她跟你身材差不多，你去试试那套藏青色的好吗？"苏蔚欣然答应。

乔英哲挑了一套跟他的藏青色西装同样面料的西裙套装，苏蔚一试，腰身、肩膀、衣袖都合适。乔英哲说："就是它了。"一看价钱，才相当于六马克，这在西德是不可思议的价钱。

两人不想耽误时间，跟裁缝说先去外面逛逛，午饭后回来取衣服。裁缝答应。

下午回到裁缝店，乔英哲的西服已经好了。他穿上做工精细、面料优良的笔挺西装，像换了个人。苏蔚和店里另外两位年轻姑娘大加赞赏。苏蔚高兴地说："别脱下来了，我们待会儿去看黑灯剧，要穿戴正式。干脆再挑件衬衫，配上领带，最高级的也不过几马克。"两位姑娘也随声附和，去剧场要穿漂亮衣服呀。

乔英哲对苏蔚说，除非你也穿一套礼服，我才愿意穿出去。两位姑娘向苏蔚推荐一件长裙摆红色 V 形领礼服，领口、袖口、裙子底边都有同样面料手工缝制的花瓣，雍容大方。苏蔚掏出标着价钱的小纸牌一看，捷克克朗换算成德国钱大约五马克，让人无法拒绝，于是拿起裙子走进更衣室。

苏蔚对着镜子整理着领口，这件长裙给她增添几分气度。她满意地掀开门帘，与乔英哲的目光对视，他连声称赞。苏蔚一步跨出去，紧接着自旋一周。那位老裁缝停下手里的活儿，转过身，眉毛向上一挑，抬起眼，从老花镜上方端详着苏蔚。他说了一句捷克语，苏蔚听得懂："太完美了。"

乔英哲拽一拽领结，领口稍松一些，说："你别换了，穿着去看戏。"说完，他拎起购物袋朝柜台走。苏蔚对着他的背影叮嘱："这一件我来付钱。"

没有回答。

苏蔚到更衣室把自己的衣服收拾好，拿起提包走到柜台，收银小姐说："他付过了。"

苏蔚出了门，乔英哲走过来说："这么好的衣服才值两杯啤酒钱。没想到捷克有这好事儿，一出手就省五百马克。"

"我的衣服还是我来付钱吧。"

乔英哲不容争辩："两杯啤酒钱还计较什么。这一趟我们从西德一直东行，最后一站回到社会主义阵营，从西到东才深刻体会，还是社会主义好啊。"

两个焕然一新的年轻人从裁缝店出来，走在街上显得与众不同，像要去参加隆重仪式。两人钻进车子，拘谨的感觉没有了。

从小巷子出来没多远，见一幢大楼前站着许多人，约有一半是拿相机的记者，警察在圈外维持秩序。苏蔚提议去看看。乔英哲在路边停下车，两人走近那堆围得水泄不通的人群，在圈外翘首张望。一位警察瞧见这对穿着华丽考究的亚洲人，显然与圈外的人格格不入。当时的布拉格，街上几乎见不到亚洲人。那位警察冲另外几个警察招招手，说句什么，眨眼间，人群中闪出一条路。

乔英哲和苏蔚没明白是怎么回事儿，以为捷克人热情好客，照顾外国人，于是点头向大家致谢，走进圈子里。进去才知可能是电影展。有几位电影明星在接受记者采访，有的摆姿势拍照。两步远的地方，站着苏蔚喜欢的罗伯特·格林，她正想鼓足勇气去跟他合影，见一位女记者朝他们走来，女记者问乔英哲："请问你叫什么？"

乔英哲告诉她名字，女记者问："以前有位中国外长是同样姓氏，你们是亲戚吗？"乔英哲否定。

女记者又问："我想就中国电影问你几个问题可以吗？"

乔英哲犹豫着答应了。

女记者问："导演张艺谋的电影荣获大奖，你对他的电影和当今中国电影有什么看法？"

乔英哲道："张艺谋是一位令人敬佩的导演，我很喜欢他的电影。他表现手法清新，作品精致，画面都很美。他成功地向世界推出了中国女人的形象。希望不久的将来，他会向世界推出像成龙这样令人喜欢的中国男人的形象。"

女记者："如果导演张艺谋打算拍这样一部电影，你会出演男主角吗？"

乔英哲皱起眉头："我？"

女记者："顺便问一句，你英语讲很好，能否告诉我，从哪里学的？"

乔英哲回答得很有底气："麻省理工。"

"你在波士顿住过几年？"女记者又问。

"五年，我毕业了。"

女记者："谢谢。"说完，她转身对着摄像镜头："麻省理工毕业的中国演员参加布拉格电影展，是我在本次电影展见到的第一位由美国培养的亚洲演员。以上是 CMN 记者苏珊·斯昆森从捷克斯洛伐克首都布拉格发回的实况。"

女记者忙着采访别人去了。乔英哲拉着苏蔚朝圈外走。人群自觉闪开一条道，从圈内到圈外，两位刚刚荣升的影星不到一分钟又变成平民了。

苏蔚停下脚步想再看热闹，乔英哲悄声道："是非之地，不宜久留。"见她没挪窝。他又说："再闹出个西德培养的女导演，咱俩就全了。"

回到酒店，苏蔚换下红色礼服，在自己房间慢慢卸妆。乔英哲很快用完卫生间，在外屋床上躺下。苏蔚洗漱完毕，迈进卧室，听到身后一声："请你把我的灯关了好吗？"苏蔚答应着，停住脚，回转身走到门口，按动开关的瞬间，瞥见乔英哲倚着两个枕头坐在床上，一双柔和闪亮的眼睛正望着她。苏蔚熄灭灯，而后走进卧室把门关上，她想，那两道光也该熄灭了吧。

在布拉格最后一天的上午，两人又一次来到裁缝店。乔英哲来取给堂兄订做的西服，他的身材跟乔英哲差不多。两人谢过裁缝，正要出门，裁缝店的一位姑娘朝苏蔚招招手，她刚把一件漂亮的婚纱缝上花边，对苏蔚说，我看你带着订婚戒指，想必你们快要结婚了，不订做一件婚纱吗？

苏蔚抑制住"婚纱"二字带给她的震撼，笑容里渗透着哀伤，摇摇头。望一眼犹如盛装待嫁的新娘般的白色婚纱，她的泪水在眼里打转，而后微笑谢绝："等下次来布拉格的时候再说吧。"

从裁缝店出来，苏蔚似乎恢复了平静。

路过一个教堂，见一位牧师在门口卖音乐会门票。音乐会将在教堂举行。苏蔚以前听过教堂举办的音乐会，对乔英哲说那是"一流水平"。于是两人买了票。离开演还有一小时，乔英哲要去旁边的书店，他说，在捷克要分秒必争，这里不管干什么，价钱只有西德的二十分之一。机不可失，时不再来。

苏蔚称自己累了，独自坐进空荡荡的大教堂，等待演出开始。

乔英哲掐着钟点儿回来的时候，见苏蔚眼睛红红地坐在第一排，大部分座位已经满了。他在苏蔚身边坐下，问："你上次在这儿听过音乐会？"

苏蔚点点头。

大厅里响起长笛声，不一会儿，单簧管也汇合进来了……

音乐会在悠扬的捷克民族乐中结束。乔英哲催促苏蔚赶紧走，他已经打听好了，如果抓紧的话，能赶上四点钟的伏尔塔瓦河游船，否则要耽误两个小时。

也许是好客的捷克人特意照顾这两位气喘吁吁的外国人，那一班游船晚了五分钟。他们是最后登船的游客，刚坐定，游船便慢慢离开河岸，朝河中央驶去。

两岸风光美不胜收，红色房顶在阳光下闪着光亮，教堂尖顶鳞次栉比。布拉格因尖顶和瞭望塔多，被称百塔之城。游船在不同风格的古桥下穿过，伏尔塔瓦河碧波荡漾、涟漪阵阵……

一阵冷风吹过，人们纷纷拿起外衣穿上。苏蔚的连衣裙露着双肩，早晨出来时天气热，她没带外衣。此刻，她两手交叉，捂着肩膀。乔英哲拿起自己的夹克衫，披在苏蔚身上。苏蔚左手拉扯着衣襟，右手从后脖颈把长发梳拢，徐徐理出，而后一松手，长发贴着那件海军蓝男士外衣在身后荡开。乔英哲悠然地欣赏着这一切。

在游船上度过两个小时，苏蔚穿着乔英哲的海军蓝外衣出了船舱，两人沿伏尔塔瓦河走着。一对恋人迎面而来，高大的男人和一位娇柔女子相互偎依，温情脉脉，时而亲吻拥抱，犹如并蒂芙蓉。从这对恋人身边走过，两人显得太疏远了。

　　回到房间，苏蔚开始收拾行李。乔英哲见卫生间空着，便换上拖鞋，先进去了。

　　苏蔚把衣橱里的衣服一件件叠好放进旅行箱，剩下的捷克克朗也清点一遍，听到外面洗澡的声音停了许久，猜想乔英哲已经出来了。她走出卧室，见乔英哲穿着浴衣在整理旅行箱。

　　苏蔚洗漱完毕，从卫生间出来，没望一眼乔英哲在干什么，径直迈进自己的房间，关上门。不一会儿，她听到乔英哲起床的声音，他走到门口，把灯关了。昨天这个时候，他坐在床上，叫住苏蔚给他关灯。

　　苏蔚仰面躺着，毫无睡意。片刻，她翻个身，盯着床头柜上乔英哲的蓝色外衣。刚才进门随手放在那里，忘记还给他了。这是在布拉格的最后一晚，明天就要回去了。这一趟跑了很远，没找到李铭钧，倒认识了乔英哲。如果李铭钧真的一去不回，需要帮助的时候，乔英哲会是她第一个想到的。苏蔚相信，只要他能做到，一定帮她，直到他的女朋友来了，直到他结婚、做父亲了……而自己也许会像火车上遇到的老妇人，等待自己的王子，等到80岁……

　　跟乔英哲相处这几天，苏蔚觉得，如果她愿意，乔英哲也许垂手可得。他的眼睛不会骗人。可如今自己心有所属，要专心等待，可等待的结果是什么？也许李铭钧一去不归，乔英哲结婚生子……

苏蔚不再想下去，伸手要把台灯关了，瞥见海军蓝夹克衫的一排纽扣正在眼皮下。钉扣子的针脚多，针线结实，像手工缝的。她拿起外衣仔细看另外的纽扣，全都重新钉过。男人恐怕不会想到把新衣服的扣子重新钉一遍吧，一定是他的女朋友。她看来很细心，想得周全。万一新衣服丢一个扣子，重新配不容易找到合适的，把纽扣全部加固，防患于未然了。

第二天，苏蔚醒来比平时晚，推门走出卧室，见乔英哲已经装好行李，一副整装待发的样子。他好像心情不错，说："你再不起的话，我就要叫你了。"

苏蔚道："真不好意思，今天要赶路，我倒比平时晚。对不起。"说完，急忙到卫生间用冷水洗了脸，出来的时候，头脑清醒了。

吃过早饭，乔英哲去前台结账，回来告诉苏蔚，罕娜没收这些天的饭钱，说算她请客了。苏蔚想了想说，应该送给罕娜件礼物。两人商量，现在去买怕来不及，而且最好送一件不来自布拉格的东西。乔英哲想起在卡斯弗买的一把电动剃须刀，西德产，小巧玲珑，一直放在车里，忘记拿下来。本打算送给堂兄，现在送给罕娜怎么样？

苏蔚觉得不妥，罕娜要剃须刀做什么？

乔英哲说，她可以送给她爸爸、男朋友，反正不会没用，这是西德名牌，她会喜欢的。

苏蔚琢磨不出更好的办法，于是答应了。两人来到停车场，乔英哲从车里拿出剃须刀，苏蔚看着不错，要到对面街上买感谢卡、包装纸，把礼物包得漂漂亮亮送给罕娜。

乔英哲说来不及了，今天开车需一整天，上路晚了容易塞车。今天是星期天，到捷克度周末的德国人肯定不少。

苏蔚道，没关系。到了西德，我开车行了吧？

乔英哲不满，没再说什么。

苏蔚转身走了。乔英哲没办法，只好开始装车。

整整四十五分钟，苏蔚才回来。她匆匆写了感谢卡，把礼物用金色闪光纸包好，两人下楼跟罕娜告别。罕娜拿着精心包好的礼物，三下两下扯开包装纸，嬉笑着拿起精致的黑色剃须刀，感谢他们带来意想不到的礼物，祝他们一路顺风。

告别罕娜，两人上路了。

乔英哲一进车就抱怨，买包装纸耽误一小时，礼物包好不到三分钟，人家就把纸扯烂丢了，有意思吗？

苏蔚不容置疑地说，有意思。同一个女人，穿漂亮衣服，和穿又破又脏的衣服，男人看了一样吗？

乔英哲也不示弱：你的比喻不恰当，这不是漂亮衣服和脏破衣服的区别，而是穿衣服和不穿衣服的不同。我告诉你，男人喜欢赤裸裸的。

见乔英哲气哼哼，苏蔚一下笑了。

乔英哲也被自己的话逗乐了，道，反正男人喜欢什么，你说了不算。

苏蔚赶紧附和："好了，好了，我说了不算，你说了算。可待会儿吃饭恐怕得我说了算，捷克没有英语菜谱。午饭我请客，算赔礼道歉，让你耽误一小时。"

乔英哲不好意思："请客就不必了。我剩下好多克朗，带回去也没用。以后请我吃顿你做的饭吧。"

"你愿吃什么？"苏蔚问。

"你会做什么？"

"宫爆鸡丁，怎么样？"

好，一言为定。说实在的，好几天没吃中国饭了，真想吃宫爆鸡丁。乔英哲说。

午饭后接着上路，苏蔚换上斯美塔纳的交响乐《我的祖国》。当第二乐章《伏尔塔瓦河》响起来时，她想起第一次跟李铭钧来捷克，离开时也是一路听着《伏尔塔瓦河》。那时曾有掉转车头，再回布拉格的欲望。如今，真的又回来了，但这一次不想掉转车头。走过的山河的确壮美，但当一切不属于自己的时候，终究要离开。

[5] 无论嫁娶谁，
都不能保证幸福

苏蔚后半部分的演讲，用了有代表性的事例作分析：

我们都听说过法国哲学家布利丹的寓言故事。一头驴站在两堆草之间，不知该先吃哪一堆，最后饿死了。这样的驴并不存在，但现实生活中，这样择偶的人屡见不鲜。误把痴情当作爱情是常见错误之一。

有位网友称自己被痴情迷惑，情感之路坎坷，她读了《华报》记者的采访，说那就像在说她自己。

这位女士跟大学男友恋爱了四年，读研时又认识一位比她大十几岁的高富帅，他主动追求，女士倍感惊喜，跟他到处游玩。在高富帅温柔浪漫、阔绰潇洒的对比下，相恋四年的男友太老实巴交了，她于是跟男友分手。

她后来才知高富帅有家室，痛苦地决定分手。之后又交了一位男友，新男友为人纯真，也很爱她，个子高高，但长相一般。交往两年后，女士再次遇到曾让她痛苦不堪的高富帅。本来，他隐瞒已有家室的事实，该足以引起女士警觉，但女士迷恋他英俊的面孔、潇洒的谈吐，又跟善良诚实的男友分手，盼望高富帅会像他所承诺的那样，跟发妻离婚。但他没有，反而女士得到其发妻的痛骂。

人的成长会犯错，也会有转机。这个例子中，女士又得到一次机会，但她依然没抓住，再次跟男友告吹，纠缠有妇之夫，错过出嫁最佳年龄，一晃到了中年，至今单身。

有一类人，以女性为主，属于"天真浪漫型"。这个类型的特点是，当她20多岁时，有同学、朋友对她感兴趣，她或者没感觉而没谈朋友，或者有过几次不冷不热的恋情，似乎找不到兴奋点。当遇见精通跟女人打交道的情场高手，几句言词就让她卸掉防御盔甲。那些言语并不是她理性上想听到的，但经他之口，她便沉醉。几个月就结婚，或者交往之后才发现他有妻室。最后在谎言、背叛、争吵甚至殴打之后，耗费了宝贵的青春。有人到了中年也没有改变择偶标准，依旧寻找下一位梦中情人。

恋爱交友通常遇到三类男人：

第一类，认为你不是他要的类型，因此不追求，不亲近，或熟视无睹，或保持距离。对这种人"放电"，他们可能装傻，或者让你感到他不感兴趣。这种"飞哥（鸽）"牌不构成威胁。

第二类，珍视你、敬重你，有可能追求你，也可能缺乏自信，不敢表白。如果两厢情愿，则水到渠成；如果对方尚未打算结婚安顿下来，要在给足时间和空间后再作决断；而对行为偏激的人，尤其要态度明确，给对方模棱两可的信号易使自己陷入难以解脱的情感纠结，甚至会有危险。

第三类，"享乐哥"，让你觉得他珍视你、敬重你，其实他只想从你那里得到他想要的。可以说后两类都想得到他想要的，但作为女人要理智地区分真正爱你的人和只想跟你享乐的人。

有人在网上留言，她三次恋爱失败，均因男友跟别的女人偷情。她问怎样防止今后遇上同类男人。

如果三番五次爱上轻易背叛你的人，说明你只被这样的人吸引，要深切反省自己的判断力，防止被同一种特性吸引，比如性观念开放的人。通常，缺乏自信的人容易放松警戒，而这样的人在成长过程中可能常遭批评或责难，即便出色，也总觉得自己不如别人。这要找咨询师具体分析。

在确定恋爱关系之前，要想办法了解他的过去，弄清他跟前女友分手的原因。人本性难移，他或许检点一时，但为你而痛改前非的可能性极小。没搞清之前，不可过于投入，更不能仓促结婚。

"享乐哥"的典型特征是一表人才又擅长恭维，但你身边的智者会说他不好、不可靠。如果只你一个人喜欢他，要有所警觉；如果交往一段时间他仍不把你介绍给他的社交圈子，或者听到有关他的负面传闻，不能掉以轻心，尽快弄清缘由或者中断交往。

心地善良又单纯的女性最容易上"享乐哥"的当，因为她们误把懒惰和不切实际的言行当成'脱俗'。不论嫁的人是贫还是富，都应当善良勤劳，脚踏实地。不要指望他以后会改好，明天一举成功。能改好的话，不必以后，现在就能改。明天的事没人知道，能够了解的只有昨天和今天。

有位十几岁的女孩被一位令她尊敬的老师追求，老师已婚，50多岁。她问该怎么办。老师向少女表达爱慕，不仅违背职业道德，还说明他自私。假如他真对你好，应该为你着想，对你负责。其一不扰乱你的成长，其二处理好自己的婚姻。如果他善良明智，应跟妻子一起寻求咨询辅导，避免婚姻破裂，打消对你的念头。即使婚姻无可挽回，也要等离婚以后，等你成熟，能把握自己的情感，过些年再向你表达。他不这样做就是对你极不负责，害你而不是爱你。他为什么不能等呢？因为他要利用优势地位，诱你上钩，及时享乐。这是位道貌岸然的"享乐爷爷"。

择偶重在判断。如果身边第二类男人能力欠佳、长相差，第三类男人却高富帅，要在被感情冲昏头脑之前作出理性的选择。不管"享乐哥"以什么身份出现，只能敬而远之，同时多给"欠佳"先生一次机会，放走一个珍视你的人要格外慎重。要想通一个简单的道理：假如他条件很好，但对你不好，说明他真的"欠佳"；假如他的条件不是很好，但对你很好，而且善良豁达，那位"欠佳"先生可能就是你的"好先生"。如果能对自己说，我宁肯一个人过，也决不跟他！那就证明他低于你的最底线，放他走不遗憾。

远远望见西德边境了，乔英哲舒了一口气。今早因苏蔚耽误一个小时，他连声抱怨，其实是担心捷克境内的这段公路。公路质量差，难以根据距离计算时间。捷克四周山脉连绵，如果天黑前不能开出去，担心有危险。

此刻，他心里踏实了，望一望同行的车辆，有几部是西德牌照，大概是到捷克度假的德国人。路上西德车稀少，跟乔英哲的想象大相径庭。他原以为会有成群结队的德国人到捷克买东西，毕竟这里的价钱是西德的二十分之一。看来，虽是邻国，但有东西方之分，西德人需要签证，进出就不方便了。

过了边境检查站，眼前是平坦、笔直的高速公路，乔英哲按捺不住高兴，艰苦的路段终于开过来了。在海外生活多年，家的概念是相对的，一趟东欧跑下来，西德就是家了。虽然布拉格让人大开眼界，但东欧旅行有诸多不便。公路质量差，语言障碍，设施、服务不够规范。不过买东西时真让人扬眉吐气。

　　瞧一眼旁边的苏蔚，她一路话不多。回想布拉格三天里，她似乎把忧愁暂时搁置一边，待人处事跟刚见时差不多，只是缺少由衷的开心。但是，从今早上路开始，她眉宇之间渐渐凝重，又被哀伤笼罩。她没掩饰失望，寻找李铭钧毫无收获，此刻空手而归了。

　　车子在西德公路上开事半功倍，速度快多了。天渐渐黑下来。乔英哲问："先去海德堡还是先去卡斯弗？"

　　苏蔚说："我的论文还在你家里，明天要用，先去卡斯弗吧。"

　　乔英哲答应。

　　回到卡斯弗已是晚上十一点多，两人又困又累。苏蔚打算住一晚，收拾些东西带上，明天一早坐火车回海德堡。

　　进了屋，乔英哲不顾苏蔚再三劝阻，坚持睡沙发。他把枕头、被子摆好，倒下就睡。

　　苏蔚躺在床上，望着床头柜上乔英哲送的结婚礼物——那两套床单，无法入眠。今天是星期天，本该今天结婚，那现在就是新婚之夜……生活真是瞬息万变，一周前无论如何也想不到新婚之夜会是这样。她想起李铭钧买了新版《学生王子》，一直没见到，该找出来放进包。于是翻身起床，走到放音乐磁盘的架子边，不小心碰倒了旅行箱，旅行箱一歪，撞倒放磁盘的架子，顿时稀里哗啦，音乐磁盘撒了一地。

苏蔚望着杂乱无章的一片，再也忍不住，哭起来。

乔英哲被响声惊醒，敲门进去，见苏蔚手上拿着两个磁带盘，坐在地上流泪。他走近一看，两盘都是《学生王子》，像是不同版本。

苏蔚哽咽："遇见铭钧的第一天就预示结局凄惨。我们一起去听这出歌剧……一段有始无终的爱情。我……我本来是要在今天结婚，可他竟突然不知去向……不管出了什么事，难道不能当面向我解释，跟我说对不起，也许要去跟别人结婚了！"

乔英哲也在地上坐下："我以为这两天你已经好了。没想到，你一点儿没变。我跟你说过，世界上没有任何男人值得你为了他而失去自我。无论他多么出色。人活着不能为已经发生的事折磨自己，不能因为别人的错折磨自己，错上加错。不管走哪条路，不管怎么走，先要好好活。李铭钧并没说一去不回，他只让你等。等待李铭钧不是不活了，不是变成一个祥林嫂。你一个心理学的准博士，白念这么多年书，你压根儿就是个祥林嫂。"

苏蔚擦干眼泪，不再哭泣了。过了一会儿，她说："真对不起，把你弄醒了。明天要早起上班。还是我睡沙发，沙发短，你伸不开腿。反正只有几个小时……"

正说着，就听咚咚的敲门声。这么晚了会是谁？难道李铭钧回来了？敲门声越来越响，乔英哲走出卧室去开门。

门开了，随着一声大喊，夏宜一步冲进来，她手上拿着一个信封，狠狠摔到地上，这是乔英哲几天前给她往波士顿寄的信，显然她是靠信封上的地址找到这里。

"好啊，我都快急疯了。无论什么时间打电话，你都不在。我以为你失踪了。后来想，也许你找到房子，不在别人这里挤了。可看了电视才知道，你跑到布拉格当影星了！时隔三日，当刮目相看。没想到，乔英哲是一流演员！在波士顿不过是演场戏！"

没等乔英哲开口，夏宜直奔卧室，咣啷一声撞开门，见苏蔚穿着睡衣坐在床上，夏宜顿时歇斯底里："我就知道准有猫腻。放着波士顿好好的工作不去，非要大老远来西德，说什么卡尔·奔驰，什么发现电磁波的赫兹，狗屁！原来就是为了一个下三烂女人，骗子！一起跑到捷克招摇撞骗，要不是亲眼看见 CMN 实况，我还不敢相信！"说完，朝着苏蔚恶狠狠地："呸！不要脸！"

"够了！"乔英哲厉声道。他向前迈一步，要把她拉出卧室，"你想象的一切根本没有。我刚才睡在沙发上……"

夏宜突然冲出卧室，见沙发上确有枕头和被子，她扑过去伸手摸摸掀开一半的被窝，没有温温的感觉，不像刚有人在这里睡过。

夏宜顿时又火了："撒谎！我刚进门不到一分钟，如果你睡在这里，被窝会是温的。可这里冰凉，根本没人睡过！别以为自己脑子迟钝，就把别人当傻瓜！"夏宜说完奔向卧室，乔英哲伸手拦着，被她一把推开。

"你怕了是不是？怕我一巴掌打过去。告诉你，我怕弄脏了手！"夏宜冲到苏蔚面前骂："呸！狐狸精！"

　　"别说了！"苏蔚的声音颤抖："但愿我是个狐狸精……只可惜我不是。"

　　夏宜指着苏蔚的鼻子："你……厚颜无耻！你不配跟我说话。"说完，她转身冲着乔英哲："我要你说！"

　　乔英哲上前拉一把夏宜："我们出来说。"

　　苏蔚开口："先让我把话说完。我没有见不得人的事，决不是你想象的。"

　　夏宜恶狠狠地："你骗得了别人，可骗不了我！"

　　"我本来要在今天跟李铭钧结婚。可一周前，他走了，不辞而别。这间房子就是李铭钧租的新房。可房子租下来，他人却走了。"

　　"别人不想跟你结婚，你就死皮赖脸缠着乔英哲。一缠上就赶快卖……"

　　"你给我住嘴！"乔英哲怒不可遏。

　　"你心疼了是吧。能做得出来，就不怕别人说！"夏宜声嘶力竭。

　　苏蔚脸都扭曲了："我是不是做得出来，老天有眼！轮不上你说三道四！士可杀，不可辱。我只请你能像个读书人那样，能安静两分钟。让我把话说完。"

　　夏宜静下来。

"今天本来是我结婚的日子。可一周前，李铭钧留下一封信，说他命里缺钱，弄钱去了。铭钧帮助过乔英哲，让他借住这间屋子。他下落不明，乔英哲为他担心，也同情我的处境。他带我到铭钧开会的地方找，后来以为他去了捷克，我们又一同到了布拉格。在布拉格阴差阳错上了电视。乔英哲没有对不起你的地方，我也没有。"

　　夏宜根本不信："撒谎！一男一女跑这么远，本该让人怀疑。捉奸在床，还想抵赖！"

　　苏蔚道："你不要以小人之心度君子之腹。别人信不信无所谓，我问心无愧。正因为我内心坦荡，而乔英哲是正人君子，既不会乘人之危，也不会失去理性。更是因为他爱你，心里有你，他才不会做出格的事。没想到你不问青红皂白，一场痛骂。不要在自己的未婚夫面前，自己贬低你在他心中的形象！"

　　夏宜不说话了。

　　苏蔚的声音也变得温和："你是第一次来卡斯弗吧。卡斯弗的德语名字叫 Karlsruhe。它的市徽红底、白边、黄斜条，中间是'FIDELITAS'，卡斯弗的建造者在缔造这座城市的时候，在印章刻上'FIDELITAS'，德语的意思是忠诚。我们此刻都站在以忠诚为本的土地上。"

　　夏宜脸色缓和。

　　苏蔚开始收拾自己的东西，麻利地装进旅行箱，拉上拉链。

　　乔英哲拉一把夏宜，两人退出卧室。

不一会儿，苏蔚穿戴整齐，拖着行李箱走了出来。她在客厅的餐桌旁停下，拿起餐桌上依旧放在包装袋里的桌布说："这块桌布是我买了结婚用的。现在用不着了。送给你们吧，算是我送给你们的结婚礼物。乔英哲说你们下个月就要结婚了。送块桌布很寒酸，因为我本来就是个穷学生，一个月只有一千马克的奖学金。也许正因为我太寒酸了，铭钧才不辞而别去弄钱。如果我是个富婆、是个有钱人家的孩子，哪怕就是一个姓钱的姑娘，一个狐狸精，铭钧也不会好端端地离我而去！这种滋味你受过吗？你很幸运，没受过。那就珍惜这份幸运，珍惜你所拥有的吧。不是每个人都像你这样幸运。"

苏蔚拭去泪水，拉着旅行箱，头也不回朝外走。

乔英哲急忙问："你要去哪里？"

"我要回海德堡，永远不再来卡斯弗了！"

"等等，我送你回去！"乔英哲急忙穿上衣服，拿上车钥匙，出门了。

在一楼大门口，乔英哲追上苏蔚，拉起她的旅行箱，快步走在前面，苏蔚跟着他来到汽车旁。乔英哲把行李放进后车厢，两人进了车，谁也不说话。

"你送我去火车站就行了，我坐火车回去。"

"太晚了，不安全。送你到家。"

"你晚回去夏宜会不高兴，我还是坐火车回去吧。"

乔英哲毫不理会，车子很快上了通往海德堡的高速公路，啰嗦也没用了。

"你没事吧？"乔英哲问。

"我没事，就怕给你添麻烦。都怪我，拿上论文回海德堡就好了。"

"谁都不怪。问心无愧，怕什么。只是你无端受指责，真抱歉，是她过分了。"

"这种场合无论是谁都会受不了。"苏蔚说。

"你也会这样跳起来？"乔英哲问。

苏蔚没吭气。

车子到了海德堡，乔英哲拉着行李送到门口。苏蔚进门，他才开车离去。

回到家，乔英哲疲惫不堪，走进卧室，见夏宜穿一件紫色丝衣半躺在床上，床头放着一张地图，床单、被子、枕套堆了一地。

"你这是干什么？"乔英哲问。

"别人用过的东西脏，我都换了。明天丢出去。"

"这屋里所有的东西，家具、床，还有这房子都是苏蔚和李铭钧的，全是别人用过的，你都丢了吧！"乔英哲怒气冲冲地走出卧室。

"你要干什么？"

"我要睡了。"

"你给我回来！"

乔英哲没回答，到沙发上躺下。

"乔英哲，我为了你，大老远飞这么久，一进门就见你跟别人睡在床上。我还没鼻涕眼泪，她倒哭上了。人家耍手腕，你乖乖跟着跑，把我一个人丢在家里，回来又躲着我，那你还回来干什么，到她那里住好了！"

乔英哲没声音，夏宜哭上了，越哭声越大。乔英哲收拾起被子回到屋里。在夏宜身边躺下，哭声顿时没了，可抽泣声不断。过了一会儿，乔英哲转过身子，伸手搂着夏宜。

渐渐地，抽泣声没了。过了一会儿，床铺开始吱吱响，伴着喘息、呻吟，不一会儿又停了。两人一先一后走进卫生间。

睡了不到三小时，闹钟响了。乔英哲勉强睁开眼，关了闹钟，瞥见夏宜睡得正香。他想躺着赖几分钟，可一迷糊，又睡着了。一下睡到八点半，他慌忙爬起来，早饭也没吃就开车走了。

夏宜十点多才起床，吃过早点，开始侦查房里的陈设。房间布置简单，只有袖珍组合音响像是新的，最吸引夏宜的是放在卧室里的书架。

书架最底层有六个相册。按时间顺序摆成一排。夏宜抽出第一本，见许多照片旁有几个字，介绍时间、地点等等，都是苏蔚和一个挺帅气的男生，大概就是李铭钧了。第六页的一张照片旁写着：看，这是铭钧吃的第四碗酸奶，保加利亚的酸奶好吃又便宜。翻过一页则是南斯拉夫的贝尔格莱德，两个人站在街上吃热狗面包。旁边写着：贝尔格莱德的面包设计合理，热狗香肠插到面包孔里，底部不透气，调料不会漏，吃起来干净利索。这些细微之处为什么只有贝尔格莱德人才想得出来？清秀的字迹大概出自苏蔚之手。

夏宜一本不落地挨个看了一遍，一边看照片，一边琢磨这两个人。照片上的李铭钧挺有男子气，可按苏蔚的说法，他莫名其妙失踪了。这女人一看就有心计，早领教了。自己的男朋友走了，便来抢别人的，就像自己的房子塌了、淹了，或者住着不舒服了，拍拍屁股就出门逛马路，瞅准街上的好房子就去跟男主人套近乎，三套两套，男的就被套上了。哼，年轻女的套个男人还不容易，找个理由就搞在一起，男女在一起还能干什么？等女主人明白过来，老公都会是人家的，何况男朋友！对付这样的人只有躲，远远躲开。唉，女的愿躲，男的愿意吗？

房间里外看过之后，夏宜把昨天两人的话又仔细回想一遍。两个人都理直气壮，像真没什么可隐瞒，反被倒打一耙，弄得自己理亏。这要么是真没什么，要么就是会搬弄是非，能把黑说成白。乔英哲没这本事，那女的可就不一样了。他跟这种女人近乎，迟早被骗。本来觉得乔英哲靠得住，现在心里又不踏实了。感觉没把握，该不该匆忙结婚？

按原计划，两人下个月结婚。婚后夏宜回波士顿，她还有一年就拿到电子工程硕士，毕业就来西德。乔英哲的工作合同是两年，原先只想在这里待两年。

夏宜思前想后，决定一切看乔英哲如何安排。他如果不积极筹办结婚，那这次就不提。男人如果真想结婚，不需要别人催促。

他不说结婚，就是他不想结婚。其实他想不想结婚在次，问题是我还想不想结婚？有了这事，匆忙结婚好吗？可不结婚就等于把乔英哲乖乖交给别人了？不会，是你的就是你的，结婚又离婚的不也很多？离婚对女人太不好了，不要别人说什么，自己就觉得矮人一头。

唉，本来计划得好好的，现在却冒出个苏蔚。不管怎么说，要跟乔英哲好好谈谈。他如果打算结婚，丑话说在前头，不能跟苏蔚保持所谓朋友关系，掩耳盗铃，免了吧。已婚男人如果想踏实过日子，就不能有异性朋友。联系异性有什么好处？一趟捷克回来，睡一张床上了。其实如果不是看到电视上乔英哲身边有个打扮入时的女孩，夏宜不会丢下一切慌慌张张赶来。

所有的分析侦查让夏宜心里放宽许多，其实最重要的是又想起昨晚。乔英哲细长的手指轻轻地触摸，如饥似渴地吮吸……他那么急不可待，该不是演戏吧。想起这一切就恨不得他在身边。看看表，该做晚饭了，夏宜赶紧到厨房忙起来，做一顿他爱吃的饭菜，他还会去想别人吗？

乔英哲六点钟回来了。一进门闻到香味，喜笑颜开，急步走进厨房，从背后搂着夏宜说："回家路上我就想，你一定会做一桌好饭等着我。哇，金针拌海带，太好了！"

夏宜马上发嗲："人家给你带了两大箱吃的东西，都是你喜欢的。知道这鬼地方中国东西少。你看，我给你做了什么！"说着，夏宜掀开一个锅盖。

"哇，烧麦！这肯定是西德唯一一锅烧卖。夏宜，我早说过，你做的饭，比波士顿中餐馆的都好吃，卡斯弗中餐馆更没法比了。"

夏宜翻炒着肉丝说："我带了三包五香豆腐干，还有素鸡素鸭，昨天让你气得我，忘记放进冰箱。室温放了一夜，担心坏了，重新烧一遍。"

乔英哲连声说："对不起，对不起，全是误会嘛。"

夏宜转过身，望着乔英哲说："快去洗手，把菜端过去吧。"

一顿丰盛的晚餐后，两人似乎忘记昨晚的吵闹。天色还早，他们洗好锅碗出门逛街。在市中心的恺撒大街上，乔英哲拉着夏宜的手，把这条街叫作卡斯弗的"南京路"。从"南京路"来到集市广场，见到正中央的"金字塔"，这是第二次世界大战纪念碑。

夜幕渐渐降临了，两人沿着王宫花园走，庭园里鸟语花香，气氛浪漫。乔英哲悠然地说："世界上第一部自行车就在卡斯弗诞生，这里有自行车博物馆。周末我们去附近黑森林看看，森林辽阔，一直通到瑞士。"

"我周末想去慕尼黑，行吗？"夏宜问。

乔英哲听了一愣，没回答。

两人在黑暗中静静地走着。花园里的浪漫气氛渐渐淡去，夜色深了，温度骤降。

慕尼黑大学有位夏宜在上海的同学，乔英哲刚认识夏宜就听她提起这位年级最早留学的高材生，她绘声绘色地讲这男生如何出类拔萃，乔英哲听着刺耳，找茬儿把夏宜的话打断。夏宜察觉，再也没提起他。

直到有一天，两人在麻省理工校园附近散步，看到一位推婴儿车的少妇，可能是哪位留学生的太太，她边走边跟婴儿车上的小女孩说笑，仪态悠然，散发一种成熟女人的美。她从身边走过，乔英哲禁不住悄声称赞一句："真漂亮。"夏宜耿耿于怀。当晚，她看到电视上有关慕尼黑的新闻，便说慕尼黑大学是西德名牌大学，她有位同学在那里读博士……

乔英哲终于开口："刚到就急着看朋友，这人挺大面子。"

"我带男朋友去看老同学怎么了？我跟他是同学关系。不像有的人，要结婚了还带个女的满世界跑，睡一张床。"夏宜回敬。

乔英哲以为这事已经过去了，坦坦荡荡倒像让人抓住把柄。刚才吃饭的时候，他已经解释了，他的确睡在沙发上。但昨天本是苏蔚结婚的日子，半夜被她的伤心哭泣惊醒，他就起来了，被窝掀开一会儿，自然不再温热。

夏宜听了直撇嘴。乔英哲说，你不相信，我也没办法。

星期六早晨，乔英哲睡到九点才醒，睁开眼，见夏宜已经醒了。他懒洋洋地说："刚上班又忙又累，周末哪里也不去了，在家休息，行吗？"夏宜说："好吧，我也挺累。买那么多你喜欢吃的，每个包都死沉，我拎不动，手腕到现在还疼。"

乔英哲抚摸着她的手臂，一直顺着吻到手腕，柔声问道："这样就不疼了吧。"夏宜含情脉脉，乔英哲脱去睡衣，两人又开始耳鬓厮磨，卿卿我我。

乔英哲搂着夏宜说："你别走了，在这儿申请读书吧。"

夏宜叹口气："我还有一年就拿到硕士。来这里还要先学德语，拿学位不知等到哪一年。"

其实乔英哲也明白，放弃即将到手的美国学位显然不是明智之举。他不再提了。

一周过去，星期五晚上，乔英哲对夏宜说："既然你很想去慕尼黑，我们这周末就去吧。"夏宜很高兴，给慕尼黑的同学打了电话。那同学满口答应，说有时间接待他们。

星期六，两人一早上路。慕尼黑在卡斯弗以东，是德国南部最大的城市，从卡斯弗开车大约需四小时。

乔英哲对这里的高速公路已经很熟悉了，能从地图上的距离计算出时间。不像在捷克，计划走四小时的路，走了八小时。西德高速公路没有限速，夏宜深感不解。乔英哲说，有限速的话，那么多高级跑车就要停在家里了。

四小时后，慕尼黑到了，下了高速直接去慕尼黑大学。按照那位同学给的地址，找到他的公寓。同学也是上海人，长得挺黑。乔英哲见过的上海人，个个白净，很少有人这么黑的。他见到夏宜甚是亲切，侬长侬短，两人叽里呱啦讲上海话。乔英哲听不懂，默默坐在一边，像个外人。午饭后，三人同去玛利亚广场，他向乔英哲打听到波士顿找工作的事，问得挺详细。乔英哲心想，如果不是要找工作，会不会到现在也不跟我说句话？

从广场回来一直到吃晚饭，那同学都在跟夏宜讲上海话。乔英哲不喜欢别人旁若无人讲方言。以前夏宜挺注意，很少当着乔英哲讲上海话，可这次她似乎不顾乔英哲的感受。乔英哲试探着和夏宜说普通话，刚说两句，这同学一插嘴，两人又用上海话讲大学时代的趣事，过去同学的近况，美国留学的感想，莱茵河畔的乡愁……

从慕尼黑回家的路上，夏宜坐在一边睡着了。乔英哲关了音乐。这趟旅行让乔英哲证实了他的猜测，慕尼黑同学跟夏宜关系亲密。跟夏宜亲近的异性，乔英哲一律嫉妒。

回到卡斯弗当晚，乔英哲做了个梦。梦中的一切跟真实发生的一样，唯独人物颠倒了。苏蔚是他的女朋友，她看了CMN实况，匆匆赶到卡斯弗。而夏宜是李铭钧的未婚妻，乔英哲带着她追寻不辞而别的李铭钧，从布拉格回到卡斯弗，两人都睡了。夜深人静时，响起了敲门声。

乔英哲起床去开门，猜测笃定是李铭钧回来了，心里琢磨要好好跟他解释，夏宜是你的未婚妻，我们清清白白……

一开门，见门口站着苏蔚，乔英哲大吃一惊："你怎么来了？"

苏蔚拖着两个大箱子进来，上气不接下气地说："我给你打了很多电话，你都不在家。我以为你找到房子，不在别人这里住了。猜想你会打电话，告诉我新地址。可电话没接到，却看了CMN的实况转播……你到捷克去了？怎么有个女孩跟着你？你什么时候成演员了？这到底是怎么回事？"

夏宜在屋里听到声音，穿着睡衣走了出来。苏蔚一见正是在电视上的那个女子，惊讶得说不出话："你……你们……"

苏蔚跟跄两步，扶着沙发坐下，哀伤地问乔英哲："到底谁是你的女朋友？你有多少个女朋友？"说完，她的眼泪刷地流下来了。

"苏蔚，别哭……"

乔英哲被夏宜推醒了。

"你做梦还在哄她。我真怀疑这个李铭钧出走是你们俩编的故事。你像是对不住她，你有我，就对不住她了。"夏宜很恼火。

"我做了个乱七八糟的梦，别为一个梦生气，好不好？"

夏宜翻身，不再说话了。

乔英哲闭目遐想。按原计划，夏宜这次来就要结婚。为什么自己结婚的欲望突然没了？是因为苏蔚？还是夏宜大吵大闹把自己吓住了。从没见过夏宜如此失去理性，歇斯底里。她是不是缺乏女人应有的宽容。我要不要重新问自己，愿意为她放弃其他的可能性吗？虽然这个问题曾毫不犹豫地回答过。

先挑明了，谁是其他的可能性？摆在眼前的就是苏蔚了。虽然她是别人的未婚妻，可李铭钧不辞而别，是否回来，何时回来，谁也不知。可以肯定，他遇到难以解决的麻烦，既然难解决，就需很长时间，时间长，变数就多。也许，李铭钧遇上其他姑娘，娶了别人也不一定。

如果李铭钧一去不回，我会跟苏蔚结婚？果真那样，夏宜怎么办？她挺体贴人，而且厨艺高超，苏蔚称自己不会做饭……其实这些都是小事，有得必有失，鱼和熊掌不可兼得。问题是，如果真到那时，该怎么跟夏宜说？夏宜，你看我又喜欢上别人了，虽然你对我忠心耿耿，可我还是觉得别人更合适，你去另攀高枝吧。过去在波士顿恩爱也好、怄气也罢，就此一笔勾销。

这话说不出口。何况双方家长也都去拜见过。母亲也喜欢夏宜，说她会来事，嘴甜。还有，苏蔚就那么好吗？她心里永远有一个抹不去的李铭钧，但是，夏宜大概也差不到哪里，那个慕尼黑的黑小子……

算了，别再想了。如果夏宜极力要结婚，那就结，如果她不提，就先等等看，等她一年后毕业来西德再说。结婚是为了名正言顺在一起，可结了婚还要分开，那还结什么？等在一起时结婚不更好？

迷迷糊糊地想着，快要睡着了。可就要入睡的时候，忽然又想起那个慕尼黑的黑小子。乔英哲太了解夏宜了，她对一般男的有一种冷漠距离感，对这黑小子显然没有。这些别人也许察觉不到，但乔英哲心里清楚。

时间过得很快，夏宜待了近一个月了。两人谁也没提结婚的事，但似乎已和好如初。长周末，他们要去奥地利旅行，夏宜早就盼望这一天了。

为了奥地利之行，乔英哲早作准备。先把二手车的刹车装置换了，又让人检查了车子，确信开长途没问题。星期五他早早下班，到超市买了饮料、水果，还顺便给车胎打了气。

到维也纳的第二天一早，乔英哲和夏宜乘地铁到奥地利皇室的夏宫——美泉宫。走进庭院，立即被奥匈帝国鼎盛时期的杰作吸引，绿树成荫的法式园林颇有气势，著名的维也纳会议就曾在这里举行。从皇宫出来，沿绿树墙走，一个多小时后，两人气喘吁吁地登上美泉宫的最高点——凯旋门，居高临下，整个美泉宫尽收眼底。

站在被称为葛瑞奈特的凯旋门上，乔英哲心旷神怡，放眼眺望秀丽的维也纳全景，低头凝视小鸟依人的夏宜，他心情畅快，温柔地揽着夏宜说："这次回卡斯弗，我们结婚吧。"

夏宜没吱声，过了许久才开口："你得先把所有的事都讲清楚。"

"我还有什么没讲清楚？"

"你跟你的女朋友到外面租房子是怎么回事？"还没等乔英哲回答，夏宜接着说："前些日子，有个老太打电话，我听不懂就给挂了。过了几分钟，一个年轻女孩打来电话，说英语，要找乔。我说乔不在，有事我可以转告，我是乔的女朋友。女孩说基迪柯太太打算把房子租给乔，原先答应的房客没有按时交订金，请乔尽快交来订金，房子就是你们的了。奇怪，女孩接着说了句德语，像是跟旁边的人说话。而后女孩又用英语说，基迪柯太太说，乔的女朋友讲德语很流利，你怎么说不懂德语？"

乔英哲连忙说："我因为找房子连连碰壁，全是由于德语不好。那天苏蔚刚好到卡斯弗，我就请她假称是你，一起到老太家，想把房子租下来。她的德语好……"

"等等，老太出租房子还要租给德语好的人？她是挑房客还是挑女婿？就算这是真的，你为什么最初跟我说，苏蔚到卡斯弗收到李铭钧的信，第二天你们就去找他了。"

"她刚到还没收到信，我们先去租房子，回来才见到信。"

"我猜你就会这么说。你就像站在水库大坝的上游，高高在上。你告诉我，水坝干了，里面一滴水也没有。可我站在大坝下游，看到水流呼呼直冒。你又说，是以前积下的水，流完就没了。我只能说大坝高深莫测。你跟她以男女朋友的身份到处租房子，如果不是我知道了，你不会说。如果不是我亲眼见到你们住一起，你更不会说。你跟她刚到捷克就知道李铭钧不在那里，为什么还要在布拉格住三个晚上？一男一女天天住在一起，会发生许多事情，可你却只字不提。"夏宜说着，眼角渐渐渗出泪水。

刚才还是美丽壮观的美泉宫，此刻让人觉得淡而无味。乔英哲的手从夏宜的腰间滑落，两人默默地倚着石栏杆。过了许久，夏宜问道："你是不是早就认识她？你到了卡斯弗，李铭钧才发现你们，结婚前找个理由逃脱了？你为什么不说话？"

夏宜在卡斯弗住了一个多月，直到临走，两人谁也没再提结婚的事。夏宜说，她明年4月毕业，而后来卡斯弗，这样的话，两人分开半年多就可以在一起了。

苏蔚看一眼墙上的钟表，时间过半。下面她要讲婚外情。虽然前面提到过，但许多问题都跟这有关，需重点分析。

在现代社会，几乎每个人自己或者身边的人都经历过婚外情。2012 年英国通奸调查表明，4000 名有外遇的人士中，女性发生婚外情的平均时间为婚后 5 年，男性通常在婚后 6 年，年龄上，女性 37 岁，男性 42 岁。76% 的女性和 67% 的男性都称自己依然爱着伴侣。超过 80% 的出轨男女不愿婚姻破裂。

女人如果有婚外恋，通常有两种可能：一种，交往一段时间后认为所恋的人不值得嫁，回到丈夫身边。如果丈夫宽容，那么婚姻继续。另一种，一旦爱上别人就主动跟丈夫说要离婚改嫁。但男人有婚外恋，通常遮掩，直到被发现。这些例子证明，男人比女人在心理上更能承受脚踏两只船，或者多只船。

密歇根大学心理学教授丹尼尔·克鲁戈研究认为，男女有别的原因，来自远古时代的分工不同。人类古时候，男人外出狩猎，女人在家带孩子、采野果、烧饭。女人以自己的忠贞换取男人对她和其子女的认养和保护。男人对于家庭有双重责任，提供物质和安全的保障。食物供给短缺、敌人入侵，都会给他的家庭带来灭顶之灾。男人需要和野兽搏斗，与敌人征战，常处于危险境地，男人死亡率高。艰苦的生活条件，儿童成活率低。

为了族裔后继有人，也为使部落壮大以抵御敌人入侵，男人需要使不止一个女人怀孕生子。而女人不忠，意味着男人难以确认自己是孩子的父亲，所以没有保护这女人和其孩子的义务，就是说，忠贞与否对于女人关系到是否有人赡养和保护，或者说是生与死的区别。而"不忠"则易使男人和其家族部落处于不败之地。

现代社会，男人对其家庭的责任不变，而女人的社会地位提高了。现代女人自食其力，不再需要男人赡养，对于"天下男人都会犯的错"，女人难以接受。就是说，社会发展让女人可以不必依赖男人而活，但对男人来说，并没多少变化，现代男人依然只在乎忠诚的女人。

在一段时间里，婚外情会带给人愉悦和暂时的解脱，但结果往往两败俱伤。中国《知音》杂志报道的案例，受伤的远不只当事人：

一位家境贫寒的农民子弟，靠一家实业公司老板资助读完大学，后来到公司工作，被提拔为副总经理，娶了老板的女儿。他的姐姐、姐夫以及众多乡亲也在老板照顾下进了公司。他工作上得心应手，但家庭生活并不如意。由于出身背景的差异，妻子嫌他不够浪漫、不讲卫生；丈夫抱怨妻子发大小姐脾气，推延要孩子。后来妻子偶遇一位已婚男人，向其诉苦，进而发展到开房间。丈夫得知后气愤难平，决意离婚。

姐姐、姐夫担心弟弟离婚，他俩工作不保，就把一个正托他们找工作的乡下远亲叫来，用"不影响他的婚姻，也不阻碍她将来找合适的人出嫁"为条件，让她做了弟弟的女朋友。

这里需要说明的是，婚姻中最忌讳由于别人的错，而将错就错做出糊涂事，两件错事加到一起，不会变成一件正确的事，反倒会使错误更大，怨恨更多，矛盾更难或无法化解。这时丈夫应跟妻子摊牌，问她打算怎么办。如果妻子确实找到真爱要离婚，那么是她搞外遇，负了他。岳父岳母为人善良，即便离婚，由于他们理亏，也会适当照顾女婿及其家人。而且更可能的情形是，岳父岳母得知女儿背叛了女婿，会批评女儿，阻止她再跟情人联系，劝小两口和好，或许挽回婚姻。

这个案例中，妻子对交往的情人并不满意，觉得他心地不善，相比之下，丈夫的小毛病可以容忍。她已中断跟情人来往，决意要跟丈夫生孩子，安心过小日子。这在女性中很常见。多数女人有过类似经历后，对处理两性关系会变得成熟。如果丈夫能原谅她，他们的婚姻通常会变得更坚固。但就在这时，妻子发现丈夫出差时跟那个姑娘开房间，勃然大怒，从姑娘口中审出一切，虽知自己错在先，但依然痛恨难忍，提出离婚。离婚后，小伙子离开了公司，姐姐、姐夫和多数亲朋也被解聘。

女性对丈夫不满就容易寻找感情依托。这位妻子起初只是试探，如果有更佳人选，离婚改嫁；如果没有，继续过不尽如意的生活。由于没打算离婚，不需做抉择，所以诱惑力很大，不试不甘心。但是，迈出这步之前，一定要明白，已婚女人遇上愿娶别人太太的好男人，几率甚微。要问自己，如果情人不善，而丈夫的毛病可以容忍，但由于你出轨，造成他无法容忍，还值得铤而走险吗？

从这个例子可以看到婚外情的两个特点：第一，一定会被发现，只是时间问题；第二，变化莫测，牵扯到的人会因为心态、境况、情绪、地位、感情等等的变化而有新的要求，出现不同，甚至截然相反的思想和行为。这种关系下的约定、承诺都靠不住，随时可变。

那位姑娘开始不同意介入别人的婚姻，因为不道德，但后来在难得的就业机会面前，她接受了条件。但条件也好，约定也罢，都可以逾越。虽然说好不影响他的婚姻，也不阻碍她将来找合适的人出嫁，但这一切都会随时间、境况而改变。在接受条件以前，她是一个没有男友的失业女孩；在接受条件进入角色以后，她不仅有工作，而且男友权力大、能力强。处在这样的位置上，她会对男友提更多要求，不甘心永远躲在背后。

多数女人一旦爱上一个优秀男人，跟他交往，发生性关系以后，只要相处融洽，很难一刀两断再爱上其他人。结了婚的男人在外面有其他女人，不管起因是什么，婚姻就会受到威胁。所以"不影响他的婚姻，也不阻碍她将来找到合适的人出嫁"本身很荒唐。人的情感只能珍视，不能玩弄。当本来陌生的年轻男女同床共枕、休戚与共的时候，感情自然会深入发展。这位姑娘很快迷恋上小伙子，不满意几天才聚一次，小伙子也喜欢姑娘的关心体贴，于是冒险带她出差，结果被太太发现。当然，这是迟早的事。

网上有人问，妻子跟丈夫不和，向别人诉苦，这可以理解，怎么最终事与愿违？

因为当一个人的言行需要背着配偶，不能让配偶知道，即便动机没错，其结果也会危害婚姻。单独会见异性是在回避矛盾，寻求感情寄托，容易由感情出轨发展到肉体出轨。

美国德克萨斯大学进化心理学教授达维·博斯的研究表明，男人比女人更不能容忍配偶肉体出轨；而女人比男人更不能容忍配偶感情出轨。一旦得知配偶出轨，女人会问："你爱她吗？"男人会问："你跟他发生性关系了吗？"

当婚姻出现裂痕，应跟伴侣一起找咨询师分析，共同找出症结，认清各自需要付出的努力，而不是从第三者那里得到安慰。第三者会使矛盾激化，这一角色能够给予的安慰是暂时的、可变的，甚至是危险的。

欢乐的回忆已不再是欢乐，而哀愁的回忆却还是哀愁。拜伦抒发的情感，正是苏蔚孤寂的心情。

李铭钧一年没消息，苏蔚的日子单调而漫长。过去他曾是生活的一部分，如今他走了，她一下失去许多。她不再猜忌铭钧为何离去，而是常常想他现在怎么样了，每天都在忙些什么。平日里苏蔚踽踽独行，去学校，泡图书馆，写论文、做义工。

忙碌是件好事，能缓解忧郁。生活虽然失去了往日的斑斓，但也充实。夜深人静，她想他，会在心里问，他也这样思念我吗？俗话说，没有消息就是好消息，那么他一切还好。她想起那些过去的照片，翻开便能重温旧日时光，可惜影集都存放在卡斯弗的公寓里。

卡斯弗在苏蔚心里变得遥远，远在天涯，那是"别人家"的代名词。有时，她想去一趟，把自己的东西拿回来，但想想还是算了。一来自己的房间小，一寸空间一寸金，二来不想再见到那张撒泼的脸，不留神会窥视到别人幸福恩爱，自己酸溜溜，没意思。乔英哲说过，女友到了就结婚，现在恐怕结婚一年了。

李铭钧离去一周年的那天是星期五。导师去外地开会了，下周回来。这两天她在家写论文。一早起床后，心好像总悬着，去年的今天，她接到那封信。

吃过午饭，她觉得非去一趟卡斯弗不可，否则坐在家里不安。洗好碗盘收拾停当，她背上提包出了门，径直朝火车站走。到卡斯弗的火车有很多，随便坐哪一趟都行。

坐在火车上，想着去年曾遇到一位白发妇人，她一辈子等待心上人，那么大的年纪，如今不知是否仍然活着。

苏蔚想，到了卡斯弗，先去铭钧工作过的研究所看看，向同事打听消息。他如果想回卡斯弗，恐怕要先跟他们联系。从那里再去找乔英哲，到房间拿些零用品，需要的东西都记在条子上了。跟乔英哲一年没联系，他肯定结婚了。夏宜就住在那漂亮的公寓里。铭钧忙了一年，给人家找好新房，别人刚来就住现成的，住进去也不会心怀感激。有人就是命好，可她命好也不懂得珍惜。懂得珍惜的，又硬不过命。

走进卡斯弗大学机械工程研究所，苏蔚直接到了二楼李铭钧原先的办公室，见一个熟悉的身影坐在桌前，是乔英哲。一年不见，他变了不少，似乎清瘦一些，不像以前那样有神采。乔英哲也看到她了，起身走过来，微笑着跟她打招呼："好久不见。你还好吗？"

"还是老样子。你们有铭钧的消息吗？"

乔英哲摇摇头，拉开一张椅子请她坐下，问道："你来打听消息？"

苏蔚点头。

乔英哲重新坐定，说："两周前，罕娜从捷克来出差，我问她有没有李铭钧的消息，她说没有，还以为他已经回卡斯弗了。后来我们几个同事一起出去吃饭，大家议论起李铭钧，不觉他已经走了一年。"

苏蔚问，罕娜怎么样？

乔英哲说，她挺好，在大学教书。刚回捷克时，她在酒店上班，后来找到工作就搬走了。

"听说李铭钧的导师新招了个学生……其实他的位置一直给他留着的，但现在……大概不能空缺太久吧。"

"你是说铭钧如果想回来，恐怕也不行，是吗？"

乔英哲点点头："可能很难有资助。"

望着苏蔚失望的样子，乔英哲试图安慰，但一时找不到合适的话，停顿片刻，他说："今天是周末，大家都走得早。我待会儿就回家，你到我家……你去看看你的房子吧，房间的摆设都没变，我总觉得说不定哪天要还给你们。"

苏蔚说："我想去拿几样东西。你上班不便打扰。如果家里有人，我自己去拿好了。"

"你是说夏宜？她回波士顿了，我还是一个人。"

两人又聊了一会儿，乔英哲站起身，提起公文包说："走吧，老板已经走了，不必再装样子。我一直记着你要请我吃饭，都一年了，还是空头支票。"

苏蔚跟他出了门，说："我那里很小，跟别人合住，坐的地方都没有。"

街边停着乔英哲的车，还是那部曾载他们一起到捷克的红色塔博特。苏蔚像见到老朋友，放慢脚步，打量着车。乔英哲迈开大步走到车旁为她开门，苏蔚坐进去，他关上门。

车子在卡斯弗熟悉的街道上行驶，很快到了公寓。苏蔚迈出车子，首先盯着二楼东面的那扇窗户，窗户依旧挂着熟悉的窗帘，那本该是自己的家。上楼走进家门，见屋子依然宽敞整洁，似乎跟以前一样，唯一不同的是墙角堆放着四箱啤酒。乔英哲竟喝这么多啤酒。

见苏蔚十分拘谨，乔英哲道，不必拘束，这本来就是你的家。

苏蔚走进卧室去找她要拿的东西，从壁橱里拿出纸箱，见底层放着乔英哲送的那两套床单。包装袋依然没打开。旁边是那块桌布，也在包装袋里。苏蔚问："这桌布你们怎么不用呢？真的嫌寒酸？"

"你是送给我们结婚的，我们没结婚。"

苏蔚拿桌布的手在半空中停住了，心里不知是吃惊还是好奇："对不起，是不是因为那天晚上？"

　　乔英哲摇摇头："说什么她都不信。我没办法。三个月前收到她的一封信，她在波士顿找到工作，不来了。"说完，他眉宇之间渐渐笼罩哀伤，苏蔚心里黯然。

　　乔英哲在桌边坐下，说："我给她打了很多电话都没人接，想找她在慕尼黑的同学打听消息，那同学也找不到。后来听说，他毕业到波士顿去了，在夏宜原来读书的大学做博士后。昨天又收到她的一封信，怕是最后一封了。"乔英哲眼圈潮湿。

　　苏蔚走过去，也在桌边坐下，问："要不要我打电话或者写信跟她解释？"

　　"现在已经跟你没关系了。两个月前我回过波士顿……"他的话只说了一半，无奈地摇摇头，过了一会儿，说："别为我的事儿伤脑筋了。你怎么样，还要等他多久？"

　　苏蔚没回答，沉默片刻，说："本来我有个机会可以搬到条件好点的地方，担心铭钧找不到我，没搬。"

　　"如果你愿意，可以来卡斯弗，住你的这间房。"

　　苏蔚摇头："我付不起房租。"

　　"我没让你付房租。你也不必觉得不方便，我另外找房子。"

　　苏蔚站起身："我现在还不想搬家……"

　　没等苏蔚把话说完，乔英哲接过话茬："不搬家你就没法请我吃饭。既然你家不方便，今天就在这儿请我吃一顿。我记得你会做宫爆鸡丁。"

"行啊，你有鸡肉、辣酱吗？"

"有，有。"乔英哲说着进了厨房，找到从波士顿带来的最后一瓶辣酱，见苏蔚已打开炉灶，他便两手用力，"啪"，瓶子和本来密封的盖子分开了。盖子咣啷落地。他弯腰捡起，用纸巾里外擦拭，盖子侧面印着"中国制造"。它原来一直盖在瓶子上，从中国到波士顿，又飞越大西洋才到西德，终于盖、瓶分开了。

苏蔚做的宫爆鸡丁别具一格，跟夏宜的上海菜味道迥异。川菜的麻辣让乔英哲吃得津津有味，夸这道菜比中餐馆的地道。苏蔚说这是她的拿手菜，教过几个人做，他们虽然学会了，但做得不够正宗。乔英哲道："看来我想学也学不会，干脆不学了，吃你做的更好。"

苏蔚说："其实我只会做这一道菜，其他菜做得很一般。"

苏蔚不是谦虚，她的厨艺不高，而且不喜欢做饭。会做菜又喜欢下厨房的是夏宜，乔英哲后来才明白。

苏蔚拿起熟悉的白底蓝花瓷碗，这套瓷碗盘是一位德国老太太送给李铭钧的。她咽下口中的米饭，指着旁边的几箱啤酒问："为什么喝这么多啤酒？"

"没喝多少。酒瓶积攒多了，没来得及送回收。"

"一个人不要喝这么多酒。"

乔英哲看一眼苏蔚，没说话。

吃完晚饭，苏蔚要走了。她到卧室拿起挂在壁橱上的提包，抬眼望见卧室天花板上的吸顶灯，问乔英哲："这灯上次就有？"

乔英哲说："是啊，上次你没注意？我跟李铭钧一起装上去的。客厅里的灯也是。这里租房子真有意思，不但没冰箱、炉子，连灯都没有。我第一次进门，先看到客厅天花板上露出根电线，还以为是谁故意破坏。"

苏蔚似乎没听乔英哲说什么，专心仰视着吸顶灯。乔英哲见她出神，又说："李铭钧说他特意选个椭圆形的，像个螃蟹，因为你是巨蟹座的。"

苏蔚依然没说话。她知道李铭钧还说过一句，他愿意每天一睁眼先看到她，仰面朝天醒来，天花板上的巨蟹也是她……

苏蔚提起包朝外走。乔英哲说，我送你回海德堡吧。

车子到了苏蔚家楼下，乔英哲没进门，说："如果需要帮忙，就给我打电话吧。"苏蔚点点头："一个人别喝那么多酒。"

"下次你来，肯定一个酒瓶儿也见不到。"乔英哲说完，掉转车头，最后从车窗里望着她道："不信就来看看吧。"他挥挥手，车窗徐徐关上，车子开走了。

送走乔英哲，苏蔚正打算进屋，听到背后有人叫她，回头一看，是肖韵，她拉着行李箱。苏蔚猛然想起，她丈夫周运亨已回广州，肖韵把两人的公寓退了，今天搬回来。

一晃三个月过去，周运亨很少跟肖韵联系。广州传来些风言风语，肖韵担心他在那边找二奶。

肖韵是个心直口快、脾气急躁的东北人，以前常跟周运亨争吵，苏蔚多次去劝架。如今两个旧日室友重新住一起，又开始无话不谈。肖韵以周运亨"很可能有二奶"为例，说："这个年龄的人不甘心青春已过，有颗驿动的心。李铭钧这么久没消息，恐怕……"话说一半，她认为不妥，于是改口："如果李铭钧一去不回，而你有一个近在眼前的机会，会重新选择吗？"

苏蔚道，我一直不明白铭钧为什么没说"你要等着我"，只好猜测他自己也不知即将面临的一切。最近有朋友回北京见到他父母，他们可能真以为铭钧仍在德国，要不就是不愿跟外人透露内情。铭钧一直跟家里有联系，上个月还往家打电话。很明显，他如果想跟我联系，一定能做到。他显然不愿这样。我猜想，他不希望我知道他在哪里，打电话我便能查出来。他太了解我了，不管出了什么事，只要知道他在哪儿，一定去找他……

当晚，苏蔚悄悄拿出李铭钧最后的信，以前读着读着就掉泪，这次却没有。虽然字里行间能感到他当时难舍难分，但如今时过境迁了。说出的话和写出的字是当事人当时的观念与情感，而这些不会一成不变。常言道，久病无孝子，引申到男女之间，生疏无情人。

[7] 自己的感觉自己定：
婚恋幸福秘诀

演讲现场的气氛已从大家静静听讲转为热烈讨论，听众对选择的话题极为关心，发言也前所未有的积极。

有人说，什么样的选择，决定什么样的人生。一旦错了，就要为此付出代价。也有人说，处理两性关系，要考虑责任、后果和代价。还有人表示，应当以前人教训为戒，自己才少跌跟头。人生的区别在于是否接受教训，不管是自己的教训，还是别人的。有人举网上留言为例，认为婚姻要相信自己的感觉，坚持自己的意见。

苏蔚讲了她作为婚恋顾问接触的故事：

一位已婚女士带着孩子外出时，遇见给餐馆送货的人竟是她的初恋男友，她上前打招呼，极力从眼前这朴实的工人身上寻找他当年的影子……

她在大三的暑假结识初恋男友。那天下大雨，她的自行车坏在桥上，雨中的人都急着赶路，唯独他停下了，冒雨把车修好，又担心天黑不安全，送她回家。

两人像两只落汤鸡一样回到家，她父母给他烧姜汤驱寒。而她洗完澡，换了衣服，打扮很久才走出来。他后来说，在桥上见到个浑身湿透、嘴唇冻得发紫的丑小鸭，转眼变成个长发飘逸的大美女。让人太不敢相信了。

两人很快好上了，但只能偷偷摸摸。因为父母反对，说他没上大学，家境贫寒。女孩听不进，跟父母吵。母亲翻来覆去只说跟他过不来，门不当户不对。女孩觉得父母虽受过高等教育，但思想太守旧了。

　　跟他一起的那个夏天，是她最愉快、最难忘的。暑假过后，父母赶紧托亲戚在她读书的城市给她介绍男朋友，一位大家都满意的矮胖供销科长。虽不太情愿，她还是开始跟他交往。男友听到传言，连夜坐火车找到她，见她跟科长在一块儿，他很难过，赌气走了。女孩很伤心，思前想后认为应该听过来人的话，科长家境好，工作体面，也许比较合适。

　　后来她再也没见到初恋男友，因为他从此离家了。他为了挽回感情，千里迢迢去找她。对于他和他们家来说，那是一笔昂贵的路费。他连工作都丢了。

　　女孩毕业后跟科长结了婚，丈夫对她不错，对父母很尊敬，工作上勤奋，不久提升，后来开了自己的公司。生意越来越大，他就不太着家了。难得回家吃饭，在家也不停接电话，有的电话要关起门来打。当女孩发现他的衬衫上有长头发，袖口有口红痕迹，就跟他说开了。他恳求原谅，说不愿失去她和孩子。

　　他在外面的事大家早知道。亲戚劝她离婚，他有外遇就能顺顺当当拿一笔赡养费。女孩不明白，当初都说他好，现在又劝离。早知今日，何必当初。

　　为了孩子有个完整的家，他们没离婚，但很少在一起，假期旅行都是女孩自己带着孩子。一个人的时候，常想起当年坐在自行车上开心的情景。有人说，宁肯坐在宝马里哭，不愿坐在自行车上笑。

女孩说，她就是坐在宝马里流泪的女人，能够安慰她的是她的孩子，还有那曾经无忧无虑、坐在自行车上开心大笑的日子。如今，没有人会为了给她买件羽绒衫，冬天里去扛大包；没有人在她生病时问寒问暖。她想有一天离开人世前，不管天气冷热，一定拿出那件羽绒衫穿上，那件衣服至今一直保留着，虽然曾多次搬家，丢过数不清的东西，也拥有许多名贵的衣服……

后来一个偶然的机会，女孩见到了他的太太。她脸上幸福满足的神情让人难忘。她笑眯眯地夸他干活利索，心眼儿好。每天给餐馆送鸡鸭鱼肉、蔬菜水果，人家常送给他一份儿。家里副食品基本不花钱，过年过节还有驴肉，吃不了的瓜果梨桃就送给亲朋好友……

女孩想，如果换成她是这位太太，也会像她这样知足、幸福吗？或许，幸福的区别不在于得到宝马还是驴肉，而是个人的心态。像他太太这样的女人，可能无论坐在宝马里，骑在自行车上，都会笑得开心。因为女孩知道，他太太善良朴实、乐观豁达，而他则体贴她、珍重她、爱她……

半年很快过去，苏蔚依然没有多大变化，生活每天如一日。她和肖韵的作息时间不一样，一个喜欢晚睡晚起，一个在清晨效率高。两人都忙着修改论文，有时接连两三天不碰面。每到周末，苏蔚大都在图书馆度过。

晴朗的星期六，苏蔚早上起来打开窗户，晨风迎面扑来，十分清爽。吃过早饭，便去图书馆，她预订的书到了。

中午时分，她捧着几本书回家。家离学校近，走路几分钟。拐过街角，见乔英哲站在门前，她心里一阵高兴，顿时加快脚步。乔英哲也看见她，微笑朝她走去。他嘴角上扬，笑容把刚才脸上的一丝焦虑抹掉了。

乔英哲："今天天气好，想开车出来转转，不知不觉就到海德堡了。你好吗？"

"我还好，你呢？"

"还行。"乔英哲说完，欲言又止。他低头看着手上的车钥匙，随即揣进口袋，而后手却不知该往哪里放，于是抓抓后脑勺，吞吞吐吐地说："我想……可能要跟你说再见。我……我不打算待下去……要回美国了。"

苏蔚手上的书全散落到地上。乔英哲弯腰一一捡起来，但没交给她，而是双手捧着。

"你要回去……结婚了？"苏蔚的声音抑制不住颤抖。

乔英哲苦笑着说："结婚？跟谁结婚？夏宜已经嫁人了。"他说完，微微低头，而后抬起眼说："那人就是原来在慕尼黑的同学。他们都是上海人。"

苏蔚稍稍镇静，舒口气："到家里坐坐吧。"

乔英哲跟着苏蔚走上陡峭的楼梯，进了阁楼。苏蔚的房间很小，两人进去显得拥挤。乔英哲把书放在桌上，在桌边坐下。他在低矮的阁楼里显得很高，一坐下就省出些空间，屋子里顿时能够喘息了。

苏蔚在桌对面的单人床上坐下。乔英哲说："我两年的工作合同快结束了。研究项目是跟一家公司搞合作，这一年半以来进展顺利，再做一年就会有不错的结果。老板希望我续签，再做两年。我不想待下去了。"

苏蔚望着乔英哲，脸上掩饰不住失望。

乔英哲微微叹口气："别人都愿意去美国，工作好找，容易待下去。只有我鬼迷心窍，非要别出心裁来到西德。"他眼里闪着泪光，毫不隐瞒地望着苏蔚："我想听听你的意见，我待在这里是不是浪费时间。"

"我想……不管是去还是留，都要以……都要以……工作……为重吧。我也不知道。"苏蔚说话心神不定。

"如果续签，我至少再待两年。不签的话，我想，不会等太久，工作能脱身我就走。回波士顿或者到别处找份工作不难，即使找不到，回中国也行。"

苏蔚无言。

乔英哲继续说："人生就是机会。如果错过了，机会本身不会消失，只是从手指缝穿过，飞到别的地方，直到有人抓住它，牢牢握在手上。这就是我一年多以来悟出的道理。"

苏蔚的心怦怦跳。

乔英哲专注地望着她："我觉得，你的心很累，徘徊在坚持和放弃之间，难以安宁。"

苏蔚沉默。

乔英哲渐渐按捺不住激动："你直截了当告诉我……别说些工作不工作，我根本不在乎。你说，我是不是应该尽快离开这里。因为……因为……我一直说不出口，你是我留在西德的唯一理由……"

苏蔚的泪水代她说出了一切，乔英哲走过去，在她身边坐下，把她搂在怀里："你还要等他多久？他说不定跟夏宜一样，也结婚了。你还要一辈子等他？今天见到你住在这种地方，我不忍心。你搬到卡斯弗吧，去住你的房间。我再去找房子，我不愿看到你住在这里。只要你答应搬过去，我就续签合同，再待两年。"

苏蔚趴在乔英哲肩膀上哭起来。乔英哲怜惜地爱抚着她，温柔地说："如果知道你会哭成这样，我就不来了。我愿意你高兴才是。"

苏蔚停住抽泣，从他肩上抬起头。乔英哲一只手拦在她的腰间，另一只手从上衣口袋里掏出一张照片，这是他们在布拉格查理桥上的合影。苏蔚第一次见到这张照片，欣然拿到手上。

两人欣赏照片，回味着捷克旅行。乔英哲说："还记得那家给我们拍照的台湾人吗？那位太太称我们是金童玉女。后来我看照片，越看越像。"

"人家太太教孩子学汉语，你倒当真了。"苏蔚像是撒娇。

"我是说我们长得挺像。你仔细看轮廓、鼻子、眼睛……"

苏蔚松开搭在乔英哲肩上的一只手，盯着照片，又仔细端详近在眼前的乔英哲，的确有些像，但嘴上却说："我的嘴可没你那么宽。"

"我说有些像，又没说一模一样。"他说话时紧盯着苏蔚红红的嘴唇，苏蔚连忙避开他的眼睛。

"你还没吃午饭吧？"苏蔚问。

说起吃饭，乔英哲感到饿了，说："出去吃饭吧。我还没逛过海德堡，说不定哪天离开这里，没见识过这举世闻名的城市太遗憾了。"

"难道你……还要走吗？"苏蔚偎依着他。乔英哲终于微笑："只要每星期能让我见到你，我就不走。我在你的手指间，你把手收拢起来，我就是你的。手松开，我就被风吹走了。"

第二个周末，乔英哲星期六早晨到了海德堡，要接苏蔚去卡斯弗，劝她说："那边地方大，你这里总有外人，不方便。"

苏蔚道："我们到外面去吧。你看我把午饭准备好了，到公园野餐。"

乔英哲看看苏蔚的篮子，里面有果盘、饮料、奶酪、三明治，不太情愿地说："到我那里可以做中餐。"

"外出野餐还是西餐方便。你看，我买了啤酒。"苏蔚说完，拎着啤酒走了，乔英哲只好提起篮子跟出去。他原先的计划落空了。

从此以后，乔英哲每个周末都去海德堡，他上午到，傍晚回去。第一个月，他每次都要接苏蔚去卡斯弗，苏蔚总有不去的理由。

后来他不说了。

在海德堡度周末，他们或者去图书馆读书，或者到附近短途旅行。乔英哲说："现在我对海德堡比对卡斯弗还熟悉。平时上下班，除了研究所就在家，周末来你这里。你什么时候去看我？"对于类似的问话，苏蔚各种理由都用尽了，于是她常笑笑。

又过了两个月，苏蔚在星期五打电话给乔英哲，说她星期六一早乘火车到卡斯弗，叫他去接站。

乔英哲按捺不住高兴，猜想是什么使苏蔚转一百八十度弯，他想说"干脆我去接你"，又担心暴露自己急不可耐，如果苏蔚变了主意，就会弄巧成拙，干脆依着她。

星期五晚上，乔英哲忙着打扫卫生。第二天早晨起来，他先把床单换了，拿出本来要送给苏蔚结婚用的埃及绣花棉布床单，选了那套蓝白色花纹的铺上。而后洗了衣服，早早赶到火车站，比预定时间提前二十分钟。在出站口等着，乔英哲琢磨，也许因为下周二是自己的生日，她来送一份生日礼物……

正想着，见苏蔚拉着行李箱走出来，乔英哲高兴地迎上前，接过行李箱。一手拉着行李，一手挽着苏蔚的手，一同出了车站。走到停车场，乔英哲先为她拉开车门，而后把行李放进后车厢。

苏蔚坐进车，用商量的口吻问道，我借住两晚可以吗？有两个朋友来海德堡玩儿，家里住不下。乔英哲一下把车发动起来，轻快地说："当然可以，我早让你搬过来。"

"不过，"苏蔚道："你今晚可要睡沙发。"

乔英哲爽快地回答："行，睡地上也行。"

"好，一言为定。不许反悔。"苏蔚说。

"只要你高兴，我睡哪里无所谓。"乔英哲说着伸出右手，握住苏蔚的左手，一直到家门前停下车，他的手才松开。

吃过晚饭，苏蔚把卧室里的一条被子和一个枕头放在沙发上。乔英哲洗了澡走出来，看到客厅里的被子，心想，还真让我睡沙发？！以前还心疼我呢，如今……除了那个什么，我们不是都有吗？

苏蔚从旅行箱里找出自己的内衣、化妆盒、日用包，走进卫生间。

洗脸池的显要位置已经空出来了。乔英哲简单的日用品，梳子、牙刷、剃须刀都躲在台子角落里。苏蔚的东西多，化妆盒一打开，台面会被占满。她打开日用包，从里面拿出棉球和卸妆液，对着镜子用湿润的棉球擦眼角、睫毛，棉球渐渐沾上黄黑色，今早的淡妆完成使命了。

洗了澡，擦干头发，镜子里的面颊清汤挂面，人没有神采。画淡妆吧。不，干脆画一个平时从不敢用的浓妆！妖冶一点，反正卧室光线暗，唇线要粗，显得性感。台面上的笔、刷、剪、膏、粉、油摊得满满的时候，苏蔚装扮好了。听见乔英哲在外面走来走去，他的心思显而易见。要是知道她在这里不紧不慢，恐怕会跳起来。只有一件事能让男人着急。其实就像要去一个盼望已久的地方旅行，期盼、计划、筹备、憧憬、兴奋、想象，都跟到了目的地一样，能让人心醉。可跟男人说这些，他们会信吗？反正此刻的乔英哲肯定不会相信。

望着镜子里眼睛黑黑、嘴巴又红又大的性感女人，连自己都不认识。算了吧，这种浓妆不合适，太难为情了。苏蔚用棉球把眼线擦掉，口红也换成柔和的颜色，再看看镜子，终于满意了。最后喷一点发胶，用吹风机在头顶上吹起微微的波浪。平时她从不用吹风机，头发会自然晾干。但今晚不一样。停下吹风机，觉得外面似乎很久没动静。可能他在沙发上睡着了。做梦吧，不给乔英哲"甜点"，他会睡着吗？

美国畅销书《像女人一样行动，像男人一样思考》作者史迪芬·哈维说："男人对恋情做三件事，承认这段爱情，付出自己的爱情，并保护这段爱情。男人对女人的要求是：支持、忠诚以及性。跟男人交往不应当立即发生性关系，要让他等三个月的时间。"

史迪芬·哈维显然是个男人，"像男人一样思考"。至于应该等多长时间发生性关系，则因人而异。如果太年轻，恐怕应当等几年。如果心理上没准备好，就等可以彻底接受他的一天，应当牢记的是，"你值得他等待！"

同居的第一夜在无数遐想中走来，带着不会忘却的记忆静悄悄地过去了。

第二天醒来，乔英哲亲一下她的脸，说："你真好看，水灵灵。

第一次见你的时候，就像现在这样。可后来隔了一年，你脸色可不好看了，像干枯的树叶。"

苏蔚道："其实你也一样。"说完，她望着枕边。床单、枕套崭新，是乔英哲两年前买的。这一套是白底蓝花，还有一套粉色的。他买床单的时候，没想到会是给他自己。

乔英哲盯着她说："我买床单时寻思，这么好的姑娘就要嫁人了，怎么没让我早遇见。"

"你后悔来德国吗？"苏蔚轻声问。

"不，只要你肯嫁给我。"

星期天整个上午，他们公寓的窗帘没有打开。

周末总是过得快。星期一就像不受欢迎的客人，在恋人不愿被打扰时悄然而至。早晨，苏蔚醒了，见乔英哲头枕双手望着天花板沉思。她伸出手，挡住他的眼睛；他拨开她的手，把她拉进臂弯。

"你在想什么？"苏蔚问。

"我昨晚做个梦。梦很怪，你总躲着我，一会儿看见你，转眼又不见了。"沉静一会儿，他又说："我在想，你会不会是个梦。也许有一天我一觉醒来，你已经走了。就像你要结婚的时候，他突然走了。也许会轮到我，在我要结婚的时候，你忽然消失。我只好这样望着天花板，对自己说这盏灯就是你，你是巨蟹座的……"

"不许胡说。我对你是真心的。"

乔英哲侧过身子，把苏蔚抱住，说："搬过来好吗？把你的房子退了。"苏蔚贴着他的胸膛，听见"咚咚"的心跳声，坚定有力。片刻，她说："再过些日子吧。我就要毕业了，这段时间住在学校方便。星期五来还不行吗？"

　　时间不早了，两人起床吃了早饭，乔英哲开车送苏蔚去火车站。到了车站停下车，他拿下行李，苏蔚接过行李亲他一下，急忙赶车，走了几步，回转身，见乔英哲倚着车，神情黯淡地望着她。苏蔚走回去，放下行李问："怎么了？"

　　乔英哲站直身说："每次跟你分开，我就想，也许这是最后一次见到你。或者，下次见到你的时候，你已经是……别人的……新娘。"乔英哲掩饰不住激动。

　　"跟你走到这一步，证明我的过去已经结束了，不要多想。"

　　"你回学校申请个电子邮件账户吧，我刚申请了一个。其实1984年卡斯弗就收到德国第一封电子邮件，现在终于普及了。正好帮我们大忙。你有了信箱，就能常给我发邮件。我就放心了。"

　　苏蔚答应："好，我去申请。"说完，拉起行李要走，刚迈出脚又停下，望着乔英哲说："对方离去的痛苦，我不会再加到你身上。相信我。"

　　乔英哲淡淡地笑笑，苏蔚吻他一下，拉着行李匆匆走了。边走边想，说什么也没用，学校的事情结束，就搬过来吧。

　　两个月过去，苏蔚顺利通过了论文答辩。学校的琐事全部结束，她毕业了！心理学博士！更让她高兴的是她在海德堡找到工作，在一个不到十个人的非营利机构做心理辅导。她曾在那里做过义工，拿到学位就被聘用了。

毕业典礼的前一天晚上，苏蔚躺在床上许久没睡着。她跟乔英哲商量好，明天搬到卡斯弗，今晚便是在海德堡的最后一夜了。海德堡留学生涯的片断，在脑海中一幕幕闪过，难忘的经历中，有许多跟李铭钧一起度过。李铭钧的名字依旧亲切，但心灵上已跟他疏远了，如今偶尔想起他。跟乔英哲在一起的时候，两人再也不提李铭钧或者夏宜的名字了。

阁楼的窗子虽小，但月亮照样慷慨地洒进一片月光。今晚的月光格外明亮，像一面镜子，高悬在天上，苏蔚想起初次见到铭钧就在一个月光明媚的夜晚，蓦然间他似乎近在眼前。

铭钧，两年了，你还好吗？我在心里多少次这样问过你，你也这样想起我吗？漫长的日夜里，你一定经历了很多事，就像我经历了许多一样。你结婚了吗？如果结婚了，你会告诉我，叫我不必再等了。你没有告诉我，就是没结婚，还会来找我。可如果你回来，我已经走了。铭钧，你在哪里？你可知道，在我心里，你已经化作遥远的记忆。

苏蔚闭上眼睛的时候，李铭钧便出现在床前，他忧伤地说："如果你从这里搬走，我便永远失去你了。"

苏蔚急于问他为什么结婚前突然失踪，可越急越说不出话。李铭钧只顾自己倾诉："请不要离开这里，如果嫁给别人还依然念着我的话，那就不要结婚吧！"

李铭钧的面庞越来越模糊，身影渐渐远去。苏蔚慌忙伸出手，却没抓住。他消失了，但声音依然清晰："蔚蔚，我们拥有所有的第一次，一起走过许多地方，大半个欧洲都可以为我们作证，那里的山水城乡有我们共同的足迹。我们在一起的点点滴滴你会忘记吗？我知道你永远不会忘记我！"

苏蔚的泪水滴到耳边，她惊醒了。刚才的梦境真切，李铭钧面容清晰，苏蔚隐隐觉得李铭钧还在想念着她，他一定还没结婚。但很遗憾，这不是不出嫁的理由。如果此时李铭钧真的出现，苏蔚一定无比高兴和宽慰，只要他好好地活着，胜过随之而来的烦恼。理智上，苏蔚相信李铭钧离去有合情合理的原因，但跟他重叙旧情就意味着伤害乔英哲，选择李铭钧就等于给乔英哲当头一棒：跟他的一切不过是因空虚寂寞而玩弄他的感情。不可以伤害无数次帮助自己的乔英哲，何况真心喜欢他！

与其痛苦地做出选择，不如让命运做主，该出嫁就嫁了吧。虽然今生今世无法忘记李铭钧，但此时此刻他看不见抓不着，已化作遥远的记忆。旧情跟现实矛盾的时候，记忆不占上风。

天亮的时候，苏蔚从梦中醒来。李铭钧的容貌声音那样清晰，在苏蔚醒来前的那一刻，他两眼含泪，悄然离去。苏蔚从未见过李铭钧哭泣，而昨晚的梦里，他一直在哭。

苏蔚闭着眼睛，仔细回想昨晚的梦境。过了很久，看一眼闹钟，该起床了。

从卧室到卫生间要经过厨房，肖韵正在做早餐。

苏蔚告诉她，昨晚周运亨从广州打来电话。肖韵说，看到苏蔚给她留的字条，已经跟周运亨通了话。广州有家外企招人，她今早已经把申请材料寄去了。

　　苏蔚洗漱完毕，来到餐桌前坐下。肖韵做好丰盛的早餐，说："快吃吧，今天是我们两人最后的早餐。我特意为你做了这么多你爱吃的。面包刚买回来，虾米奶酪酱你最喜欢。"说着她拿起一个热乎乎的面包，说："在德国这些年，对这里吃的没什么钟爱，可是德国早餐太丰盛了。以后回国，如果想念这里，肯定就是德国早餐。"

　　苏蔚拿起一个面包，用餐刀抹了一层厚厚的虾米奶酪酱，说："我还以为你会想念我呢。"

　　肖韵道："那还用说吗？跟你住一起，我可学了不少婚姻艺术。今天也教你一条，等结了婚你就知道，男人都一样，只要见到年轻漂亮的，什么忠贞不渝，什么山盟海誓，早忘脑后了。那个李铭钧，追你的时候一趟趟跑得勤快，现在连个消息也没有。"

　　李铭钧的名字一出口，肖韵意识到这是敏感话题，搞不好弄得苏蔚鼻涕眼泪。但如今早过了伤心期了吧，有了乔英哲还念着过去？

　　苏蔚似乎没什么反应。

　　肖韵瞧着她问，如果能选择，是李铭钧更适合做丈夫还是乔英哲？

　　苏蔚想了想说，铭均比我大3岁，待人处事更成熟，像个大哥哥。乔英哲跟我同岁，虽然也挺关心人，但发脾气、使性子的时候，我要让着他。

电话响了，是乔英哲，他说马上出门，问还要再带几个纸箱吗？苏蔚说不必，上次带的四个足够，东西都装好了。

乔英哲说，那好吧，一会儿见。

苏蔚嘱咐他开车要小心，而后放下电话。肖韵问："乔英哲要来参加毕业典礼？"

苏蔚点头。

肖韵："太好了，让麻省理工的人来海德堡开开眼，以后别在你面前觉得他了不起。"

苏蔚道："说实话，乔英哲从来不觉得自己了不起，他挺谦虚。"

"咦，还没嫁过去就这么护着他？看来结了婚和没结婚就是不一样。"肖韵以过来人的口吻发表婚姻感言："不要把婚姻想得太完美了，没人结婚以前和结婚以后一样。"

"这就好，说不定乔英哲结婚以后会变得更体贴了。"

两个女人畅快地谈笑。听到敲门声，是乔英哲。他迈进屋说："在门口就听到我的名字。"肖韵抢先回答："没错，就是在议论你。把我们阁楼里的金凤凰请到家，可不能怠慢。"

"岂敢，一早起床就急忙赶来听候差遣。"乔英哲说。

肖韵道："你是来请人，当然跑得快了。我是说请到家以后。"

"到家以后更方便了，随时听候差遣。"乔英哲笑道。

苏蔚温柔地问："你吃早饭了吗？"

"吃过了。"乔英哲回答。

肖韵起身去收拾洗碗。

毕业典礼结束，苏蔚跟乔英哲开始搬家。全部家当填满了四只纸箱、两个旅行箱和两个大塑胶袋，乔英哲一一装到车上。苏蔚在屋里收拾最后一些零散东西，壁橱里有三个小纪念品，是以前旅游时买的，苏蔚把它们一一放进小盒子里，而后放进大提包。壁橱清理干净了，她抬手摸摸最高处的隔板，触到一个小绒布盒，是黑色的戒指盒，李铭钧送的订婚戒指。她在一年前已经不戴了。

她把左手上乔英哲给她戴的戒指取下来，两枚戒指并排摆在一起。

最初认识乔英哲的时候，觉得他跟李铭钧有些像。相处久了才知道，除了职业，其实两人就像这两枚戒指，不同之处太多了。李铭钧下班回家第一件事是开音响，一边听音乐，一边做饭、吃饭，他喜欢看球赛，热衷足球，怪僻是不爱洗澡。乔英哲喜欢家里静悄悄，吃饭不能有音乐，否则吃不安生。他不太爱看球赛，喜欢看历史、科技节目，最令人烦的是喜欢对别人做的事吹毛求疵。两个都不尽善尽美，但是，苏蔚把乔英哲的戒指重新戴上，嫁给他是唯一的选择。

戒指盒装进手袋，苏蔚提着走出卧室，站在门口回头望，屋子全空了。

苏蔚走到厨房，把厨具、碗盘、日用杂品全都留给肖韵，说给新来的室友用吧。肖韵望望提着最后一件行李出门的乔英哲说：

"这么好的东西都不要，你像要到卡斯弗发财了。"

"不是去发财，是不需要有两套。"苏蔚轻松地回答。

"阁楼里的金凤凰终于飞出去了。"肖韵道。

苏蔚跟肖韵拥抱告别，肖韵在她耳边轻声说："女人嫁谁都是命。我相信你不管嫁谁，都不会错。"苏蔚松开肖韵的臂膀说："如果他找到这里，就实话实说吧。我还想再见到他，只是问问，到底发生了什么。"

肖韵点点头："我不出半年一定回国，以后不知这里住什么人。他来也得不到你的消息。"

"那就随他吧。"苏蔚说完，挥挥手走下楼梯。

家当已全部装到车上，车子还没装满。乔英哲坐在司机位子上，苏蔚最后望一眼房子顶处的阁楼，而后弯腰钻进车子。发动机轰隆一声响，车子开动了，后视镜中的阁楼越来越小，越来越远，却执着地不肯隐去，车子在街角转弯，阁楼终于消失了。

[8] 婚姻能造福一生，也能毁你一世

为筹划演讲会，组织者在网上造了很大的声势。演讲前一周，网友评选出最佳提问，将在演讲中重点分析。一份来自监狱的提问以绝对优势获得第一，是一位留学生转帖他的中国朋友的亲身经历。这位高收入企业精英杀死岳母，在狱中道出那段毁了他一生的婚姻经历。

　　他来自江南农村，大学毕业后进入一流企业。跟一个城市女孩儿交往四个月就结婚了。虽然发现女孩妈妈势利，但觉得反正不是跟她妈妈结婚。可妻子自立能力差，大小事都请示岳母，他动不动就被岳母训斥，需用钱得跟妻子要。这些他都忍了。但儿子不能跟他的姓，要随母姓；买房不能有他的名，要写上岳母的名；连为自己妈妈治病都要不足住院押金！

　　母亲做了手术，出院后，不愿让儿子的处境更糟，没再调养就含泪回老家了。作为儿子，他愧对母亲，心有怨恨，对妻子和岳母也没好脸色。岳母教唆女儿离婚。他后来同意了，但要求得到房产权。这一合理要求不但被屡次拒绝，还每每遭受辱骂"乡巴佬"、"滚出去"！甚至被打得头破血流。

　　他暗暗做好准备，最后去跟她们商量。如果她们通情达理，一切好说，但他得到的依然只是辱骂。这些年遭受的歧视、羞辱、欺凌顿时冲上脑门，他掏出事先准备的菜刀，重伤妻子，砍死她妈，随后去自首。

　　他的朋友在来加拿大之前去监狱看他。他说，如果没遇上她，没遇上蛮横的丈母娘，他会跟大家一样，过着安稳的生活。他问，他的婚姻是不是错在没遇上好人？

听完这让人痛心的经历，会场一片寂静。苏蔚换一张投影，打破沉静：

这位年轻人所经历的屈辱，确实难以承受，但应是暂时的。为一时发泄愤恨，而造成永久性创伤，无论于人于己都万万不可。在决定拼个鱼死网破之前，不能只想着"我就是不活了，也要讨个公道"。毫无理性的极端行为，会造成无法挽回的后果。那么他的婚姻错在哪里？

回答他的问题之前，先弄清什么是幸福的婚姻？幸福的婚姻并不是拥有一个完美的爱人，而是双方能宽容妥协、求同存异，相互关心、忍让。失败的婚姻又在于什么？在于无法解决的分歧。很明显，他遇到的分歧无法由双方协商解决，要靠外界调解，甚至诉诸法律。他的最大错误是在最后一步，否则他或许今天就坐在听众席里，跟我们一起讨论婚姻。

前面讲过，选择决定人生。他最后的选择意味着从此没有选择机会，一切由不得他了。他的婚姻前后有多个问题需要深思熟虑，但他全忽视了。他的婚姻其实一错再错。

第一，结婚太仓促。两人认识只有四个月，双方了解不深。如果交往两年，日常生活发生的事会让他发现诸多问题，比如前妻自立性差，事事听母亲的等等。这就不像他认为的，'反正不是跟他妈结婚'了。一个人事事让父母做决定，跟她的结合就是跟她全家结婚了。所有事情都要经家长同意，对小家庭极不合理，因此难以和谐。

第二，当两人家庭背景相差很大时，双方为人处世的方式、价值观要力求一致。婚姻之所以复杂，因为涉及道德伦理、生活习性等大大小小各个层面的冲突和统一。婚姻最重要的两个方面，一是信任和尊重，二是付出和宽容。前者是婚姻的基础，后者是婚姻的能量。

如果一方家庭有优越感，容易高高在上，不尊重对方，以致产生'他不配'的心态；再进一步，如果伴随欺凌和羞辱，就像埋下颗定时炸弹，时机成熟，会有毁灭性灾难，结果两败俱伤。

对于欺凌和羞辱，女性的反抗方式相对温和，男性容易过激。不论男女，人性追求平等，连猴子都不能容忍不公。

美国著名心理学教授、荷兰皇家科学院院士法兰斯·威尔曾做过一个发人深省的《猴子与黄瓜和葡萄》的心理学实验。两只猴子各关在互相可以看见的笼子里，开始都从实验者手里拿到黄瓜，各吃各的黄瓜，平安无事。但当一只猴子吃完黄瓜又拿到葡萄，另一只猴子看到自己没有葡萄，拿到的还是黄瓜，立即就不干了。再给它黄瓜，它就把黄瓜摔到实验者脸上。生气的猴子跟人的表情一样，拍桌子、瞪眼睛，怒气冲冲地就像在质问实验者：同是猴子，为什么不公？

第三，夫妻角色的认同感。一家之主是丈夫还是妻子，遇事是两人协商决定？这要在结婚前弄清楚，因此需要时间，通过日常事务判断。不能认为自己赚钱多就成一家之主了；你信任她们，未必她们就信任你。对你的条件，别人可能有自己的看法；或者不管你背景如何，对方都不会把经济大权交给你。人的利益、教养、观念等等不同，认知会差异很大。婚姻中牵扯到的各方都认同自己的角色分配，生活才会和谐，否则就会矛盾不断。

最初缺乏起码的尊重，婚后成为一家人了，同样不会有尊重。婚姻不会改变别人对你家庭出身的看法。就是说，婚姻很难改变人的价值观。如果发觉对方缺乏善良和通情达理，心里一定要敲起警钟。奢望用婚姻改变一个人，其结果往往把自己变得更糟。

很多时候，人不是故意伤害你，而是他们不觉得会伤害你、损伤你的自尊。只要他们觉得你低他们一等，就会随心所欲，想怎么指责都行，完全忘记你是有尊严的人。

家庭内部可以争执、吵架，但不能有羞辱、欺凌。在对方一次次遭遇训斥以后，或许不再抗议，以维持婚姻表面上的平和，但沉默并不是默契，而是缺乏沟通。家庭内部不能畅所欲言，容易积累怨恨，感情必然逐渐淡漠。

婚姻没有绝对公平，夫妻双方能达到共识已经不易了，如果父母掺和，更易争执不休。当家庭充满征讨，婚姻最终失败，孩子一定会受影响。

芝加哥大学社会学教授琳达·威特和纽约家庭问题专家麦姬·高林格的研究表明，婚姻在精神、物质、健康等方面给人诸多益处。结了婚的人比同居、离婚或单身更长寿、更健康，收入更高、生活更有成就感、性生活也更美满。成长在婚姻幸福家庭中的孩子，学业优良，精神健康，更容易成功而成为领袖。

既然婚姻有如此多的好处，怎样才能维护它呢？

中国著名文学家、画家郑板桥说过，吃亏是福。对于婚姻，一定要付出，你付出了，别人才能得到；别人也为你付出，你才可以得到回报。没有人对婚姻不要求回报。付出也可以叫吃亏，如果只占便宜，不付出，不吃亏，那就像这案例中，让高薪白领的小伙子把工资"上交"，而当他要给母亲看病，却得不到足够押金。表面上妻家占了便宜，钱没花在"外人"身上，都揣进自家口袋，其实吃了大亏。因为当一个正常的儿子不能为母亲尽一点最起码的孝心，他很难善待妻子及其家人。前面讲过，连猴子都不能容忍不公，何况七尺男儿？！

相反，如果咬咬牙，松松手，让小伙子顺顺当当用自己挣的钱给母亲治好病，他会感激岳母一家人的慷慨慈悲，对她们有相应的回报。就是说，如果当时在钱上吃点亏，会在今后生活上"占大便宜"。婚姻中，吃亏是必须，"占便宜"是需要。如果只想"占便宜"，就不要结婚。想结婚就准备付出。一旦看到自己的孩子付出太多，为儿女鸣冤叫屈，为他们主持公道最为下策。

苏蔚讲到这里，眼前出现那位看到儿子忍受屈辱，不愿给儿子添乱而悄悄离去的善良农妇，不禁眼睛潮湿……

乔英哲一早上班就忙着修改论文，稿子要在午饭前寄出。

他两眼盯着计算机，双手井井有条地打字，脑子急速运转。

忽然觉得眼睛余光里像有个人影站在门口，他不理会，也许不是。又忙了一分钟，余光里的人影似乎还在，乔英哲不能不理了，抬头一看，倒吸一口凉气。这是怎么回事？！是不是做梦？！怎么是他？！

算起来已经有两年半了。李铭钧像是从地缝里钻出来。他跟以前有些变化，但一时说不清，大概书生气没了。

"才两年不见，看把你吓的。"李铭钧微笑着开口，走进门的时候，一下变得跟以前一模一样。

乔英哲站起身，依旧没有恢复震惊，心里闪过一丝担忧，我的生活会被他颠覆？他紧张不安地问："你从哪儿冒出来了？"

李铭钧握住乔英哲伸出的手，眉开眼笑："我刚去了一趟海德堡，没见到苏蔚，听说她已经毕业了，你知道她……"李铭钧的笑容在脸上凝固，继而，笑容如同融化的冰块，塌陷了。他两眼圆瞪，像一堆杂乱冰块上，点燃了两支火把。

李铭钧的眼睛停留在计算机旁的结婚照上。

苏蔚身着婚纱，乔英哲穿白色西装，银灰色领带，手搭在苏蔚的腰间，两人的微笑充满阳光。李铭钧一眼认出苏蔚的婚纱，那是他们一起去买的。那天买了婚纱，他们去照了婚纱照，李铭钧穿着在捷克做的毛料西装，苏蔚穿的就是这件婚纱。那张照片早已托人带给李铭钧的父母。这两年，他们都以为他结婚了。李铭钧一直没告诉他们真相，他还盼着娶苏蔚，那样一切回到从前。如今，她穿着同一件婚纱，成了别人的新娘！

李铭钧僵直地在桌边坐下，手里的公文包没放稳，啪嗒掉在地上。乔英哲走过去捡起公文包，轻轻放在椅子边，转身倒了一杯茶，默默地递给李铭钧。

屋子里一片沉静，就像空气凝固了。

"她……等了你两年。"乔英哲坐下，两手揉搓着说。

"你不是早结婚了吗？"李铭钧的问话没有底气。

"我在波士顿几乎结婚。到中国领事馆登记，领事馆关门，那天是五一。那时候忙找工作昏了头，竟忘了中国的五一节。后来打算到德国结婚，未婚妻……嫁给别人了。"

李铭钧哼了一声，嘴角微微动了动，眼睛一眨不眨，鄙视着他。

乔英哲带着歉意垂下眼，片刻，他抬眼望着李铭钧，平静地说："她接到你的信，精神恍惚，要去奥地利找你。我担心她一个女孩会出事，开车带她去。以为你到了捷克，我们一直追到布拉格。那时真的没有……没有什么。直到几个月前……开车带你走的人是谁？"

"我哥哥。"

"我们也推测过，可苏蔚说他在中国。"

"你从前也在中国！"李铭钧说话有些严厉，连他自己也没料到。他拿起茶杯喝了一口。

乔英哲没在意李铭钧说话的语气，温和地问："你到底去了哪里？为什么不能告诉她？"

"如果能告诉她，我会不说吗？！可我没想到……"

"对不起。如果……你心里能好受一些……就动手吧。"

李铭钧冷笑道:"还有必要吗?我那时候,哪怕有一点办法,也不会放弃本来一条平坦的路,我是不得已才到了布达佩斯。"

"你去匈牙利了?这么说我们离开维也纳走错了方向,要是去匈牙利就对了。"

"要是你去布达佩斯就好了。"李铭钧把"你"说得很重。

乔英哲问道:"你还想回来吗?"

李铭钧换个坐姿,声音变得平静:"我原打算回来看看,找回过去的生活,还有本来就要到手的学位。现在看来不必了。"

"如果想回来,他们还会接受你。虽然有人顶了你的位置,但是……"

李铭钧轻轻摇头:"不,我现在有工作。拿到学位也要找出路,怎么赚钱还不是一样?我要去看望导师,向他道歉当年不辞而别。还有……"李铭钧停了一下,望着乔英哲问:"我想见她一面……可以吗?然后我就走,再也不回来了。"

"她在法兰克福开会,今天回来。我给她打电话。"说完,乔英哲抓起电话,手没拿稳,电话"咣唧"掉在桌上。他重新拾起电话,定定神,开始拨号。

李铭钧在一边听到电话"嘟嘟",没人接。他站起身说:"我先去看望导师,过一会儿再回来。"乔英哲点点头。

李铭钧出门后,乔英哲无心工作,直到李铭钧回来,他再次给苏蔚打电话,依旧没人接,于是说:"该吃午饭了,我请你吃午饭好吗？去门萨餐厅？"

李铭钧同意。两人朝餐厅走，李铭钧口气随便地问："苏蔚还好吧？"。

"她还好，在海德堡工作，每天坐火车上班。她……怀孕了。"

被叫做门萨的学生餐厅里，几乎每条餐桌都坐满了人，但却静悄悄。这些大都是本科生的德国人，坐在一起吃饭讲话声音很低。

李铭钧和乔英哲买了饭，面对面在餐桌前坐下。乔英哲这才注意到，李铭钧的饭菜拿得不多。此刻，他望望四周，没见到熟悉面孔。乔英哲告诉他，许多人已经毕业了。苏蔚的好友肖韵和周运亨都回国了，听说在广州干得不错。还有一位同学毕业去了柏林。

李铭钧问："你打算一直待在卡斯弗？"

"本来我在贝纳找到份不错的工作，但是贝纳太小，苏蔚很难找到工作。你知道，她不工作会不开心。我想，等孩子出生以后再去贝纳，她不工作就无所谓了。原来我想回波士顿，但她在德国时间久了，喜欢这里……"乔英哲没说完，停下了，望着李铭钧问："你呢？要留在匈牙利？"

"还没来得及打算，刚还清了所有的债务。这两年的目标就是赚钱还债，现在达到目的，不知下一步该干什么。"

"你……能不能告诉我到底发生了什么？"乔英哲说完，吃一口胡萝卜，见李铭钧的盘子已经空了。他盘里的刀叉一顺摆着，这是吃西餐的习惯动作，表示"我吃完了，可以端走了"。他也许忘记了，门萨这没人收拾餐具。

李铭钧轻轻推开盘子："其实没什么好说的。我哥做生意欠了债，他还不上，黑道的人就说要他的命，他没办法找到我。我到了布达佩斯，领教了什么是地狱，如今把钱还上了。"

喝苦水苦不堪言，咽到肚里讲出来，可以说得很平淡。

乔英哲没吭声。别人不愿多讲，便是不想让他知道。他吃完最后一块土豆，放下刀叉，用餐巾纸擦擦嘴，说："我一直没出过校门，没经历过大事，但情感的伤痛，也曾跟你一样。"乔英哲说着，看一眼李铭钧，见他没反应，继续说："在我最难过的时候，有一句话帮我走过黑暗。"话没说完，他又停下了。

李铭钧望着他："说吧，不必顾虑。"

"世界上没有一件东西我必须拥有，没有一个人不可以代替……"

李铭钧的手抖了一下。

过了好一会儿，李铭钧开口，他说话很慢："在我写那封信的时候，感觉像是赴刑场，要跟她说再见。……你要……你要……好好待她。"李铭钧终于没忍住，他的眼睛红了。

乔英哲握着他的手："我会。"

"我不必见她了……她怀着孩子不能激动。以后有机会我会再回来，现在该走了。"

"她四点到火车站，我去接她，大概四点半到家。"

李铭钧点点头，问："住在老地方？"

乔英哲说："对。"

乔英哲和李铭钧走出门萨的时候，餐厅里只剩下他们两个人了。李铭钧要去看望另一位老师，而后回匈牙利。两人在研究所一楼分手。

乔英哲回到办公室，坐在桌前不时走神。终于，该去火车站了。

在车站接到苏蔚，开车回到家门口的时候，乔英哲见到一部匈牙利牌照的黑车停在不远的地方，茶色玻璃里看不到有人。

苏蔚走出车门，乔英哲从后车厢提出行李，跟在苏蔚身后走。在楼拐角，他回转身，冲那部黑车挥挥手。黑车的茶色玻璃徐徐落下，露出一双眼睛，又接着关上了。过了一会儿，黑车开走了。

刚才苏蔚迈出车子时，一阵风吹过，能看出她腹部微微凸出，她的神情安详而欣慰。她不需要听任何解释，连道歉都是多余的了。

事情的开始是在维也纳开会的那天下午。

李铭钧正坐在最后一排听报告。不知什么时候，报告厅后门口站着一个人朝里张望。李铭钧看到他大为惊讶，这是他哥。李铭钧很久没跟哥哥联系了，他仅仅念过初中，英文水平差，不懂德语，他竟然在维也纳？！

李铭钧悄悄走出后门，一见哥哥就问："你什么时候到的奥地利？怎么不通知我一声？"

哥哥李洪宾高兴中带着慌张："一句话说不清楚，你要救救我。"李铭钧意识到非同寻常，回到报告厅收起材料，提着公文包离开会场。

回到酒店，两人一直谈到第二天凌晨。

自从李铭钧留学，哥哥就想让他帮忙联系到西德，可一直没成。

兄弟二人在同一个家庭长大，但性格、喜好截然不同。李铭钧喜欢学习；哥哥拿起书就像凳子上有钉子，一时看不住就溜号，外出玩耍不叫不回家。他们的父母也曾多次反省，为什么教育孩子的方式一样，结果却天壤之别，一个懂道理，一个惹是生非。他们觉得，也许因为当年"下放"到农村，李洪宾在爷爷奶奶家住了几年，老人们对孙子有些娇惯。后来父母回城，李洪宾回到父母身边已经十几岁了，听不进家长的劝告，加上结交了几个坏孩子，学了些不良习气，苦口婆心地说教无济于事了。

弟弟从小被家长、老师、左邻右舍的叔叔阿姨夸"听话、懂事、聪明、好学"，而李洪宾则正好相反，在一片责骂中长大，他耳边尽是："看你弟弟！你为什么这么不争气！"

说他不争气，他就不争气。中学没毕业，更别说上大学了。他表面上破罐破摔，心里却不服气，总想有一天出人头地，跟弟弟平起平坐，在父母、亲朋面前证明自己，洗消前耻。可一个图书馆的勤杂工跟留学名校的准博士相差太远，到西德的希望一次次破灭，他就想到偷渡。他写信告诉弟弟，弟弟坚决反对，说不能干非法的事。李洪宾十分生气，责怪弟弟不设身处地为他想，勤杂工连老婆都娶不上！

李铭钧把省吃俭用积攒的马克都寄给他，让哥哥做生意，再三叮嘱，这是他所有的积蓄，一定要谨慎。不管生意成与不成，他只能帮这一次。李铭钧想把话说绝了，免得哥哥听不进去。他总觉得哥哥办事不牢靠。

果然，他跑了一趟深圳就赔个精光。李洪宾明白，没脸再问弟弟要钱。他知道，弟弟为了省钱，住的阁楼站不直身子。但他还想发大财，只要以后发达了，一定把弟弟的钱加倍偿还。他认定，要想发达的捷径就是到国外。他在深圳认识了一位广东朋友阿贵，两人计划偷渡。李洪宾跟父母、亲戚谎称到南方做生意，东拼西凑借了钱，让蛇头辗转偷渡到西德，谁知蛇头是假的，到了匈牙利，他撒手不管了。

李洪宾跟阿贵一起先在布达佩斯打黑工，干了一个月，又苦又累，也赚不了大钱。两人觉得这样下去没出头之日，见别人生意做得好，就由阿贵牵线，向阿贵的一位远房亲戚，来自越南的张老板借钱，开始做生意。

第一笔生意是从南美购买蔗糖，由阿贵偷渡到南美的广东老乡牵线，谈了个好价钱，如果能成，一下就发了。据阿贵说，两人是生死之交，绝对信得过。于是李洪宾把钱汇过去。

当晚，他梦见一袋一袋的蔗糖在手中变成了白花花的银子，他发财了！一个月内把借的高利贷还清，给弟弟寄了笔钱，顺便通知他，自己已经是布达佩斯的华商了！要让弟弟刮目相看，要让以前小瞧他的所有人都佩服他有魄力！有远见！有勇有谋！他把偷渡借的钱也还了，一元人民币用一个美元偿还，让那些当初瞧不起他、支支吾吾说没钱借给他的人统统去后悔吧！几笔生意做成，衣锦还乡！请旧时的哥们儿喝酒，娶北京最漂亮的姑娘！那几日，他每晚做好梦，常常乐醒了。

可惜，钱寄去一周后，这位老乡和蔗糖公司忽然联系不上了。李洪宾急疯了，跟阿贵四处打听，南美的人都是阿贵的亲朋，他们说再也没见到此人，听说他去美国了。

李洪宾气愤、伤心、后悔之余，也反省自己。他觉得做生意不怕失败，但要吸取教训，要用信得过的人，而且要到自己熟悉的地方做生意。南美太乱了，语言又不同，打官司都没法打。于是他想到中国，想从中国进口工艺品。只要能把钱赚回来，上一笔钱很快能还上。

他跟阿贵又找到张老板，把要跟中国做生意的想法告诉他，说已经打听到中国工艺品在这里有市场。两人保证，这笔生意做成，上次借的钱很快还上。这次不会被骗，全用自家人。

也许因为阿贵是张老板的亲戚，或者张老板也希望他们做成这笔生意，好把他的钱还上，张老板又同意借钱给他们。李洪宾随即让舅舅的儿子去找货源，反复叮嘱，公司一定要可信。

刚大学毕业的表弟到了南方，到某省政府打听可以信任的公司。在省政府大院一楼见到挂牌公司，公司一看很规范，印章刻着"某某省政府开发中心"。

表弟觉得跟政府开的公司做生意肯定没错，接待人员热情而且懂行，给他看了样品，介绍下属厂家。他觉得没把握，寄了些样品给李洪宾。李洪宾拿着样品问了几家商店，反映不错，决定做这笔生意。这家开发公司的人说，只要钱一到就发货，我们是政府部门的公司，最讲信誉。于是表弟跟他们签了盖有红印章的合同。结果钱寄去，货没来。再去公司一看，公司关门大吉。到省政府一问才知，一楼的各公司都是租用政府的楼房，公司跟省政府没有丝毫关系。钱、货、人都消失在空气里了。

负债累累的李洪宾元气大伤。张老板天天催债，他不知如何应付。靠打黑工不知何年何月才能把钱还上，想做生意，却再也借不到钱了。为躲张老板，他藏在朋友那里，可几天之后，朋友也请他走人，他没办法又回到跟阿贵合住的零乱房间。

李洪宾已经跟阿贵闹翻了，他怀疑阿贵跟南美的人合伙骗他。阿贵不承认，发了毒誓，说如果他拿了钱，一定不得好死，谁有钱还窝在这老鼠乱窜的地方？！他反戈一击，大骂李洪宾北京的亲戚把他坑了，说张老板怨他结交了骗子，合伙骗他的钱，弄得他里外不是人。阿贵和李洪宾大吵之后，就不知去哪儿了。

李洪宾回到住处，发现阿贵的行李不见了。当初借钱时白纸黑字写得清楚，借债两人共同负担，如果一方因故（比如说死亡）不能还钱，另一方也要偿还所有欠款。就是说，阿贵溜号，张老板就赖着自己了。李洪宾万念俱灰。他也想逃跑，此刻比任何时候都想逃往西德，先到弟弟那里躲着。可去西德不容易，能去早去了。不管去哪儿都需要钱，可现在缺的就是钱。他想到回国，回去也麻烦，张老板在中国眼线更多。

半夜里，他醒了，肚子饿得难受，再也睡不着。他生气伤心的时候吃不下饭，现在也不知几顿没吃，饥肠辘辘，他爬起来想弄点吃的，一拉灯绳，灯不亮，不知是灯泡坏了，还是因为没交房租，房东把电门关了。

他摸黑找到三包方便面，可每包都被老鼠啃过。想烧开水，才知屋里没水没电，只能干啃老鼠吃剩的东西。他嘴唇干裂，张口咬了一口面。正在这时，一只老鼠悄然溜过，他抄起拖鞋就扔过去："再让你偷吃！不让我活！你也休想！"老鼠瞬间逃脱，消失了。老鼠会打洞，到处都有地方躲。这家找不着吃的，就到那一家，总有安身之处。李洪宾坐在桌边呜呜哭起来："连老鼠都比我有活路！"

曾经的梦想就像眼前的老鼠屎，原先的美食经过体内曲里拐弯的肠肠道道，演变成了粪便。本来出国是要干一番事业，好证明自己从小被别人看扁了，可事实证明别人都对，自己本来就是扁的。现在，中国也回不去了，回去怕见亲戚朋友，人家要问，借给你的钱什么时候还？

漆黑的夜里看不到希望，天亮又会有什么呢？像过街老鼠似的躲债，被人嘲笑，被人瞧不起，被人指着痛骂，这些滋味已经尝够了。眼前的路，怕是到了尽头。

李洪宾横下一条心，想趁黑夜到张老板门前触电自杀，以身还债。当他爬到树上，要拉扯电线之际，被起夜的张老板女儿看见。

张老板的女儿叫蓉珍，她瞧见树上的黑影，起先以为是贼，细看认出是李洪宾，明白他要寻短见，于是喊："快下来！小心别摔了。只要你下来，我一定向爸爸求情。"

那天张老板不在，蓉珍把后院小屋里的佣人阿慧叫出来，两人扛出梯子，接李洪宾下来。

李洪宾一进屋，蓉珍给他端来杯茶，茶盘里放了几块点心。李洪宾接过盘子，连声说谢谢，三口两口把点心吃完了。蓉珍看他恶狼一般，吩咐阿慧去给李洪宾做碗米粉。阿慧不太情愿，悄声说："小姐，你真是个好人，深更半夜还要伺候他。"

蓉珍劝道："你就去吧。"

阿慧噘着嘴巴去厨房了。

李洪宾跟蓉珍声泪俱下地讲自己被没良心的人骗了，祈求蓉珍在父亲面前帮他说好话，他打算再借一笔钱。这些天在不同餐馆躲避，发现一个很好的商机。这次跟以前不一样，决不跟骗子打交道，打算跟目前与这边餐馆来往的一家加拿大水产公司做生意，绝对可靠。进口加拿大龙虾，在这里能卖好价钱。李洪宾有哥们儿就在这家水产公司。

李洪宾讲起对未来的憧憬滔滔不绝。第一笔生意成功以后，他打算做第二笔、第三笔。过去从没有女人静静听他长篇大论，李洪宾端详着蓉珍。他跟蓉珍是点头之交，知道她单身，三十多岁，没什么学历，相貌中下，应该不会要求太高。蓉珍十分丰满，或者说太胖了，条件好的男人看不上她。还有，她不懂外文，怕是不能嫁老外，选择范围少。这里亚洲人本来不多，单身男人都没有经济实力，而且其他人又矮又瘦，跟她这块头的女人不般配，她或许喜欢我身材魁梧。

想到这，李洪宾开窍了，对呀，别处不敢说，这座城里，没有比我更高大的亚洲男人。他想象自己和蓉珍在一起亲密的情景。丰满的女人也好，何况还有身价，李洪宾想。她既然对我不错，给我端茶水，又让人做饭，也许对我有意思。不管怎么说，男人要主动。李洪宾想着就站起来，坐到蓉珍身边，刚想往前凑，就听阿慧大喝一声："臭不要脸！不看你这德性。也想打小姐的主意！"

李洪宾急忙又站起来。

"赶快到厨房把米粉吃了，吃完要把锅碗洗干净，收拾利索。别以为小姐心肠好，你就成少爷了。"说完阿慧又转向蓉珍说："我要回去睡了。小姐，你要当心，要是有什么人不规矩，打电话叫警察，有些人只配蹲监狱。"

阿慧打着哈欠走了。李洪宾三步并作两步扑进厨房，稀里哗啦震天响地喝着米粉汤，他从没吃过这么鲜美的米粉，锅都吃干净了。洗完锅碗，回到客厅，见一个人也没有，天快亮了，他躺到沙发上迷糊起来。

第二天，张老板回来了。蓉珍求情，再给他一次机会，但这次利息更高，合同苛刻，而且要有保证人，如果不能如期还钱，要由保证人还钱。李洪宾在保证人一栏里填上弟弟李铭钧。他跟张老板说，弟弟还不知道他已经到了匈牙利，要弟弟签字同意，他就要去趟西德。张老板说你不必去西德，我会查清楚，等查清楚再说。

　　一周后，张老板同意借钱。李洪宾喜滋滋地赶了去，以为蓉珍求情起了作用，不必弟弟签字了。等李洪宾一出门，张老板对蓉珍说："他这笔生意还是要亏，他以为能还我的钱，其实我是因为他有个能成器的弟弟。"

　　"你不让他弟弟签字，行吗？"蓉珍问。

　　"有些人签了字也是白签，有些人不签字也一样靠得住。多年前，我开旅店的时候，让有的客人交钥匙押金，有些客人不必交钥匙押金。结果不必交钥匙押金的，从来都记得把钥匙还给我，有些交了押金的，还是会不还钥匙给我。我借给李洪宾钱，是因为我相信他是会还钱的人，但我不是傻瓜，不会再次把钱交给一个两次血本无归的人。"张老板长舒一口气："这个在西德的弟弟现在还不知道，他已经欠了我连本带利九十万马克！"

　　张老板预计的没错，李洪宾又亏了。这次亏得更简单，空运龙虾因气候延迟，龙虾在机场耽搁两天，后来机场重新运行，李洪宾运输龙虾的航班排在最后。李洪宾在布达佩斯急得哭爹喊娘，祈求老天怜悯，盼望奇迹发生。但是奇迹没出现，终日担忧的事发生了，龙虾倒是最终运到，但全死了。

赚钱是不是容易恐怕要看什么人，但亏钱很容易。

李铭钧知道哥哥一年之内欠人家九十万马克，气得头发都竖起来了。

"你要我怎么帮你？我一个月两千马克，不吃不喝也要三十多年才能赚九十万。你为什么这么不争气！成事不足，败事有余！你捅了这么大的漏子，好汉做事好汉当！我帮不了你！"

李洪宾也急了："都是因为你！咱爸咱妈，你们这些人！我从小让全家瞧不起，所以才想做出个样儿给你们看。谁知老天不帮忙。现在你也不帮我！连黑老大的女儿都不如！你！"

李洪宾喘着粗气，指着李铭钧的鼻子质问："小时候，我为了你，不让你挨骂，受了多少冤枉气！替你挨了多少打！如今我遭了大难，你一点不顾兄弟情谊。你！不配做我的弟弟！我现在就走，回匈牙利。假如有一天听到我被车撞了，你替我收尸不要流泪！因为我不稀罕！"

李洪宾说完就要走，李铭钧双手拖住他，泪水纵横:"不要走！你要我怎么办？我帮你还。"

"跟我回匈牙利做生意，赚钱还债。"

"我不会做生意，可能也像你一样，让人骗了。"

李洪宾不再激动了，回转身，坐到床上："我早想好了，不再做买卖，我们开个小餐馆。我已经物色到一个，店面很小，但位置不错，在闹区，价钱也不贵。我想，你一定有些马克，用你的钱拿下这个外卖店。布达佩斯是旅游城市，游客多，等慢慢赚了钱，再开大餐馆、酒店……"

"我们开餐馆，哪里有钱请大厨？"

"不必请人，我可以掌勺。以前我到厨师班学过，也当过大厨，说实话，我的手艺不错。咱俩合伙，一定成，我现在谁都不相信，只相信你。"

李铭钧沉思不语，过了许久才开口："开餐馆我是外行，我学了这么多年机械工程，还是干本行帮你还钱更实际一些。我还有一年就毕业了，毕业找到工作大概至少一个月五千马克。我从现在开始，每月帮你还一千马克，等毕业后，每月帮你还两千马克，直到把钱还完。你看行吗？"

李洪宾刚才眼里的一点光亮又暗淡了："我借第二笔钱的时候，把你也写进去了，其实你已经跟这事脱不开了。你以为他们跟银行一样按揭还钱吗？你拿什么抵押？九十万马克一年之内还清，现在已经过去一个多星期了，就是说，要在不到一年的时间里赚够九十万。靠你的工资行吗？"

李铭钧突然感到身体直立的力气都没有了，绝望地倚着床头。

"怎么说我也要先回西德，跟学校辞职，再带些需要的东西……"

"还舍不得你的女朋友吧。张老板也知道她挺漂亮。"

"他怎么会知道？"李铭钧警觉地问。

李洪宾道："你不觉得我能在维也纳找到你很奇怪吗？他们想知道的事就一定能知道。我劝你，别去跟她道别了，跟她最好没关系。这是为她好。你说，我们能在一年之内赚九十万马克吗？如果赚不到怎么办？"

李铭钧脸色严峻，生平从未有过的恐惧感使他的眼睛发出两道寒光。

李洪宾接着说："来奥地利前，我问张老板，如果我弟弟不来怎么办？他说，你不来的话，他们就去请你的未婚妻。那么漂亮的女人多接几个客人，很快就会把男人的钱还上……"

李铭钧怒目圆睁，扑上前双手撕扯李洪宾的衣领："住嘴！无耻！"

李洪宾双手捂着脸："弟弟，你打我吧！你狠狠打，只要你心里好受一些。其实我很愧疚。我对不起你！没办法，你是我弟弟，谁叫你命不好，摊上我这么个哥哥。可你想牵扯到她吗？跟你都说了吧，阿贵死了，他逃到西德被车撞死了。我不知他是真出车祸，还是有人制造的。"

李铭钧被恐惧感笼罩着，浑身无力，第一次明白什么是脊背透凉气，因为那里像有一把刀顶着。

"别说了，哥，我明天跟你走。"

李洪宾放下心来，看看手表说："那好，我饿了，我们出去吃饭吧。"

"你一个人去吧。我要静一静，写两封信。我给你钱。"李铭钧说着掏出钱包，找出两张钱票，手突然停住了，疑惑地问："你既然已经黑了，怎么可以到奥地利来？你怎么过境？"

"你没听说今天在匈牙利边境有泛欧野餐会吗？"

"你说什么？"李铭钧更不解。

李洪宾道："看来住在西欧的人不关心这个。"

李洪宾详细讲起匈牙利边境小镇举行的集会。这在当时的东欧是件大事，传单发至多个国家。在当时的东欧国家中，匈牙利最为开放，跟西欧有频繁的贸易，许多东欧人到匈牙利购买西欧日用品。在匈牙利边境举行会餐是跟西欧国家增进了解，匈牙利为此撤掉了几百公里长的带刺铁丝网。许多东欧人，尤其是东德人早就期待泛欧野餐会，想利用此机会越境到奥地利，从奥地利到西德就很容易了。匈牙利和奥地利的边防军对今天过境的人没有任何措施，许多人开着车就过来了。据说仅仅东德就过去八百人。

李洪宾讲完，接过弟弟的钱，问："我给你带一份儿回来。你想吃什么？"

李铭钧在桌边坐下，一手拿起笔，铺开纸说："随便。"

哥哥回来的时候，李铭钧给导师的信已经写好了，正在把跟工作有关的东西整理出来。哥哥把盒饭放在桌边，叫弟弟趁热吃。李铭钧答应，但看也没看。李洪宾洗了澡，很快就睡着了。李铭钧开始给苏蔚写信，刚写开头："亲爱的蔚蔚"，他丢下笔，泣不成声。

写写停停，泪水不止，听到哥哥均匀的鼾声，李铭钧回转身，望着熟睡的哥哥。

恨他吗？也许有一点。小时候常护着自己的哥哥，什么时候变得这么能惹祸？现在为了哥哥，自己要去走一条艰险的路。如今的生活不是一人单行，苏蔚已经是生活的一部分，结婚前突然离去，她会多难过。他思前想后，把原先写上的"请你等我一年"又画掉了。他想到那个莫名其妙出车祸的阿贵，觉得此去生死未卜。做人只能对自己提要求，要求自己守信，但不能要求别人。如果张老板能这样待人，自己此刻不必像要赴刑场一样；如果哥哥能做到……李铭钧望着酣睡的哥哥。

　　小时候，哥哥一向护着弟弟，只要有人欺负弟弟，他就不顾一切冲上去跟人撕打，如果身上没伤，家长不知道也就罢了，可一旦落得鼻青脸肿，回家就要挨父母责骂。妈妈气急了就喊："你为什么总惹事？你看你弟弟，从来不跟别人打架！"哥哥曾辩解，但越解释爸妈火越大，"你居然还敢顶嘴！""你打架还有理了！"后来，哥哥不再辩解，打也好骂也罢，任凭爸妈处置。挨打受罚过后，他该怎么样还怎么样。

　　父母责骂哥哥，李铭钧在一边不敢多嘴。他无论说什么也帮不了哥哥，还常惹得爸妈更火。有一次他以为妈妈气消了，跟她解释："这次哥哥跟别人打架不是哥哥的错，别人抢了我的弹弓。"妈妈顿时又火了："你见到坏孩子为什么不躲起来？下次惹事，连你一起打！"虽这么说，李铭钧从小没挨过打，但李洪宾挨打的次数就多了，让李铭钧记忆犹新的是有家长找上门，妈妈痛打哥哥，把洗衣板都打断了！

李洪宾比李铭钧大 8 岁，通常跟同龄的一帮孩子混在一起，不太跟弟弟玩。李铭钧跟另一帮年龄小的孩子出出进进。那时的孩子自由，大人不怎么约束，只要稍大一点就不再有人看管。李铭钧那帮伙伴里有个稍大点儿的孩子，主意多又老成，大家都听他的，他成了孩子头儿。头儿有三个亲密伙伴，但李铭钧不是其中，他在那一帮小伙伴中最小，个头也最矮，属于可有可无的一个。可对李铭钧来说，那群小伙伴必不可少，如果不被这些人接受，他就没处去了。小伙伴就是李铭钧的一切，而接不接受，都是头儿一句话的事儿。

有个叫箫箫的小孩不听头儿指挥，常领着自己的弟弟擅自活动。头儿发话说箫箫坏，要教训他，指示李铭钧叫哥哥去揍他。李铭钧万分为难，担心又给哥哥惹麻烦，而且也不明白箫箫为什么坏，为什么要打他。一连三天头儿都催问，为啥还没叫哥哥动手，第四天他发话："如果这两天还不动手，你以后就别跟着我们了！"

李铭钧无奈，只得硬着头皮去求哥哥。哥哥问为什么要打箫箫，李铭钧为了哥哥能够同意，连忙胡编乱造了些理由，说箫箫抢了他们的东西，还打了一个孩子。哥哥一句话没说就走了。李铭钧不知道他答应了还是没答应。

直到两天后箫箫的妈妈找上门，李铭钧才知大祸临头了。那天，箫箫妈妈领着箫箫站在家门口，说李洪宾穿着皮鞋踢得箫箫腿上青一块紫一块。李铭钧的妈妈十分震惊："真是洪宾干的？

我的孩子可从没穿过皮鞋，家里也没钱给孩子买皮鞋。"萧萧妈妈气急败坏地说："就是你们家的李洪宾，我亲眼见到的！"

爸爸急忙上前给人家赔礼道歉，并问是不是需要去医院。爸爸跟着箫箫妈妈走了以后，妈妈怒火万丈，拽起李洪宾的耳朵把他拖进屋里，厉声问道："你打没打箫箫？"李洪宾低头不语。妈妈抄起洗衣板打他的屁股。

"你为什么总惹事？！"妈妈厉声问道。

没有回答。

"你能不能让我省省心？！"

没有回答。

"下次再打架就别回家了！"说完，"啪"的一声响，洗衣板打断了，哥哥依旧一声不吭。妈妈把断了的洗衣板咣啷丢到地上，抄起扫帚接着打。痛骂声和敲打声震颤着玻璃窗，哥哥既不求饶，也不认错。

李铭钧爬到门口的苹果树上，心惊肉跳地透过窗子看到里面发生的一切，心里难过极了。如果哥哥此刻说一句"弟弟叫我去打的"，盛怒之下的妈妈很可能冲出门，把他也拖进去一起打了。但哥哥这种时候从来一声不吭。屋里"砰砰"的敲打声一声一声传来，他再也待不住了，从树上跳下来，冲进屋子喊："妈妈，你打我吧，是我叫哥哥去打箫箫的。"

哥哥突然开口了："弟弟，快出去！"

李铭钧拉着妈妈握扫帚的手，妈妈把他推开："给我站一边去！今天谁也救不了他！"

　　妈妈停下手，问哥哥："是弟弟叫你去打的吗？"

　　"不是，我自己要打的。"

　　"好！承认就好！我就知道弟弟从来不惹祸！可你，就不能让人有一天安生！"

　　李铭钧一直为此愧疚。此刻想起这事，觉得如果怨哥哥自私，自己又何尝不是。当年为了在头儿那里交差，为了不被赶离那一帮小伙伴，明知不能给哥哥惹麻烦，还叫他去打人，结果让他闯了祸。如今，哥哥遭了大难，自己不能袖手旁观。他从小呵护自己，讲义气，敢作敢为，如果他有这样那样不对的话，谁又十全十美呢？如果怨恨，就恨那趁火打劫的张老板吧。如今为了哥哥放弃自己安逸的路，是命中注定，纵使艰险，义不容辞。

[**9**] 强烈吸引你的，
不一定适合你

网友评选出最佳提问，将在演讲中被重点分析。获得第二名的是一个刚拿到硕士学位的工科男：

他在一次聚会上认识了一个热情漂亮的女孩儿。两人都喜欢滑雪、摄影、野营。分手前互留了电话，后来她到多伦多找他玩儿。

两人游逛了一天。大家都说玩得很痛快。女孩儿有张可爱的娃娃脸，连说话声音都很美，让他着迷，他问她有没有男朋友，她含糊地称自己天天独来独往。

后来，他多次开三小时车去看她，他们常来常往成了男女朋友。直到有一次她手机关机，他直接开车去找她，到了才知，她去美国了。万万没想到的是，她到美国结婚去了！

他一路流泪开车回来，差点儿出了车祸。经他美国的同学证实，她嫁给一个商人了，她还寄了一张结婚照给他。他望着照片痛哭，这辈子还能相信别人，还能结婚吗？

苏蔚解释，提这种问题，说明他正极度消沉，显然事情刚发生。前面讲过，三个月过去，人就不会在乎了，自己都会有答案：能！被女生拒绝，不管第几次，仍然还有其他几亿位女性从未对你说不。美国人类学家、罗格斯大学教授海伦·费舍尔曾做过调查，95%的人曾被自己所爱的人拒绝，同时也拒绝过深爱自己的人。因此，失恋是多数人的经历，是大家共同的隐私，没什么了不起。痛苦是短暂的，一旦过去，就会明白其实那种经历不算什么，虽然当时感觉像天塌了、地陷了。有句谚语说得好，任何好事并没那么好，任何坏事也没那么坏。

如何避免类似工科男的遭遇呢？首先，不要被自己的一厢情愿所蒙蔽，理性地问自己：她是否像你喜欢她一样喜欢你？是否坦荡地把你当作男友介绍给他人？当你要把她介绍给亲朋时，她有没有推辞或敷衍？如果一个人愿意跟你有共同的未来，会想办法让你彻底了解他／她；如果他／她关心你、为你着想，其所作所为会让你心里踏实，而不是感觉悬在半空。不在意你感受的人，不会让你幸福，失去他／她不必遗憾。

一旦遭受这类不公平对待，不必追究，用善意揣测他人，别人也许有难言之隐。这样会减少痛苦。虽然情感受创，但比离婚、分财产、让孩子跟着遭殃要好，所以应当庆幸而不是悲伤。当然，处在这个境地，很难感到庆幸。但忧伤是短暂的，终究会过去；未来是长远的，依然会找到幸福。

另外，正如古语所说，交往第一个月，不要相信情人的任何言辞。

两性交往初期，人们会因情感激昂而说些动人的语言，甚至还会粉饰、吹嘘，这都常见。要准确把握两人关系的实质，只有经过时间的考验，在共同经历中增进了解。

加拿大专栏作家凯特·卡茹薇曾写过这样一个例子，有位男士跟女生约会后，假装自己不跟父母住在一起，在事先选好的一幢公寓门口下车，装模作样走进去，而后再乘出租车回家。对恋爱的人来说，这并不荒唐，可以理解。处在这个阶段的人，自然地要粉饰自己。约会前做发型、化妆，穿最漂亮的衣服，都来源于动物的本能。求偶的鸟儿也争奇斗艳、花枝招展。

但是，恋爱初期的谎言、粉饰要有一定限度，几次约会后依然谎话连篇就意味着品质败坏；如果交往一段时间仍不知他住哪里，不能随时跟他联系，一些关键问题不明不白，想弄清楚又弄不清楚，甚至不知他是否已婚，那么越早分手越好。分手总是让人悲伤的，但令人悲伤的事并不一定都是坏事；正如令人高兴的事并不一定是好事一样。

从维也纳到布达佩斯约需三小时。中间仅停一次，午饭前就到了。李洪宾问弟弟，要不要先去见张老板。李铭钧回答，没必要见他，我没跟他借钱，先去那家餐馆看看。于是车子到了离圣史蒂芬教堂不远的市中心。从游客川流不息的大道拐进一条小街，见到了仅能坐约二十人的外卖店。李铭钧看了门面，说这里不可能赚大钱，倒是旁边的一家中高档餐厅不错。但凭他积攒的马克，无论如何拿不下那种档次的餐厅。

该吃午饭了，两人从餐馆到了李洪宾的住处。一进门，一股污浊的气味让李铭钧屏住呼吸，迟疑一下，他提着行李走了进去。屋内厨房和卧室连在一起，墙角有个肮脏的帘子吊着，大概就是"卫生间"了。李铭钧在西德时总嫌自己住的阁楼小，但跟这里比起来，那干净的阁楼算是高档住宅了。

屋里有两张单人床，原先阿贵的床跟李洪宾的床隔一张小桌子，桌上有一封来自广东乡村的信，从歪歪扭扭的字迹看，写信的人恐怕文化程度不高。

李铭钧放下行李，心里说不出啥滋味。要在这里住一年？这种地方一年能赚九十万的话，还辛辛苦苦读机械工程干什么？读了这么多年书赚不到的钱，不必读书就能赚到？这怕是一条不归路。如果不是奇迹，九十万马克有可能吗？命运瞬息万变，没想到这一切会发生在自己身上。没办法，路总要走，人总要活。眼下第一步是打扫卫生，这种脏乱地方，一分钟也待不下。

李铭钧开始收拾房间。他先把发霉的"卫生间"帘子扯下来，帘子原先可能是红色，现已变成黄黑色了。接着，他取下窗帘，换到"卫生间"挂上。窗帘没了，屋子里亮堂，空气也通畅了。

李洪宾进屋放下刚买的两包食品，见窗帘没了，急忙问："没窗帘怎么睡觉？"

"以后没时间睡觉了。"李铭钧说完，把一些美女照杂志丢进废纸篓，开始擦桌子。

李洪宾望着他费心收集的美女们统统进了垃圾箱，有些心疼，但没说什么。刚才在路上，弟弟说这次东行是破釜沉舟，他不知什么意思，听上去像是抢起破斧子，把船砸沉了。弟弟说，"釜"不是"斧子"，是"锅"。那就是"破锅沉船"。锅破了，船也沉了，美女肯定留不住，船还没沉就先溜了。

出让外卖店的是一家中国人，店面小，价钱也不贵，双方很快谈妥。一周后请律师办了手续，一切就绪了。

开张那天上午，兄弟二人早早赶到店里。李洪宾到厨房清洗台面，李铭钧在前厅修理前台桌抽屉。张老板的女儿蓉珍走进门。李铭钧不认识蓉珍，一眼看去觉得她像卖杂货的。对店里的第一位客人，他没敢怠慢，先把手擦干净，迎上前递给她菜单，说饭菜可以送上门。

蓉珍没说话，接过菜单在餐桌边坐下。李洪宾听到外面有动静，出来一看，见是蓉珍，立即笑嘻嘻："我猜就是你，只有你这么想着我。来，我给你介绍，这是我弟弟，刚从西德来，原来在那儿读博士。"接着，李洪宾又给弟弟介绍："这位是蓉珍，张老板的女儿，救过我一命。"

李铭钧走过去伸出手说："谢谢你救了我哥哥。"

蓉珍脸上泛出淡淡的红晕，装扮显得更浓了。她站起身跟李铭钧握手，眼睛看他一秒钟，视线立即移开。她回转身坐下，脸转了方向，仓皇的神情有所遮掩。她带些羞涩地说："没什么。"她的声音很甜。

李铭钧的眼前是蓉珍的侧面，半边脸看得清清楚楚，脸腮红红，像白墙上涂了一刷子红漆。她翻开菜单，手臂靠着桌子，左右手腕上各挂着好几个色彩不同的手镯。李铭钧心想，戴这么多手镯走到大街上，游客见了会不会问，你这手镯怎么卖的？

正想着，蓉珍开口了。她伸出涂着粉红色指甲的手指，点着菜单说："我今天要订二十个人的午餐……"蓉珍说话声音轻，李铭钧拿起本子走近她。她身上散发着一种淡淡的香味。他居高临下，眼皮底下正是蓉珍丰满的胸，领口开得很低。李铭钧急忙拿本子挡住自己的视线，记下蓉珍点的菜，说："我十二点准时送到。这份菜单你拿着，多拿几份，以后不必亲自来，打电话就行，我送过去。"

"不必送了，你路不熟悉，我会派阿慧来取。"蓉珍站起身，没再看一眼店里的哥俩，抬腿就要出门。

李洪宾道一声："您走好。"急忙跟在她身后，送至门口。

蓉珍刚出门，李洪宾转身对弟弟说："哇，太棒了！我真没想到！这妞儿八成儿看上你了！弟弟，咱有救了！还瞎忙什么？赶紧追张老板的独生女儿。张老板年纪大又有病，他能有多少年？等他腿一蹬，全是你的了！"

"瞎说什么。半老徐娘，跟油桶似的。"

"这你可就不懂了，女的越大越好。人说女大八，爷准发；女大五，钱包鼓；女大三，抱金砖……"

李铭钧把订单塞到李洪宾手上说："老老实实做饭吧，别尽想邪门歪道。"

李洪宾拿着菜单进了厨房，嘴上嘟嘟囔囔："瞧那妞儿的劲儿，就像熟透的肥桃儿，只要你张张嘴就行。唉，我要是有你这模样，一下准发。"

快到午饭时间了，李铭钧来到热闹的主街上散发广告拉游客。游客三五成群地走过，他没有勇气拦住人家递一份广告，更别说上前游说，只觉得脸上火辣辣。自己曾是游客的时候，见别人发广告从没什么感觉，如今位置颠倒，才知难为情。其实有什么放不下，命运不掌握在自己手上，谈什么架子，只有皮囊。虽然想得明白，他还是不敢站在人多的地方，躲在不起眼的位置，偶尔有人经过，他就递给人家一份广告。

不一会儿，一位亚洲女人开着黑色奥迪从眼前闪过，拐进小街。李铭钧猜可能是蓉珍提到的阿慧来了，也许哥哥需要帮忙，他便赶回店里。

李洪宾已经帮阿慧把盒饭装到车上，但并不马上回去，见弟弟回来了，便叫他去厨房洗菜，他"一分钟"就进去。

李铭钧跟哥哥多年不生活在一起，这次才了解他许多以前并不知晓的习性。比如他见到女性，只要年龄相仿能说上话，不管是谁都跟人家套近乎。他曾给弟弟传授经验，说追女孩要脸皮厚，女孩不理不睬，或者嘲笑、谩骂，都没关系。男女之间打是亲、骂是爱。他说："就拿阿慧来说吧，当着外人，她就爱讽刺我，但是背地里，她悄悄给我一盒熏鱼。"

刚才，李洪宾跟蓉珍嬉皮笑脸，现在跟阿慧更放肆。不一样的是蓉珍不理会他，而这个阿慧还挺愿意跟他打情骂俏。

李铭钧听哥哥讲过阿慧的故事。她爸爸是越南人，在她还没出生就过世了。她妈妈是华裔，一直是张老板家的佣人。阿慧出世以后，阿慧的妈妈照看蓉珍和阿慧，为张老板家做饭洗衣。蓉珍比阿慧大 4 岁，喜欢跟阿慧玩。

阿慧 12 岁那年，她的妈妈感觉身体不适，开始教阿慧烧菜。她对女儿说，只要你会做家务，张老板就不会赶你走。从小寄人篱下的阿慧很懂事，逐渐代替母亲做家务。后来母亲查出得了脑瘤，不久去世。临终前，张老板向她保证，他会抚养阿慧。阿慧心里明白，自己不是小姐。张老板没吩咐她做任何事，但是母亲生前所有的活儿，都落到阿慧的肩上。从越南开始，她一直跟随张老板辗转过许多国家。

开业第一天，晚上十二点，外卖店终于关门了。虽然有朋友和蓉珍捧场，收入还过得去，但如果每天只赚这点钱，一年还清债务纯属做白日梦。而且，第一天靠朋友捧场，以后呢？

李铭钧点着钱愁眉不展，李洪宾却高高兴兴："阿慧讲，蓉珍一回家就说，这兄弟俩真不像。哥哥像个打手，弟弟像个绅士。"李洪宾转身走向厨房，过道墙上挂着一面镜子，他对着镜子理理头发说："绅士，英语叫什么来着，尖头鳗。她挤兑我，说我像打手，我觉得挺像成龙的嘛。"镜子不大，一道从上到下的裂痕把李洪宾的脸劈成两半。

"弟弟，我要是你，今晚就到蓉珍房间睡觉，瞧她看你那眼神儿……"

"你有完没完？"李铭钧打断他的话。

"好，不说了行吧。书读多了，人就变傻。男女的事儿，你得跟我学。女的漂亮就是钱，男的俊又有才就不用愁了，人和财都往你身上扑。厨房里烟熏火燎是什么滋味？躺到大小姐香软的床上……"

"你想去你去，我要回家了，困得眼睛睁不开。"李铭钧收拾东西就要走。

"对，眼睛睁不开才好。闭着眼，灯一关，谁都一样。"

李铭钧不再说话，跟哥哥很多事说不到一起，但他依旧是哥哥。

开业第一天的晚上，李铭钧第一次没听到哥哥打呼声。离开维也纳的这些日子，他身心疲惫，从没睡踏实。而那一晚，他一直睡到天亮。

第二天下小雨，刚开门，蓉珍又来了。哥哥笑容满面地到门口迎接。

今天蓉珍的穿戴比昨天显得更扎眼。她的口红鲜亮，像嘴唇涂了一层掺血的清漆，身上背一个橘红色皮包，里面不知装了什么，塞得滚圆，配上她浑身的橙色装束，就像大南瓜旁边挂了一个肥柿子。

李铭钧跟蓉珍打了招呼就想走开，哥哥站在蓉珍身后，丢给他一个眼色，李铭钧于是没动窝。哥哥随即走到蓉珍跟前，夸张地讲了昨天的业绩，说有弟弟这么有能耐的人帮他，用不了多久，肯定生意就做大了。如果蓉珍小姐愿意加盟的话……

蓉珍打断他的话，说她要回越南一个月，过一会儿就去机场。今天特意给门口的财神爷带些香烛和橘子。那财神爷是她前些天送的开业吉祥物。蓉珍神色自如地讲着，眼睛望着李洪宾，偶尔朝李铭钧瞟。

李铭钧莫名其妙地想起哥哥关于蓉珍的一些露骨的语言。那些话进而在脑子里演变成图像，他为那些图像难为情。谢天谢地，脑子里想的，没人看见。

蓉珍站着说了五分钟，临别祝他们好运。她刚一转身，哥哥立即示意弟弟去送她。

弟弟没吭气，但他的表情代他说出一切，我送她干吗。

雨下了一整天，成心不让人做生意，客人还不如昨天的一半。快关门的时候，来了四个学生，一问是来自美国的台湾人，两个男生，两个女生。他们要了四碗面汤，李铭钧给他们端上。一位女学生问："你是到匈牙利留学的吧？"

"我不是来上学，是来打工。"

"里面的大厨就是老板吧？"

李铭钧点头："是。"

一位男生得意了，说："我猜就是。欧洲一路跑下来，见到的中餐馆大都是夫妻店，店面不大的话，老板就是大厨。我们在捷克见到一家夫妻店，他们的收银机旁放着去年的《世界日报》。夫妻俩业余生活就是读去年的报纸。报纸辗转好几个国家，经过许多人才落到他们手上，去年的日报还叫新闻吗？全是历史了。"

李洪宾从厨房里出来，已经换了衣服，对弟弟说："我今天先走一步，反正你的手艺也能出徒。要是有客人就劳驾你了。我约了阿慧，今晚可能不回家，你别等我了。"

一位男生悄声评论："老板雇了自己的亲戚，做生意还是自己人可靠。"

李铭钧在前台点钱，心想，如果每天都像今天这样，累死也还不清债。要是能拿下旁边那家餐馆，倒会有希望。可那种档次的餐馆，靠赤手空拳的兄弟俩，门儿也没有。要是张小姐肯帮忙……唉，还真跟哥哥说的那样？看来人穷就会志短。

　　半年很快过去，天气开始暖和了。餐馆生意平平，好的时候跟开业第一天有朋友捧场差不多，不好的时候，连一半都赶不上。李铭钧的厨艺提高很快，已经跟李洪宾不相上下了。到大街上拉游客的差事，大都是李洪宾去，他不怕难为情，而且英语、德语、匈牙利语请人去吃饭的几个单词他都会说。有时候，阿慧也来帮忙，发广告拉游客。

　　张老板和女儿都回越南处理房产了。本来说一个月时间，可张老板到越南就病了，两人一直没回来。阿慧一个人守着那栋房子，李洪宾就搬到阿慧的佣人小屋里。过些日子张老板回府，他还要搬回来。

　　哥哥不在的日子，便没了如雷的鼾声，李铭钧能睡安稳。但一下子很孤独。如今的生活没有节假日，每天工作十几个小时，唯一的娱乐就是做白日梦。他幻想着如今的日子变成了梦，有一天突然惊醒，所有的麻烦瞬间化为乌有。

　　每天回家路上，他想象苏蔚在家等着他，他曾有各种想象。时而想，苏蔚坐在门口等他，等了很久睡着了。他走到门口先开开门，而后把她抱进屋，放到床上。不必问她怎么找到布达佩斯，不必去清洗身上的油烟味道，先把她浑身上下都亲一遍……有时候想，一进门看见苏蔚把房间布置得焕然一新，她听见门响，奔过来，扑到他怀里，他顿时忘记劳累，忘记烦恼，他又回到从前，又回到卡斯弗，过他向往的生活……

但是苏蔚只出现在梦里，每个梦她都在哭泣。他只能安慰她，反复说，蔚蔚，我没办法，难道我不想跟你在一起吗？还有一次，他梦见回到卡斯弗，拿到博士学位。苏蔚也拿到学位，两人"背包旅行"到了柏林，站到高速公路边伸出大拇指，向过往的车辆寻求搭车。一辆车子停下，李铭钧开门先上车，还没等苏蔚也上去，车子就开动了，越开越快，苏蔚越来越远，李铭钧哭喊一声："蔚蔚——"一下子吓醒，头脑迷糊地想，我把苏蔚一个人丢在柏林了……

连做梦都难得做个好梦，醒来更要为债务担忧。哥哥自从跟阿慧定了关系，每天过得无忧无虑。现在像是弟弟借了债，哥哥只管跟着干活，其他不管了。跟他商量生意，他没说几句就提蓉珍，好像蓉珍就是解决问题的办法，不找蓉珍，一切白搭。

有一次李铭钧急了，蓉珍、蓉珍，就算她愿意帮忙，她人在哪儿？哥哥说，你对人家不积极，人家走了。这么有钱的女人，对她感兴趣的男人有的是。你不过是个穷学生。蓉珍看上你，是你的福气。阿慧说，蓉珍见到你，一回家就对着镜子照。问阿慧，你说我漂亮吗？她第二次来餐馆前，又打扮很久。她跟张老板说不想回越南，可是张老板非叫她去。说是去处理房产，实际是去相亲。这不，一去半年不回，恐怕人家结婚了。

凡事经不得反复说，讲多了就成真的了。这阵子不知怎么了，李铭钧常盼着蓉珍回来，而且他明白，如果再见到蓉珍，他不会用一种居高临下的眼光看她了。

　　这天星期六，李洪宾在街上游说了一辆面包车里的八位香港游客，他们同意来吃中餐。他立即跟司机套近乎，想做长期生意，可惜司机不是旅行社的，只是临时带几个朋友出来玩。

　　小店一下变得拥挤，兄弟二人一起忙活，李铭钧一边把菜洗好切好，一边照顾外面的客人。这些客人里有两位老太，李铭钧对她们照顾有加，老太临走给小费很慷慨。送走客人，又来了三个外卖，李铭钧进厨房要帮洗菜，哥哥说，今儿天气好、游客多，到外面大街上再发广告，多拉些客人。

　　李铭钧已经好久没到大街上发广告了，刚出街口，就见蓉珍站在行人道上给每个走过的人递广告。半年不见，蓉珍瘦了一圈儿，李铭钧一眼没认出来。她现在恐怕不能叫肥胖，应该是恰到好处的富态丰满。她穿着乳白色亚麻布衣裤，伸出手臂递广告，手腕上俗气的手镯全没了，手指甲也不是扎眼的鲜红……蓉珍变了许多。她长发卷卷几乎到腰间，以前她梳什么发式？没注意，忘了。这闪亮飘逸的乌发倒是很漂亮。

　　李铭钧朝蓉珍走去，哥哥那些乌七八糟的语言此刻全在李铭钧脑子里闪现。"胖女人才好呢，性感。""女的年纪大好，有经验。""躺到大小姐香软的床上……"

　　哥哥关于女人的话，多数只能听，说不出口，想起来脸发烧。

李铭钧开始不安，也许脸红了，见鬼，我脸红什么，我又没什么想法。不过哥哥的语言生动，让大脑里的画面逼真，仿佛看到一个丰满的裸体女人……

李铭钧走上前，张口对蓉珍说话的时候，蓉珍的亚麻布衣裤又穿在身上了。

"张小姐……"

"叫我蓉珍吧。"

"你什么时候回来的？"

"昨天。阿慧说这里生意不错。"

"一般，你去店里看看吧。"

两人正说着话，阿慧提着商品袋走过来。她说刚买了条裤子。她把袋子交给蓉珍，接过她手上的广告。李铭钧跟蓉珍一起朝店里走。

跟蓉珍走在一起，李铭钧心里有种莫名的恐慌。半年前，蓉珍在他面前显得羞涩、拘谨，他看了虽不放在眼里，但心里暗自得意。女人的眼神告诉他，他有魅力，或者说一表人才。那时候他是一个有前途的准博士、机械工程师。而今，他萎靡不振，身上洗不掉的油烟味道，是地地道道的打工仔。苏蔚如果见到他，恐怕也要吓一跳。蓉珍不知怎么，一下子变得自信，打扮文雅，像个知识女性。现在李铭钧在她面前，倒有些不知所措。半年时间不长，但是贫穷、环境、心理状态，轻易地改变了他。

"你不是说一个月就回来吗？为什么耽搁这么久？"李铭钧

问话很随便，全没有他担忧的慌乱。

蓉珍轻叹一声："爸爸回去不久就病了，中风差点要了命，刚出院。过些日子等找到条件好一点的疗养院，我还要回去接他。"

说话间进了餐馆，午餐时间已过，里面没客人。李洪宾坐在前台，见到蓉珍，他迎过来打招呼，很客气，以前的暧昧笑脸全没了。

蓉珍对李洪宾说："听阿慧讲，你们要结婚了，恭喜你。我跟阿慧说了，你不必搬回去，就住在阿慧那里吧。即便爸爸回来，他现在身体不好，也不会在意。我还没吃饭，你给我来个辣子鸡丁吧。"李洪宾答应着进了厨房。他刚进去，阿慧来了，她要吃洋葱牛肉。李铭钧叫她们听着电话，也走进厨房。李洪宾悄声对他说："赶紧问问蓉珍，趁她爸还没回来，叫她把隔壁餐馆拿下来，交给我们。"

李铭钧也觉得蓉珍回来得正是时候，那家西人餐馆上个月开始转让，但他不想刚见到蓉珍就张这个口。他洗好洋葱，一边切一边说，这半年，我常观察隔壁，按客流量计算，他们恐怕不赚钱，所以才打算卖了。刚来的时候，我的确看上它，现在不觉得是个太好的机会。

"他们不赚就可以压价儿，别人不赚不等于我们不赚。咱这店不是还有得赚吗？你赶快去跟蓉珍说。至少先听听她的口气，看她愿不愿帮咱，哪怕是为以后别的机会。"

"还是等等看。"

"等什么等，都火上房了，再等就让别人拿下了。"李洪宾说着话，翻炒冒火的油锅。

　　"即使劝她投资，也要有个计划。我待会儿打几个电话，问问做酒店生意的朋友，如果能介绍旅游团来，就可以考虑。"李铭钧切着牛肉说。

　　"那你现在就打电话，这里交给我……"

　　话音刚落就听"哎呀"，李铭钧切牛肉的手被锋利的刀划了一下，鲜血直流。蓉珍和阿慧闻声进来。蓉珍一边帮着清洗伤口一边说："伤口太大，要缝几针，我的车就在外面，我带你去医院。"说着，接过阿慧递过来的药棉堵着，用手按住，交给李铭钧。两人一起出了店门。

　　到了医院，李铭钧对蓉珍说："我一个人就行了，你还没吃饭，先回去吧。"蓉珍不理会。李铭钧再三劝说，她才出去买了一小盒色拉，很快就回来了。

　　大约一个小时后，终于见到医生。这位约30多岁的医生会讲德语，检查伤口以后，他说要缝几针，接着动作麻利地缝好了。他问，近十年里有没有打过破伤风疫苗？

　　破伤风一词，李铭钧没听懂。医生又问一遍，他还是不懂这个德语词，倒是蓉珍在一旁听明白了，告诉李铭钧是破伤风。这个词英语和德语一样，发音不同。这下李铭钧闹了个大红脸。不管他如何看待蓉珍，心底里怎样瞧不起她，觉得她没文化，没念过大学，可如今她知道的词他居然没听说过，大煞风景了。

他告诉医生，近十年没接种过破伤风疫苗。医生递给他一个锥体状的粉红色糖果，说你可以吃这个。李铭钧想起小时候吃过"宝塔糖"，好像是种什么药，也许这锥体糖就是破伤风疫苗。他剥掉糖纸，塞进嘴里，起身要走。医生拉住他说："只吃糖不管用，你要打一针。"

蓉珍在一旁笑了，李铭钧为自己接连闹笑话而不好意思。医生开玩笑说："女朋友知道得多不必难堪，男人本来就离不开女人嘛。"

李铭钧不敢看蓉珍，也不知她听没听懂这句德语，但他想象，此刻她正注视着自己，眼神跟刚才一样，温柔可亲。

从医院回餐馆的路上，蓉珍像嘱咐小孩子那样叮嘱他不可以进厨房，手不可以沾水，这几天她会叫阿慧过来帮忙，他只管前台就行了。李铭钧答应着。有人关心的感觉真好，尤其来自异性，在孤独无望、内心冰冷的时候。他坐在车上，望着蓉珍放在方向盘上的手，她的皮肤洁白细嫩，指甲也精心修饰过，闪亮而优美。苏蔚从不这样修饰指甲，她是不一样的女人。

李铭钧第一次拿别的女人跟苏蔚比较，觉得有些诧异。临下车前，他说："蓉珍……谢谢你。"他看着她，她笑一笑，挥挥手，神态妩媚。随即，车子开走了。

回到店里，见到哥哥，李洪宾张口就说："怎么样？问了吗？"

"问什么？"

李洪宾顿时扫兴："我现在唯一的希望就是老头子早早断气，

咱就有活路了。"

李铭钧无言。

第二天开门的时候，阿慧来了。她平时从没来得这么早，显然是蓉珍叫她过来的。她一见李铭钧就说："小姐可心疼你了，叫我一定不能让你进厨房。我切着手的时候，戴上手套照样干活，小姐看都不看。我都跟她二十年了耶。你才见过她几回？"

"没见过几回才新鲜，物以稀为贵。你没听说过吗？"李铭钧回答。

"你别自己觉得俏。这次小姐回越南相亲，把那人的照片给我看了。人家在法国留过学，长得比你帅。可惜小姐看不上。"

"相亲不成的，都说看不上别人。"李铭钧道。

"我看你不过是嘴硬，小姐可从没对谁这么上心。"阿慧说完走进厨房。

李铭钧不说话了，专心算账，见有笔钱记得不清楚，不知是付钱了还是没付钱，他想进厨房问哥哥，一进门就见两人拥在一起，他连忙退出来。坐在桌前又想起昨天。

昨晚关门的时候，哥哥问他："你今晚跟我过去？"

李铭钧边收拾钱票边问："到哪儿？"

李洪宾："别装傻，放着这么好的妞儿不去睡。跟你说，我可憋不了这么久。"

"我跟你不一样。"

"得，得，又跟我来这个。你怎么了？你不也是……"

哥哥的话，李铭钧只能听着，想都不能再想。

快到午饭时间了，李铭钧走到街口发广告，见对面马路上有人戴一顶蓝底白字的太阳帽。白色的 KSC 多么亲切，这是卡斯弗足球俱乐部的队徽！李铭钧也有同样一顶，是一位当时在俱乐部踢球的邻居送给他的，那是一位德国小伙子。李铭钧仔细辨认，顿时喜出望外，带帽子的正是那小伙子！他的名字叫 Wolfgang，意思是狼群。他喜欢中国饭，曾让李铭钧给他起个中国名字，李铭钧说，中国人不喜欢狼，就按音译，叫你吴虎刚吧，用虎代替狼，中国人喜欢虎，刚则是刚强。小伙子欣然同意。

李铭钧跟吴虎刚作邻居一年多，一直不知这位健壮的小伙子是干什么的，只是见面友好打招呼而已。直到有一年中国足球队访问卡斯弗，跟卡斯弗足球俱乐部举行友谊比赛，他才真正认识了吴虎刚。卡斯弗足球俱乐部是 1909 年的德国足球冠军，曾在1955 年和 1956 年两度夺得德国足协杯，虽然近几年成绩欠佳，但德国足球俱乐部的门将、中场和后卫都出自卡斯弗足球俱乐部。

在 20 世纪 80 年代卡斯弗大学留学生的记忆里，那场比赛终生难忘。当时，留学生们得知消息激动不已，多么希望亲眼见到中国足球在德国土地上打场胜仗，哪怕是跟城市足球队比赛也好啊！毕竟它建队近一百年。李铭钧和卡斯弗的中国留学生开车赶到比赛场地海德堡，跟海德堡中国留学生会合，为中国队加油。当时德国观众不多，大概不把中国国家足球队放在眼里，但是中国留学生们却把自己的足球放在心上！

那天，李铭钧带了中德两面国旗，正摇旗呐喊的时候，见德国的中场面熟，定睛一看，竟是自己的邻居吴虎刚。休息的时候，李铭钧找到吴虎刚，吴虎刚也认出这位常同样早起、互问早安的邻居，他笑笑说："没想到你专程来为我加油。"

李铭钧也开玩笑说："没想到你这么跟我们国家队过不去。"

吴虎刚说："能打败一个十亿人口的大国足球队，我们俱乐部将会很高兴。"

李铭钧晃动手上的中国国旗说："有我在，恐怕你们高兴不起来。"

吴虎刚指指李铭钧手上的德国国旗说："我觉得你是为我们助威呢！"

后半场开始了，不难看出双方队员都竭尽全力、拼死力夺。李铭钧是第一次亲眼观看中国国家足球队比赛，在德国土地上感觉更是不一样。他手里捏着汗，心提在嗓子里，嗓子喊哑了，心也不敢放回原处！中国球员个个拼了命，在全体留学生忘乎所以、摇旗呐喊的助威声中，中国足球队以 2：1 险胜德国城市队。

李铭钧从此跟吴虎刚有来往。吴虎刚和女朋友都喜欢中国饭，曾把李铭钧请到家里，让他教他们炒菜、包饺子。李铭钧还被邀请去参加他们在农庄举行的婚礼，后来他们搬走就很少联系了。

当李铭钧站在吴虎刚面前时，吴虎刚一下认出他，高兴地问，李，你也来布达佩斯旅游？

李铭钧说他已经不读书了，在此地开餐馆。吴虎刚说："我也一样，不踢足球了。原先太太在一家旅行社工作，自从退役，我们一起开了个旅行社。以前自己开车带团到布达佩斯、捷克，现在雇了几个人，已经不带团了。"

李铭钧像是听到盼望已久、振奋人心的乐章！

吴虎刚这次来布达佩斯，是由于他的客人反映酒店、餐馆服务质量下降，他想亲自看看，并寻求解决办法。李铭钧把他请到隔壁的中高档餐馆，说他正要接手这家餐厅。菜单将分三部分，第一部分是少量西餐，给不喜欢中餐的客人；第二部分是主要的，西化了的中餐，比较符合德国人胃口；第三部分是真正的中餐，给中国人和少数喜欢真正中餐的西方人。

吴虎刚看了餐厅很满意，说只要是李铭钧推荐的中餐，一定会符合大多数德国人的口味，可以考虑让客人先试一个月，看看反映。现在他们每周有三部车来布达佩斯。两人互留地址电话，约好再详细谈，因为吴虎刚要去现在的合同酒店。

自从到了匈牙利，李铭钧从未像今天这般高兴！他回到餐馆跟哥哥讲了经过，哥哥高兴地叫起来，说马上联系他那帮厨师朋友。李铭钧说要先找蓉珍商量，现在就去找她。

李铭钧正要出门，被哥哥叫住："你就这么去？"

"是啊。"

"先回家洗澡换衣服，跟女人打交道，你得听我的。"

"我今早刚洗澡换了衣服，今天又没进厨房。"李铭钧仍往外走。

"这么大的事儿，你可别搅黄了！"哥哥不放心地追出去。

找到蓉珍家，李铭钧在黑色高高的院门外，按响门铃。蓉珍在家，听到李铭钧来了，她说："请进。"

没听到她高兴的口气，李铭钧既有些失望又开始担忧。穿过宽敞的院子，来到一栋白房子门前，宽大的两扇门边又有一个门铃，刚要去按，门开了。蓉珍穿一身浅蓝色套装站在门口。

"我刚从外面回来，看了两家疗养院，都不满意。"蓉珍带李铭钧进屋说道。

李铭钧在靠近窗子的沙发上坐定，有些急切地说："蓉珍，我来是想跟你商量……"

"等等，你想喝点什么？"

"喝茶吧。"

"什么茶？"

"绿茶。"

蓉珍端着茶盘回来了，茶盘上有一个白底红花的茶壶和两个配套茶杯。她倒了两杯茶，一杯递给李铭钧，一杯自己端在手上，在另一边的沙发上坐下来。

"蓉珍，我来是想……"

"你的手怎么样？"蓉珍又一次打断他的话。

李铭钧早忘记手的事了。现在他想告诉蓉珍，着火了，赶快救火！而蓉珍却不理他那一套，仿佛端着茶杯问，用凉水救火，还是热水救火？还是茶水救火？

他看看手指说："没事，好了。"

"你今早换药了吗？"

"没换，已经好了。"

"这怎么行，医生说每天换一次药。"蓉珍放下茶杯，走过来，不由分说，打开李铭钧包在手上的绷带。见伤口愈合，说要换一次药，说着她走了。不一会儿，拿着医药盒回来，给他上药包扎。

两次说话被蓉珍打断，李铭钧这次换个说法。

"我今天在街上见到一位老朋友。"他把见到吴虎刚的前前后后讲了一遍，蓉珍饶有兴趣地听着中国足球队险胜卡斯弗足球队的故事，不时咯咯地笑。见蓉珍开心，李铭钧也讲得起劲儿。故事讲完，他说起吴虎刚的德国游客，希望蓉珍把隔壁餐馆拿下来。

蓉珍想也没想就答应了，从她的反应看，她好像早知道李铭钧想干什么，而且早已考虑好了答复。

李铭钧又问是否可以雇他当经理，还有利润……其实，李铭钧讲着讲着慢慢变得激动："我想赚钱决不是为了自己，而是为了帮哥哥还债。为了这个，我不得已离开了卡斯弗，离开了我热爱的专业，离开了过去的生活……"

"还离开了你的女朋友，听说她挺漂亮，是吧？"

"……"李铭钧没回答。哥哥曾叮嘱过，千万别在一个女人面前夸赞另一个女人漂亮。

"那你把钱还上以后有什么打算？"

李铭钧心里想说，这还用问吗？谁愿在这种地方低三下四地活着。还完钱我当然要回卡斯弗，找回我过去的生活。但这句实话并没说出口。他顿了顿，回答说："我一直心灰意冷，终日为债务忧愁。是不是能还债还不知道，更没想还债以后的事。"

"利润你不必担心，"蓉珍说话温柔，"我的钱放在银行里只有一点利息，你只要能保证这些利息就行。"

李铭钧不敢相信："这样对你不公平，而且你父亲……也不会同意。"

"我只用我的钱，父亲不会过问。如果他问起，我就说我愿意这样。"

"蓉珍……你……我……我不会忘记你的帮助……"李铭钧望着端坐在沙发上的蓉珍。她的眼睛此刻会说话，李铭钧从她的眼睛里看到一种召唤。如果此刻走到她身边坐下，那恐怕就是一切的开始。

李铭钧没有走过去，他听到自己说："我该回去了。哥哥说要跟几个厨师朋友联系，他还在等我的消息。"

"你就这么急吗？"蓉珍的声音像是呻吟。

"哥哥的朋友有的在邻国打黑工，如果叫他们来，要早联系。这些人地址经常变，而且也不是说来就来……"

"你就不能打电话吗？"蓉珍这回把她的大小姐脾气暴露无遗。李铭钧跟她打交道以来，这是第一次亲历。端人家的饭碗，看人家的脸色，李铭钧一声不吭，到房间另一边给哥哥打电话。

他刚说一句蓉珍同意了，哥哥马上问："上床没有？"李铭钧不予理睬，叫他赶紧跟朋友联系，至少知道多少人可以来。哥哥问，如果这家餐馆已经卖了怎么办？李铭钧说，不必担心，这家不行，就找另外的。现在游客有了，投资方有了，其他的都容易。哥哥答应立即找人。

放下电话，见蓉珍已不在客厅，他连叫几声，才听到软绵绵的回答："我在楼上。"这种娇滴滴、懒洋洋的声音，分明是在挑逗。

李铭钧似乎看到楼上的人已经赤裸裸地躺在床上，兴奋的同时，心一下提起来了。关于蓉珍这样丰满的女人，哥哥有过多种放肆露骨的言辞，李铭钧的想象力也就不着边儿了。他不是清教徒，更非清心寡欲，年轻力壮已很久没得到满足，他有一种本能的渴望走上宽宽的楼梯，而且走上去他不觉得对不起苏蔚，苏蔚已经是一个遥远的梦。生活如此动荡，她也可能嫁人了。如果楼上不是蓉珍，而是其他普通女人，他一定上去了。可这是黑老大的家，黑老大的女儿，不是简单做那件事，要冷静三思。

李铭钧回到客厅沙发坐下，平静一会儿，冲动全消失了。他琢磨，要不就这样走了吧。不，再等等。

过了许久，蓉珍下楼了。她换了一身衣服，像要出门，见李铭钧依旧坐在客厅，她说："我们现在去谈那间餐馆吧。你开车行吗？"她说话随便，跟没事儿似的。

接过蓉珍的车钥匙，李铭钧脑子里原先残余的杂念顿时烟消云散，他心里琢磨餐馆价钱的上限，跟在蓉珍身后，出了门。

餐馆成交价比预计的低许多，蓉珍和李铭钧一行皆大欢喜。连日来，两人废寝忘食，配合默契，蓉珍对李铭钧佩服得五体投地。他虽年轻，但办事沉着，而且记忆力惊人，读一遍价格数字，过目不忘。他打听到对方急于出手，随即改变了方案，对蓉珍说，我们不要表现得志在必得，买方不急，卖方急。

蓉珍点头，跟李铭钧商量好价格的上限，而后说，全看你的了。其实价格再高点也可以，我看你很喜欢这家店，已经在上面花了很大功夫。不过，谈不成也没关系，反正还有其他机会。李铭钧觉得跟蓉珍合作挺愉快，她不给人压力。

两人坐在谈判桌前的时候，蓉珍一言不发，李铭钧讲话不慌不忙。他在心里提醒自己不能急躁，静心聆听，客观地理解对方，设想假如自己是卖方，一定希望买方和和气气，和气生财。他一条一条地列举餐馆的不足之处，用词委婉，损人的话听上去并不刺耳。他这样讲话，第一能避免伤害对方的自尊心，希望商讨过程在友好的气氛中进行；第二不让对方觉得他急于想买，显得对这些不足之处有许多顾虑。但是，如果把他言词中客气的成分去掉，他的意思是：这家店问题很多，屋顶去年漏雨，下水道上个月堵塞，厨房陈旧不堪，地理位置又不好，价格这么高，傻瓜才会买。

接着，他如数珍宝般地讲其他店铺的名字、地点、面积、价钱，他不看手上的资料，全凭记忆，就像这些信息都装在他的脑子里。对方见他能记住这么多数据颇感震惊，有人翻开材料核实，结果丝毫不差。李铭钧的态度明确：同等价格的生意，还有别人在出售，别人的地点好，条件更好，如果我要买你的，除非价钱便宜。

第一轮谈下来，对方就不占上风了。连减三次价，最后以接近李铭钧出的价格成交。

回家路上，蓉珍高兴得合不拢嘴，问他："你以前是学生，为什么做生意还挺有经验？"

李铭钧满心欢喜："我又不是第一次买餐馆。外卖店就是我买的。不过，那时什么也不懂，小本生意，贵贱差不多。这次可就大不一样了。"

蓉珍又问："你学工程，怎么还懂这些？"

李铭钧道："学工程的人对数字敏感，其他的靠常识就行。我天天研究那家餐馆，对他们的弊端看得太清楚了，餐馆离闹市有五十步路，这几步路游客不愿走。其实对于吴虎刚的客人来说，这反倒是好事，有停车位，餐馆周围安静，德国人会喜欢。谈判的时候，就怕别人指出软肋，用数字把软肋夸大，他们有口难辩。"

蓉珍想了一下，问："用数字把软肋夸大？难道你说的一连串……"

李铭钧笑起来："既然大家知道我说的数都对，那肯定就不会错了。"

办理交易手续那一天，李铭钧开心极了。下午五点半，一切办妥了。走出办公楼，他轻快地对蓉珍说："走，我们出去吃饭，庆祝一下，你选个地方。"

蓉珍问："是你请我吗？"

"那当然。我会让女士付钱吗？"

蓉珍欣喜地说："单身男人请单身女人出去吃饭，这在西方就是约会了。"

"约会就约会。难道不可以吗？"

蓉珍一下高兴起来："可以！但既然是约会，就要像约会的样子。"说完，蓉珍站着不动了。李铭钧走过去，拉起她的手，在她的脸上亲一下，问："现在像吗？"蓉珍脸上绽放笑容，两人手挽手，说笑着朝车里走。蓉珍说有家西餐厅不错，地点好，靠窗的地方能看到蓝色多瑙河。她说话甜美，撒起娇来更像个小姑娘。

李铭钧开车带着蓉珍来到多瑙河畔的一家西餐厅，一进门觉得这家餐厅的装饰、布局有些熟悉，里面传来乐队轻柔的音乐。他想起来了，跟苏蔚第一次来布达佩斯的时候，他们在这里吃过饭。这家餐厅有很好的乐队，一边吃饭一边欣赏乐队演奏，两人从没享受过。那天的晚餐快要结束时，《蓝色多瑙河》响起来了，大家热烈鼓掌，有对老年夫妇还情不自禁跳起舞。当时的感觉至今记得，像是进了天堂。

李铭钧和蓉珍在靠窗子的桌前坐下。他拿起菜谱，第一次吃匈牙利烧牛肉就在这家餐厅，于是又点了这道菜。蓉珍点了一份鱼，她说这道菜是法式，在越南的时候就喜欢吃，她不常吃牛肉，太油腻。她的体重一直保持在 140 磅。她以前的体重从不对任何人说。

一顿烛光音乐晚餐结束，李铭钧用现金付了账。他现在购物、吃饭都用现金。虽然偿还债务还远远不够，但是手上的现金太多了，等张老板回来，他要还给他一部分钱。

走出餐厅，蓉珍要李铭钧陪她到河边散步。李铭钧说改天吧，好几天没到店里看看，哥哥和阿慧都在忙。等隔壁餐馆开张，小店就交给阿慧掌管。兄弟二人负责这家中高档餐馆。

两人进了店，哥哥和阿慧都在。李洪宾见弟弟和蓉珍笑嘻嘻的样子，知道两人的关系有新进展。李铭钧跟哥哥简单讲了成交经过，哥哥边听边点头，说，今天下了大雨，生意不好，今晚早关门。你俩这些天挺忙，快回去休息吧。

从店里出来，李铭钧看到有出租房子的广告，于是拿出纸笔记下电话，打算明天去看看这一室一厅。新雇的厨师就要来了，他答应提供住处，原来住的地方腾给厨师，自己打算另外租个好一点的公寓。

蓉珍道："你明天看房子不要交定金，也许另外有办法。"

"什么办法？"

"我有房子租给你呀。"

"不行，你的房子太远。我想在附近找，走路就能到餐馆。"

"不管怎么说，你先别交定金。"

"……好吧。"李铭钧答应了。

[**10**] 婚姻是
一门复杂的艺术

苏蔚在讲到婚姻的复杂性时，提到经济状况固然重要，但许多意想不到的小事，也能让家庭硝烟四起。网上评选出的第三个最佳提问，来自一位有个 4 岁女儿的年轻妈妈。她从没想到她的婚姻会触礁。两人没第三者，没婆媳不和，没家庭纠纷，没金钱烦恼，没失业危机，但却因一个电话，夫妻间的信任荡然无存。

　　她跟老公被称是郎才女貌。老公是工科男，高薪白领，外加心灵手巧，做家务活儿勤快。但他常独断专行，大男子主义。有时气得她恨不能咬他一口。经过八年磨合，她也想开了，凡事都有两方面，多劳者多操心，家里他说了算，她也省心了。

　　在老公之前，她有个交往五年的男友。当时爱得发烧。男友毕业于艺术学院，搞美术，温柔细心，特会哄人。分手这么多年，她其实从没忘记他，偶尔跟老公闹矛盾，更是想起他。他挺英俊，艺术家气质，爱她爱得发疯。两人分手是因为他跟朋友一起办的广告公司欠债，被朋友坑了，债台高筑。他一蹶不振，天天酗酒，还醉醺醺地把她推在地上，把头磕破了。她捂着头回家，父母见有伤，便猜是他打的，说什么也不让再跟他来往，把她的手机都换了。他酒醒以后，后悔极了。几次上门来找，父母都不让见。请他离开，走得越远越好。

　　他真的走了，从此没消息。她后来认识了现在的老公，转眼结婚七年，女儿 4 岁了。有一天，老公加班，她和女儿在家。他突然打来电话说，八年了，天天都在想她。两人隔着电话伤感垂泪，女士也说了实话，常念着他。

前男友现在美国，有份很好的工作，做动画片，他讲当年一次次去找她，她父母都不让见。她感到震惊，因为父母从没说过。他曾像对待女皇一样对待她，过去的恩爱在眼前闪过，她也泣不成声了。他解释，那次把她的头磕破，不是故意的。她也知道，当时要把他手上的酒杯夺下来，他推了一把，被凳子绊了一下，头磕在桌子上，不能算他打她。但她对他那时的状态心灰意冷。说起过去的恩爱，两人声泪俱下。

谁会想到，这一切都被 4 岁女儿在另一房间拿着话筒听到了。她可能好奇，当时一声不吭。两人聊了两个多小时，竟丝毫不知！更让人难以置信的是，年仅 4 岁的她，会把每句话牢牢记住。爸爸下班回来，她竟跟他说，今天一个叔叔打来电话，而后，妈妈说什么，叔叔说什么，全告诉爸爸啦！女士没法窜改当时所说的话，因为女儿字字记得清，也从不撒谎。她告诉爸爸，妈妈说，梦中很幸福，因为嫁了给叔叔！

丈夫从未如此震怒，把女儿关进屋，两人大吵。女士发誓，从来没背叛过他！可说什么也没用。他得知她跟前男友的对话，明白两人的情意绵延至今，他受不了！他说的最多的一句就是，离婚！

女士问，为什么八年的感情不堪一击？不管婚姻还能否继续，两人都很难像以前那样了。苦心经营的家庭，因为稍微疏忽，就要承担沉重的后果，太让人寒心了。

苏蔚解释：夫妻之间不管发生什么，当时的感受，跟过一段时间的感受会不一样，需要冷静处理。时间是最好的治疗。深受伤害的一方，愤怒和痛苦可以理解，但切勿纠缠不休。尤其不能盛怒之下做决断，这时做决定通常是错的。

这对夫妻经过一个多月的吵闹，婚姻度过了危险期。他们把家里电话号码换了，三部电话都重新安置在很高的位置，孩子再也够不着了。

多年的感情为什么不能承受一个电话？因为当他知道妻子跟前男友藕断丝连，跟有外遇一样，觉得被欺骗，对妻子的信任动摇了。不管结婚多少年，婚姻都有脆弱的一面。多年建立起来的信任，一句话、一件事就会摧垮。有位离婚律师经手过这样一个案例。有位太太出差一周，因故提前回家。一进门见门口有双时髦高跟鞋，不是她的，她急忙上楼，见丈夫跟一位女同事在卧室。这位太太说，就在那一秒钟，她对丈夫多年的信任全被击溃。他们后来协议离婚。可见，信任是婚姻的基础，一旦信任动摇，婚姻就会受到威胁。

为新餐馆开张，李铭钧忙得昏天黑地，事无巨细，一一亲手置办。服务生的制服在中国定做，已经让朋友带来了。开业前三天，厨师就要到了，他还没搬家。蓉珍说好了帮租房子，几日没见了，也不知她在忙什么。正想跟她联系，她打来电话，说有间一室一厅的公寓，离餐馆不远，要带他去看。

李铭钧从新餐厅窗口看到蓉珍的车子驶近，便穿过前厅走到厨房，对正在清理冰箱的哥哥说："我跟蓉珍去看套公寓，半小时回来。"哥哥答应。李铭钧提上公文包出门。蓉珍已经坐在车里等他了。如今只要李铭钧在车上，蓉珍便不开车。李铭钧坐进驾驶位置，蓉珍望着他关切地说："你看上去没休息好。阿慧说，你们兄弟俩天天忙到深夜。炉子、烤箱是你自己修的，费那事干吗，花钱请人做得了。"

"我喜欢跟机械打交道，修东西容易，不必花冤枉钱。"李铭钧系好安全带，启动车子。

"你跟你哥真不一样。他碰什么东西都坏，你什么都会修。原来只知道你会修车，现在明白，你什么都行。"

李铭钧被蓉珍夸得轻飘飘，想说句幽默话，却卡住了。记得他曾修好了苏蔚的收录机，苏蔚高兴地夸他心灵手巧，他随口说："跟你在一块儿，啥事儿也难不住我。"那时候精神放松，俏皮话脱口而出。

车子在路口停下，他问："右拐还是左拐？"

"左拐，而后再右转弯就到了。"

车子在一幢三层公寓前停下，两人走进去。蓉珍在二楼最尽头的房前站住脚，掏出钥匙开了门，示意李铭钧先进去，她随后走进，关上门。

李铭钧进屋四下打量，一室一厅跟他在卡斯弗租的差不多大，但这间屋子的厨房更宽敞，里面摆着一张方桌、四把椅子，桌面一尘不染，闪着光亮。客厅里有新式家具，沙发靠背高，跟他在卡斯弗的过时旧家具大相径庭。

"房客还没搬走？"李铭钧问。

蓉珍说："这是一套带家具的公寓，来，到里面看看。"

李铭钧跟着蓉珍走进卧室。

卧室比客厅略小一些，也许是光线的缘故，显得安逸。迎面的绒布窗帘像舞台帷幕，气派大方，窗帘有里外两层，此刻挡在玻璃上的是一层白纱，阳光透过白纱照射到床上。高高的双人床上覆盖着棕色罩床被子，床头上摆着四个大枕头，圆滚滚像充了气一样。床边深紫色床头柜上有个古色古香的闹钟，带镜子的梳妆台、衣橱不仅做工考究，而且都像新的。卧室格调柔和、温馨的双人床看上去厚实柔软，让人觉得躺上去一定舒适。

蓉珍走近窗子，慢慢拉动窗边的绳线，两侧窗帘徐徐合上，房间顿时暗淡下来。

"你买的公寓？"李铭钧问。

蓉珍面露喜色点点头："怎么样？"

"我没想到要租这么高级的，原先想用工资的三分之一租房子。"李铭钧说。

蓉珍道："只要你满意就好，价钱随便你。"

"那就算我工资的三分之一吧。"

"行，以后我想涨房租的话，可就随我了。"蓉珍说话的神情像小姑娘。

"那当然，可住不住在这里就要由我决定了。"李铭钧的回答也像开玩笑。

"其实……一切不都是……由你决定的吗。"蓉珍说话细声细气，一只手搭在床上，眼神露出期待。李铭钧连忙收回目光，掩饰着局促说："那我……现在交钱吧，第一个月和最后一个月的房租。交了房租这事儿才定下来，免得你租给别人。"他说话显得轻松。说完，回转身，像要到门厅拿公文包，刚迈出两步就停住了，蓉珍从背后把他抱住。

"你觉得……我会租给别人吗？"蓉珍柔声问道。

李铭钧站着，犹豫是否该回转身拥抱她，还没来得及想清楚，听到敲门声，两人立即分开，走到门口开开门。是昨天来换马桶的工人。他的工具盒忘在这里。他到卫生间拿了工具，再三道歉，关上门走了。

蓉珍已经回卧室了，李铭钧在门厅迟疑。片刻，听到一声"你来看我挑的家具，喜欢吗"？他没有理由拒绝，提上公文包走进去。蓉珍的外衣已经脱下搭在床头，她的真丝衫低领无袖，一双白白的手臂正关上衣橱门。

"嗯，很好，喜欢。"李铭钧把手上的公文包放到椅子上。

"喜欢的话，就要爱屋及乌呀。"蓉珍说话娇声娇气。

刚才听到敲门以前，屋里充斥着温柔暧昧的气氛，可惜，让那工人给搅了。单单一句哆哆的话，一时挽回不了。李铭钧语气随便地说："你买房子应该叫我去帮你谈价钱，从上次餐馆的经验看，你容易沉不住气。"

"我想给你一个惊喜。也许买贵了，但是选择不多……你不要住得远。"

　　蓉珍每个字都说得很甜，最后一句声音极其柔美。她说完坐到床上，身子软软地朝后倚靠着枕头。

　　房间里安静极了，光线暗淡。

　　李铭钧靠床尾站着，继而俯下身，双手支撑着床铺，不知是不是他要手和脚都有着落，才能阻止自己去贴近她的欲望。一阵诱人的清香飘过，他抬起头，盯着蓉珍的胸脯，隆起的前胸一起一伏，似乎能听到她的喘息。他双手离开床铺，走过去轻轻拥抱她："蓉珍，你真好，我永远不会忘记你。谢谢你做的一切。以后，我一定报答你。"

　　"还要等……以后吗？"蓉珍的胸紧贴着李铭钧，他感到她上身柔软，而那如同呻吟般娇滴滴的声音，让他欲火中烧。他嗅着她身上散发的迷人气息，知道自己将无法抵御即将发生的一切，但是，就像在举手投降前最后的挣扎，他听到自己说："今天先给你做顿饭好吗？"

　　"我不要你做饭，我要你……"蓉珍闭起眼睛。

　　李铭钧不再迟疑，低头吻她，一只手轻揉着她的长发。他曾不止一次想象这浓密闪亮的头发摸在手上的感觉。

　　随着两人越吻越深，蓉珍的手伸到李铭钧的腰间，他脑海深处紧绷的最后一根弦断了。原先关于黑老大、黑女儿的谨慎呼叫声越来越无力，管不了那么多了。他的嘴贴着蓉珍的耳朵，柔声细语："你的头发真美。"他的一只手撩起她的长发贴到自己的脸上，另一只手把蓉珍的上衣纽扣一一解开……

也许因为弦虽断，但弦还在；或者因为陌生而有距离感，虽有巨大的快感，但事情没有办，或者说没办成。

李铭钧倒在床上舒服极了。缠绵许久，他问："饿了吧，躺着别动，我去给你弄吃的。"

蓉珍脸色红润，懒洋洋地说："待会儿嘛，我给你做越南米粉。"

"你会做饭？"

"我跟阿慧学的。越南米粉需要的菜这里没有，我们叫九层塔，不知大陆叫什么。我的一位朋友在自己花园里种的，今天才摘下来，很新鲜。"蓉珍说。

"难怪一进门就闻到有股奇怪的香味，我以为是意大利罗勒。好，改天我给你做顿饭，现在我要打个电话。"李铭钧下了床走进卫生间。卫生间的浴缸、马桶是新换的，他已经很久没在浴缸里泡过了。哥哥租的房间仅有一个出水像滴油似的水龙头，勉强淋浴还行。今天出了一身大汗，他想在浴缸里泡一会儿。但又一想，以后天天住在这里，还非要今天？待会儿回餐馆还有事要处理。他冲了澡，穿上衬衫，边系纽扣边走出去。

蓉珍依然半躺在床上，被子只盖住下半身，上半身由触到腰间的长发隐约遮住。见他走出来，她翻身坐起，伸出手，慢慢把长发梳理到身后，她的头发又长又亮，从胸前撩到背后，闪闪发光。

李铭钧走到她跟前，刚刚系好的衬衫纽扣，又重新解开……

又过了许久，他抬起头，看看表说："再不起就到晚饭时间了。"

蓉珍伸手拿起李铭钧放在旁边的衬衫，穿到自己身上，走进卫生间，边走边说："其实汤我已经煲好了，水一开米粉就煮好。一刻钟开饭。"

李铭钧的衬衫没了，他光着脊梁，穿上裤子到客厅打电话，他要问清今天的餐厅检查是几点。放下电话的时候，蓉珍已经把两碗米粉端上桌，她依旧只穿着李铭钧的衬衫。他的衬衫长，遮住她的屁股。

越南米粉味道鲜美，李铭钧第一次吃，连连称赞。蓉珍说，这种米粉在越南算是高级菜，煲汤需要鸡骨、牛肉、花生等很多材料，她昨天忙了整整一天。

那顿午饭是李铭钧到布达佩斯后吃得最舒心的一次。吃过饭，他要回餐馆，蓉珍答应。李铭钧说，你把衬衫给我，我不能光着脊梁去上班。蓉珍这才意识到，说："我要在这里清理厨房，怕把套装弄脏了。这件衬衫我拿回去给你洗了。你到衣橱挑一件穿吧。"

李铭钧走进卧室拉开衣橱，见里面有七八件颜色不同的衬衫，隔板上似乎还有内衣、袜子。他没细看，取下一件黄色、蓝色、乳白色三种颜色的小格子棉布衬衫，拿出钥匙串上的小剪子，剪掉商标，穿上衣服，系好纽扣，走出卧室。

蓉珍一见说，好看。我猜你会是这个号码。

李铭钧走过去，亲她一下说，待会儿有人来餐馆检查，我要赶快回去。

蓉珍温柔地说，你去吧。一会儿我也过去。

李铭钧回到餐馆，直奔后面厨房，见哥哥在洗新买的炒锅。李铭钧告诉他，房子已经找好了，吃过晚饭就回去搬家。你的朋友明天可以来住了。

李洪宾看一眼容光焕发的弟弟，从没见过他如此放松。他知道，早上弟弟跟蓉珍去附近看房子，一去五个钟头，回来衬衫都换了。李洪宾伸手把嘴上叼着的烟头掐灭，吐出一缕长长的青烟，问道："怎么样？不错吧？"

"嗯，挺好，离这儿近。"

哥哥抬头白了弟弟一眼："我问你房子了吗？难怪说书念得越多越傻。早也睡，晚也睡，晚睡不如早睡。你是何苦撑着呢？"

李铭钧对哥哥露骨的话都习惯了，刚才的几句都算含蓄。他听着就是了。

哥哥见弟弟拉张椅子坐下，嘴角露出不易察觉的微笑，不怀好意地问："累了吧？"

李铭钧伸个懒腰说："没有。"

李洪宾拖着长腔道："没关系。阿慧说，蓉珍在跟她学做饭，还学做进补汤。阿慧以为是等张老板回来给她老爸进补，可蓉珍要煲的汤，全是壮阳的。"

李铭钧终于让哥哥逗笑了。他知道，哥哥讲话跟性有关的时候，怎么高兴怎么说，最多信一半就行了。

见弟弟高兴，哥哥说话开始不着边儿了：

早就能睡的妞儿，非拖到今儿才上床。我跟你说过，找媳妇儿别要学历高的，那些女的啥时会给你进补？瞧这个，刚有消耗，就给你补上了。学历低的妞儿好，实实在在过日子。那些个博士硕士的，也就是能谈哲学。哲学多少钱一斤？能管吃还是能管喝？那种女的弄到家，哲学倒是谈得不错，谈完了谁做饭？干完事儿谁给你煲汤补身子？

李洪宾一边说着话，一边把锅洗好摆整齐，收拾好了擦擦手，没听见弟弟有动静，扭头一看，弟弟眼里噙着泪。

新餐馆开张三个月了，业绩不错。主要的客人是德国、奥地利、捷克和中国的游客。吴虎刚也来过几次，对餐厅很满意。他来吃饭的时候，李洪宾常给他单做纯北京菜。李铭钧说，像他这样喜欢纯正中国菜的德国人不多，他最喜欢吃的是牛肉夹饼。这道菜德语菜单上没有，李洪宾只给他做，嘱咐服务生，这个专门给"老吴"。大家都知道，老吴是德国人。餐馆有位师傅姓吴，刚来时大家也叫他老吴，后来他打牌时动不动藏牌、耍心眼，李洪宾就送他外号"老狼"。

餐馆的大师傅每人都有外号，以至于他们的真名多数人不知道。李铭钧的手下除了"老狼"就是"胡子"、"胖子"、"油锅"，刚开始他叫不出口，但只有他一个人叫真名，别人不知是谁，于是大家叫什么他就跟着叫什么，面不改色心不跳地喊一声："壁虎儿，你今儿这鱼做得不行，人家是老客户，说味儿不对。"

"下回注意成吧？头儿。"

李铭钧也有外号，叫头儿。他不在意别人称呼他什么，每天计算还需多长时间就能"赎身"。一年的还债日期早过了，张老板一直没回来，还债的事也就没人催了。李铭钧曾做了一个梦，张老板不知从哪儿弄了一个能装五六个人的大水缸，逼他把水缸装满，而他手上只有个碗一样的水桶，把桶里的水全都倒进去，水缸底还没全盖住。他慌忙再提着水桶去接水，把水龙头开到最大，水仍然只是一滴一滴流出来。他两眼望着自己抱水桶的双手，随着水滴的声音，逐渐苍老、干枯，最后连抱住水桶的力气也没有，桶越来越沉，慢慢下滑，最后突然坠落，好不容易接的水全洒了。

布达佩斯的夜深梦长。李铭钧在心里一次次问，究竟哪天才能醒来。他想，也许有一天真醒来的时候，自己感到的不是喜不自胜，而是愁肠百结、疲惫不堪。他明白，其实怨天尤人都没用，还是要想办法还债。他开始盘算，如果能再做酒店生意的话，再过一年一定能把利滚利的债务还清。而且做酒店实际不难，因为游客通常住两个晚上。他物色好了一家不错的酒店，跟蓉珍商量，蓉珍不同意，说现在他经营餐馆已经很忙了。李铭钧想找机会再跟她谈。

星期四晚饭后，蓉珍打来电话，说她一会儿过来。今天天气好，早点下班出去逛逛。李铭钧从窗口看到蓉珍的车子到了，把手上的表格收起来，走出门。蓉珍坐在司机位置上，李铭钧为她开开门，蓉珍一步迈出来，随手把钥匙交给他，绕到乘客位置上坐下。李铭钧坐进车子问："去哪里？"

"今天是我的生日，你说去哪里？"蓉珍笑嘻嘻。

"是吗？怎么不早告诉我，我好给你买件礼物。"

"现在告诉你也不晚，我要的礼物不需要准备。"

"那我带你去吃夜宵。"

"不行，我好不容易才减了体重。先去河对岸逛夜景吧。"

车子穿过市区，行驶在横跨多瑙河的桥上。蓉珍打开车窗，清新的晚风拂面，带来一阵凉爽，她悠闲地问："你以前来过布达佩斯吗？"

"来过。"李铭钧漫不经心地回答，"第一次在对岸观景，觉得眼前的一切实在太漂亮了。那时候想，如果住在布达佩斯，至少每个周末都去一趟。如今住在这里一年多，一次也没到对岸城堡上。"

过了桥停下车，两人登上位于多瑙河对岸的城堡。

布达佩斯由蓝色多瑙河划分成布达和佩斯，穿越东欧多个国家的多瑙河从西北蜿蜒流向东南，多瑙河西部山区是布达，以东的平原是佩斯，李铭钧这一年多以来就是生活在佩斯。热闹繁华的佩斯是行政商业和文化中心，国会大厦及政府机构大都集中在这里。

站在布达的城堡山上，遥望对面佩斯的国会大厦和象征布达佩斯的铁链桥，让人顿时忘却烦恼，沉浸在壮丽景色之中。这里被称为"东欧的巴黎"、"多瑙河上的明珠",而今天迷人的夜景,展现了布达佩斯最美丽的画面。

李铭钧想起第一次跟苏蔚站在这里的情景。那时只觉得眼前绚丽多姿,盛大辉煌。没想到,如今自己暗淡的生活,就是在那辉煌的地方……

过去无忧无虑的日子,仿佛是在另一个世界。就连闲散的周末、节假日,如今都是奢望。那一年,他跟苏蔚来这里是长周末,苏蔚在日记里把那次旅行写成游记,有些趣事过些时候忘记了,偶尔翻翻她的游记,立即回想起当时的情景。她的日记,他可以随便翻,因为全是旅途趣闻。过去充满乐趣的旅行,懒散的周末,那平静、舒心的生活,像是再也回不来了。

此刻站在身边的是蓉珍。她是个不错的女人,也许是大几岁的缘故,疼爱他像对待小弟弟,可发小姐脾气的时候又判若两人。但是如果没有她,他将不知会怎样,也许不一定还活着。她点点滴滴的关心,两人一起的甜甜蜜蜜,使得下地狱后的感觉,带着阳光的温暖,带着春天的气息,带着生理上的满足……

但是,连他哥哥都不相信,他实际上跟蓉珍还没有真正做过那件事。仅仅是双方都有性满足,一起玩游戏。因为他总有一种心理障碍,每当要放纵自己的时候,会有一个声音问道:"这会不会是一个陷阱……"

他仍然想念苏蔚。蓉珍代替不了苏蔚。蓉珍带给他温暖、舒服、快感,但跟她缺少一种心灵上的沟通,还有,不知是不是自己心理作用，他跟她的地位不是平等的，这使他跟她在一起的时候，从来没有完全放松。而跟苏蔚在一起，他不必有所戒备。苏蔚太单纯了，认识他以前她没有跟男孩子吻过。她从校门到校门，经历简单，父母都是教师，没有复杂的背景。可蓉珍以前的经历，她从来不说，他也不问，所知道的就是她出生在越南，母亲很早过世，跟随爸爸生活过很多地方，澳门、台湾、香港、南美。

　　李铭钧盼望这里的生活尽快结束。如今他每天赚不少钱，但是一旦赎身，他不会在意这里赚钱多，一定回德国，找回过去简单、悠闲的日子。现在的感觉像是开着狭窄的快艇在激流中穿梭，稍一疏忽，急流会把船掀翻，也可能开得太快把握不住方向，船突然间驶到悬崖顶端，而自己竟不知即将随瀑布一落千丈，几秒钟就从一个世界跌落到另一个世界。就在那坠落的刹那间，他明白，脚踏实地是多么幸福。

　　"蓉珍，那家酒店……你考虑得怎么样了？我担心拖久了会被别人拿去。你想，我们有现成的客人，这笔钱不赚太亏了。我大概算了一下，如果再做酒店，不出半年，剩下的欠款全能还上。"

　　"那家酒店位置不好。"

　　"位置不好更可以杀价。我们的客人大都乘巴士，位置偏一点没关系，反正有车接送。关键是酒店不大不小，开销不会很大，虽然房间小一些，但大厅门面挺气派。"李铭钧说。

　　"今天我过生日，能不能不讲这些。你不是最怕俗气吗？讲点跟这风景相配的吧。"

的确，眼前夜色浪漫，蓉珍说话的语调也柔美。李铭钧望着自然风光和宏伟建筑融为一体的多瑙河沿岸，把手放在蓉珍的腰间。两人紧挨低矮的城堡围墙站着，一下没了话题。李铭钧明白，如今俗气的不是蓉珍，而是自己。从什么时候开始，如此优美的景色已经看不到了。

　　李铭钧一时想不起该讲什么。倒是蓉珍望着眼前迷人的多瑙河，讲起童年。她的家乡在越南湄公河畔，贯穿亚洲六国的湄公河在越南境内水流温婉，沿河的居民以河为生，靠着湄公河种出上乘的稻米，童年时代的水乡，河上船只穿梭，河畔稻米飘香……

　　蓉珍的外公拥有一家稻米加工厂，越战结束时，大家劝他赶紧走，去香港或者台湾，他舍不得经营了一辈子的生意，没跟随亲属离去。后来加工厂被没收，他蹲了几年牢狱。

　　"生意有什么不舍得，在哪里不是一样做。"李铭钧随口评论。

　　"对一个只会讲越南话的人来说，在哪里做生意当然不一样。"

　　"那也不必死抓着不放，越是不放手，越什么也抓不住。"李铭钧道。

　　"人为财死，鸟为食亡。很多时候，人自以为聪明，实际上跟鸟一样糊涂。"蓉珍说。

　　李铭钧望一眼蓉珍。眼前这位"没文化"的越南华裔小姐又一次让他刮目相看。他也想讲几句话能镇住她，但是一时想不出精彩论断，于是把话题岔开。蓉珍喜欢听德国留学趣闻，中国足球队迎战卡斯弗足球队的故事曾让她开心，李铭钧讲起有一年由德国主办的欧洲杯。在德国迎战西班牙前夕，慕尼黑街上的年轻人成群结队，脸上涂着黑黄红三色，吹着口哨，手里摇动德国国旗，迎面见另一对人就互相叫喊。平日坐在地铁里表情严肃、鸦雀无声的德国年轻人全都现原形了！街上酒瓶、垃圾随处可见，似乎这个爱干净的民族在一夜之间变得全不在乎了！街头此起彼伏的噪音像在一遍遍解释：德国年轻人平时安静严肃全是装出来的，偶尔露峥嵘，到欧洲杯就忘乎所以了。

李铭钧讲完故事，停了一下，又补充道，足球要是平时吵吵嚷嚷热火朝天，一到重大比赛就静悄悄，甚至销声匿迹，那就不好了。

蓉珍笑了："你又在讽刺足球。"

"我没讽刺足球，我是在讲性。"

蓉珍听了，哈哈笑起来："你还讽刺别人，看看你自己吧。"

蓉珍停住笑："今晚你能陪我吗？一个晚上？"

"……好吧。"

"那现在就回家。"

两人坐进车里，李铭钧开着车。蓉珍把手伸到他的后脖颈慢慢揉捏，她手指柔软，皮肤滑嫩。他很舒服，渐渐有种欲望。

车子进了家门，两人偎依着打开黑洞洞的家门，谁也没去开灯，在黑暗里呼吸急促地吻着。李铭钧的一只手摸索着解开蓉珍的上衣纽扣，灯突然大亮，他急忙拉住蓉珍的衣衫，盖住她的前胸。

张老板站在大厅中央。蓉珍惊讶地问："爸爸，你什么时候回来了？"

"我再不回来，这点家底都让你折腾光了！看看你这是做的什么生意！"张老板抖动着手上的一摞文件。

蓉珍悄声对李铭钧说："你先回去吧。"

李铭钧答应着，定定神对张老板说："张老板，你回来得正好。我有笔钱要还给你。明天上午我带钱来。"

张老板哼了哼算是回答。

蓉珍送走李铭钧，回到屋里。张老板心平气和地坐在客厅沙发上。蓉珍在他对面坐下，说："我……"

张老板摆摆手："餐馆的事就这样了。可你要明白，男人对容易得到的一切并不珍惜。得来容易就认为理所当然，而且变本加厉，这是男人的通病。我看你还想做酒店？"张老板指指手上的文件。

"我还没答应他。"

"我不是说这个人不可以交往，恰恰相反，他能够放弃一切来为哥哥还债，足以见他厚道。这种人可交。但是既然要交往，就要把这事办成。他为什么急着做酒店？他要还钱走人，去找回他以前的一切。他会为你留下来吗？"

"这也是我担忧的，所以没答应他。"

"好，不愧是我的女儿。我今天冲你发脾气就是给他看的，让他知道，我认为餐馆不合理，酒店更没门。其实我看了酒店的介绍，这生意可以做，因为钱我们还要赚。我老了，语言又不通，做不了了。他想做就让他做，但要说好，前三年的利润全归我们，因为我们投资嘛。第四年开始定个利润指标，超过利润指标的部分可以归他。用不了三年，他即便回去，过去的一切也都变了，想回也回不去了。那边的妙龄女子待嫁，这边迟迟不归，三拖两拖就拖黄了。我们要让他觉得，以前他占了便宜，因为你心肠好。如今酒店的事我插手，你说不算了。"

"爸爸，你说假如以后我真跟他成了，他会一辈子对我好吗？"

张老板长吁一口气："这种事情我不会看。我只会看他是不是有能力、讲义气，细心还是粗心。男女之事我不知道，要看你自己的感觉。你的感觉呢？他疼你、在乎你吗？"

"……"

第二天，李铭钧到张老板府上还钱，除哥哥外还带了两个证人。哥哥趁机跟张老板提出要跟阿慧结婚，问他是否同意。张老板回答得很痛快："我又不是阿慧的父母，她想嫁给谁，只要她同意就行了。阿慧从小在我们家，她出嫁，我要像嫁女儿那样，给她置办嫁妆。待我问问阿慧，看她想要什么，除了这栋房子，要什么都行，这栋房子我即便想给也给不了，早在我女儿的名下了。"

李洪宾心里踏实了。从张老板那里回来，对弟弟说："瞧，你还不抓紧，就冲那栋房子也不亏啊。要不咱俩一块儿结婚？我查了……"

李铭钧烦躁地打断："你说什么呢。"

"哎呀，你倒是犹豫什么？非回去找那博士妞？娶老婆就是找个伴儿，找谁都是生孩子洗衣做饭。你要那么高学历干吗？你有文化不就成了吗？"

哥哥的话，李铭钧有时候懒得搭理。反正说也是白说，还说什么？

见弟弟不说话，哥哥又开口了："你学历高，她学历低，那就对了。你高高在上，她拿你当大爷……"

李铭钧忍不住了："谁拿我当大爷？我根本就是个孙子！"

哥哥更来劲了："哎呀，孙子更好。这年头儿，孙子比爷爷金贵。她给'孙子'买高级公寓住着，她给爷爷买什么了？"

哥哥和阿慧结婚是在星期天下午，餐厅关闭。婚礼半中半西，张老板以父亲的身份把身穿婚纱的阿慧交到李洪宾手上。蓉珍是女傧相，李铭钧是男傧相。婚礼结束，张老板告辞，其他人回到餐馆。阿慧换上红色旗袍，李洪宾依旧穿西装。其他人回到餐厅便不再拘谨。参加婚礼的人大都在餐馆工作，单身男的居多，一进餐馆就开始荤话不断。李铭钧一直忍着，直到有人要两人表演最喜欢的姿势，李铭钧起身要走。哥哥叫住："弟弟——"哥哥酒喝得太多了，说话不太利索："大老爷们儿的……怕啥。"李铭钧被人拽住，于是又坐下来。

哥哥拉着阿慧摆个姿势，众人乐翻天。随后，哥哥喝口酒说："我今儿能结婚，娶这么好的媳妇儿，先要谢谢两位救命恩人。

一位是蓉珍小姐，一位是我弟弟，没有他们，我今天还不知在哪儿。来，我敬你们俩一杯。"哥哥一饮而尽。蓉珍也站起身说："阿慧就是我妹妹，你要答应我，一辈子待她好。我就把这杯酒全喝下。"李洪宾豪爽地说："这你放心。我的老婆，我当然疼她了。"蓉珍不含糊，端起酒杯，咕嘟咕嘟全喝下了。

众人鼓掌，李洪宾激动地滔滔不绝：

我打小儿不管干什么都落在弟弟后头。弟弟上学比我晚，可刚上一年级就加入少先队，我小学毕业还没入上。后来我中学没毕业，留级了；弟弟考上名牌大学，留学了。我这辈子唯一一件事赶在弟弟前头，就是今儿结婚了。其实我知道，要不是我……他早结婚了……

李洪宾突然呜呜哭起来，他喝太多了。李铭钧夺下他手里的酒杯："别说了。"李洪宾丝毫没有停下的意思，扑通跪在弟弟脚边说："弟弟，我对不住你……"

李铭钧把他拖起来，跟阿慧一起扶他进里面休息。

蓉珍打破尴尬："大家接着喝吧。我去放音乐，大家想听什么？"

有人喊："样板戏。"

蓉珍问："什么班系？"

大家哄堂大笑。

不一会儿，阿慧出去招呼客人。李铭钧坐在休息室自斟自饮。哥哥刚才吐了，现在一旁睡着了。

听着外面又恢复荤段子，李铭钧想，今后可能就是跟他们为伍了。这些人中没有人读过大学，中学毕业的就不多，什么样的都有，偷渡来的、黑了的，如果跟这些人谈哲学，他们只听说过马列主义。

　　李铭钧又想起过去，也许该跟苏蔚联系了。虽然一时走不开，但按现在的状况，再过一年就完全解脱了。给苏蔚打个电话？不妥。按她的性格，一得知布达佩斯，马上就去买车票。即便不说在什么地方，放下电话她就能查出来。还有，现在已经不能跟她实话实说了。跟她最好别编谎，她一旦知道说谎，以前的真话也没多少分量了。

　　如今跟蓉珍是男女朋友的关系，她有房间钥匙，经常过来。万一两个女人撞见，对谁都没好处。对苏蔚来说，这下真把她丢了；蓉珍这边呢，不仅仅是丢了的问题。只要她一句话，自己顿时身无分文，又要面对无法还清的债务。那种滋味再也不要受了。

　　要不给她写封信？告诉她一切都好，不必挂念。其实把话说白了，是想让她知道，自己会尽快回去，叫她等着，要她务必守身如玉地等待。但是，对别人的要求，自己能够做到吗？很遗憾，做不到。既然自己做不到，要求别人的话，怕是过分了。可一想到苏蔚跟别人……可能不会，当初不是没人追她，她看不上就不跟别人啰嗦。如今不会有什么优秀人选吧。

　　又一转念，干脆飞回德国看一下。恐怕也不妥，见了苏蔚不知该说什么，如果要跟她撒谎，那还不如不见面。况且，现在也脱不开身。如今天天跟蓉珍一起筹备开酒店，如果走了，她会怀疑。得罪苏蔚可以，得罪蓉珍可不行。

人很奇怪，从物种上说不是严格的一夫一妻物种，从情感上说异性相吸，从生理上说有本能的渴望，但是作为高级动物，要求伴侣赤胆忠诚。其实也并不过分，只要自己能够做到。如今的现实，不管自己承认也好，不承认也好，跟苏蔚怕算不上伴侣关系。长时间音讯皆无，维系关系的就剩下当初的情谊了。

也许最佳方案是写一封信，说自己的债务问题将很快解决，可能还需一年时间。一年以后就去找她完婚。这封信可托别人从德国或者其他国家寄走，她便查不出布达佩斯了。这样的话，她可以安心等着我，而我可以继续跟蓉珍该怎么样怎么样，两边都不耽误。但是……苏蔚接到这样的信会怎么想？凭她学心理学的聪明劲儿，说不定能根据信中蛛丝马迹，比如信纸的质地，猜出我在东欧，甚至布达佩斯。不管怎么说，她至少会有疑问，为什么不能跟她说人在哪里。可能她接到信起先会一阵高兴，知道我一切平安，但接下来就会琢磨，就会疑虑，觉得我遮遮掩掩，躲躲闪闪，反而降低信任。

不能实话实说的时候，还是什么也别说了吧。天生不会操纵人，两面玲珑做不到，更别说八面了。记得书中描述变戏法、玩杂耍的人，"有本领或抛或接，两手同时分顾到七八个空中的碟子。"玩把戏会有失手的时候，没把握还是别试了，就算有能耐接抛自如，当手中的盘子非同一般，比如明朝瓷器，双手端着都心虚，更不敢轻易抛出手。

　　唉，还是暂时不联系，听天由命吧。反正酒店也快开业了，虽然张老板给的条件苛刻，等于帮他们赚钱，但是没办法，就算从经营中学习了。只要学会经营餐馆和酒店，难道还不上九十万马克？一旦把债务还清，就不再是别人手上的棋子，那时候才可以做自己想做的事情。可如果这期间苏蔚嫁人……唉，那就看命了。也许，自己的命里本来就没有苏蔚。

　　听着哥哥的打鼾声，想着自己的痛苦，李铭钧把休息室里的一瓶白酒喝光了。恍惚之中，见苏蔚端着面汤进来。李铭钧定定神才看清，不是苏蔚，是蓉珍。蓉珍把面放在桌上，见他满脸泪痕，说话含糊不清。她出去叫人扶他到车里，对大家说，其他人继续尽兴，她先送经理回家了。

　　李铭钧回到家就睡下了。

　　朦胧之中，苏蔚来了。李铭钧高兴地一下从床上蹦起来。苏蔚问，为什么不留在德国当机械工程师，要到匈牙利开餐馆？李铭钧回答，其实做生意和当工程师一样，开辟新领域，寻求新商机，跟工程上解决难题一样有挑战性。他越说越兴奋。你知道，我不喜欢做重复的事情，同样的东西摆弄来摆弄去，觉得腻歪。如今餐馆运转起来了，我就不想再做了，让别人打理。我喜欢新的，有刺激的。

　　苏蔚顿时伤心："你就是因为这里的又新又刺激就不回德国，不要我了吗？"

"蔚蔚，你说到哪里去了。我怎么会不要你。我天天想你，想像现在这样把你抱在怀里……蔚蔚……贴紧我，不要跟我分开……"

那天晚上，李铭钧终于做了那件事，很美。很久没有这种体验，跟谁也没有做过，只有跟她，因为那要完全放松，如今终于解除所有戒备，完全放松了。

第二天醒来，他发现身边睡的是蓉珍，她以前从未在这里过夜。李铭钧想着自己昨天似梦似幻的感觉，问道："我昨天说梦话了吗？"

"叫过一个人的名字。"

"对不起，蓉珍。我以后再也不喝这么多了。"

哥哥结婚以后，跟阿慧搬到张老板送的一套两居室公寓。张老板家每天有人去做饭，清扫房间，但不再雇人常住家里。如今只有张老板一个人在家，蓉珍住在李铭钧的公寓，周末回去。

李铭钧除了到张老板府上交钱，从不上门。他很忙，开始经营酒店了。虽是一人之下、百人之上的酒店及餐厅经理，但他几乎什么活儿都干过，哪里缺人手，他就风风火火地出现在哪里。马桶坏了修马桶，冰箱坏了修冰箱，遇到大型庆典活动，餐厅忙不过来，他穿着西装在前厅摆碗盘。他走路快，动作麻利，一人能抵三个。

当初只经营餐馆的时候，李铭钧觉得自己像个瘸子赶路，心急走不快；如今打理餐厅又操持酒店，像上了架的牲口，没日没夜马不停蹄。牲口干活是为了一口草食，兢兢业业也不知为谁积累着财富。

又过了半年，最后还清债务的日子终于到了。

李铭钧和李洪宾再加上证人，看着张老板签了字，收回原先盖着手印的借条。李洪宾眼睛潮湿，说话哽咽。李铭钧神情冷峻，一声不吭。

一切了结了。一行人起身准备离开张老板家，李铭钧站直身子，声音缓慢而有力地对张老板说："以后做生意，谁跟你签字跟谁做。没招你惹你的，不能打主意。"

也许由于拿了钱心里高兴，张老板没有丝毫恼怒，和善地对李铭钧说："年轻人，我没有今后。我已经不做生意，都交给女儿了。"

李铭钧一字一句地问："今后我们兄弟二人可以安心去任何地方，不会被人用车撞死吧。"

"你这是什么意思？"张老板板起脸。

"我想知道阿贵是怎么死的。"

"阿贵的死跟爸爸没关系。"一直在旁边不说话的蓉珍此刻说话很气愤。

"你可以去找警方调查。警方早已查明，那是一起车祸。"张老板毫不含糊。

蓉珍解释，警方发现阿贵的时候，他身上带的现金跟李洪宾第一次借款的数目一样多，所以第一次生意赔钱，实际是让阿贵骗了。钱根本没有汇往南美。

李洪宾大惊失色："我跟阿贵一起去的银行，汇款的单据他还拿给我看了。"

"单据可能造假，否则阿贵怎么会有那么一笔钱，而且数目一样。"张老板说。

李洪宾苦苦回想，那天的确跟阿贵一起去银行汇款。因语言不同，阿贵找老乡帮忙，两人一起讲广东话，李洪宾听不懂，阿贵把钱交到那个人的手上，而后就拿到一张汇款单。当时都是阿贵在办事，李洪宾只在旁边跟着。

张老板说，他没跟警方说那笔钱是他的，因为怕惹麻烦。后来打听到，阿贵拿了钱就想到德国，一时没走成。他也想帮李洪宾做成中国的生意，又跟李洪宾一起借了第二笔钱。他原想一旦第二笔生意做成了，两笔钱能一起还上。而后他就可以安心偷渡到德国开餐馆，但是在去德国的路上出了车祸。

李铭钧对张老板所说半信半疑，但如今他不在乎了。半年前，他就开始为这一天做准备，买了车，打算上午交钱了结，下午开车上路。沿着来布达佩斯的路，一直向西，回到梦寐以求的西德。那里有他未完的事业，有他钟爱的一切。

前些日子他曾试图跟苏蔚以及海德堡的老朋友联系，但跟谁也没联系上，显然电话、地址都变了。这不奇怪，就在这过去的两年里，世界已经发生翻天覆地的变化，柏林墙已倒，德国已经统一了。环境变化如此之大，人还会跟原来一样吗？

李铭钧这些年只想一件事，就是还清债务，摆脱被不黑不白的人控制，其他的都要束之高阁，无论自己多么无奈。但是，把一件物品放在高高的架子上，会积累灰尘或者生锈变质；如果是人的话，从自己的经历看，变化可能会更大。临走前，他跟哥哥说，不管那边情况怎样，他都会回来，至少跟这里做个了断；他跟餐馆助理说，他请假一周；而对蓉珍，他什么也没说，在公寓里留了一封信。信很简单，说要回德国一趟。当时离开的时候，跟谁都没道别……

蓉珍回到公寓，看到信痛哭不止，打电话问阿慧是否知道消息。阿慧一无所知，追问了李洪宾以后，从餐馆赶来看望小姐。

一进门，见小姐哭得眼睛红肿，阿慧赶紧安慰："洪宾说弟弟回去跟原来的人告别，他亲口说要回来。"

蓉珍声嘶力竭："回来有什么用！他根本就是归心似箭，从没把我放在心上！所有的恩爱都是假的！全是因为他在这里孤独寂寞！上午交接一切，一出门就走了，他都等不到下午！他竟然不跟我说一声，狼心狗肺！"

阿慧从未见过小姐如此震怒，一下没了主意。愣了一会儿，才想出句安慰的话。小姐，你要想开些。他跟那个人本来就是要结婚的。他突然离开那边，说什么也要跟人家解释一下。那个人在你之前，这也是没有办法的事情。

阿慧劝说没用，蓉珍号哭一个下午。

阿慧在蓉珍那里一直待到晚饭时间，她给小姐做了一碗汤面，小姐就让她回去了。她知道阿慧忙。

蓉珍没吃饭就睡了。半夜里，电话响了，是李铭钧。他还没到德国，在奥地利萨尔茨堡，住在一家学生旅社，因为以前在那里住过。

蓉珍听到他的声音，知道他还挂念她，心里踏实许多。但明白他肯定会去找"那个人"，她问道："你找到她会怎么样？"

电话里静了许久。李铭钧说："我曾做过一个梦，她跟我说，她要嫁人了。我回德国不仅仅为了她，还想把学位拿到，不过，人家也不一定再要我了。你先别生气好吗？不管怎样，我一定回布达佩斯，等见面再跟你讲吧。"

李铭钧走的第一夜过去了。第二天，蓉珍更加不安，不敢离开房间一步，怕误了电话。可是一直到晚上电话也没响。蓉珍痛心地想，没有电话就说明两个人在一起了。

蓉珍孤独地一个人躺在床上，想象德国城市里的情景。人家是两个人抱在一起，酣畅欢笑，乐此不疲。她气恨、恼怒，又可怜自己。

关于"那个人"，蓉珍一直好奇，也很想知道她是否已嫁人。本来，她可以托父亲的关系打听，但后来想还是算了。一来父亲在德国的关系是一位老人，听说一直身体不好，二来即便那个女的嫁人了，如果她心里还想着李铭钧，她可以离婚。如果两个人铁了心要在一起，那谁也拦不住。问题的关键在于他们两人，而这些别人难以知道，李铭钧更没说起。

蓉珍抬头望着卧室天花板上的灯，原来的那个正方形有角有棱，已经让李铭钧换了，换成一个椭圆形的。蓉珍不明白，新换的吸顶灯像个肥螃蟹。李铭钧说，卧室里的东西有角有棱让他心里不舒服，圆的感觉柔和。如果蓉珍不喜欢，他搬出去的时候会换回来。既然他没换，就是说他还没打算搬走，还会回来。蓉珍把能想到的所有蛛丝马迹都考虑过了。

离开布达佩斯的第二天，无论是蓉珍还是李铭钧，心都悬在半空中，每一秒钟都似乎会有意想不到的事发生。

那天，李铭钧离开乔英哲的公寓，不知该去哪里。漫无目的地在城里开车转了一圈，路过火车站，他停下车，望着熟悉的一切。以前他曾无数次在这里等待接站，而今的感觉，就像自己曾是乘客，不得已下了火车，在城里短暂停留，等他再回到下一班列车上，发现前后左右的乘客早已面目全非了。

离开火车站，他上了东行的高速公路。离开布达佩斯前，他口口声声跟哥哥讲，要"回"德国。此刻他明白，回不去了，德国已没他的容身之地。

车子沿着平坦的公路向东行驶，无论是海德堡，还是卡斯弗，都越来越远了。那里的一切将化作永远抹不去的记忆。欧洲去过许多国家，唯有德国的高速公路质量最好，车子开起来又稳又静。以后离开了，会记着这里的好。

李铭钧不愿再想下去了，他伸手按动键钮，车里便回荡港台金曲：

> 只要你过得比我好
>
> 过得比我好
>
> 什么事都难不倒
>
> 所有快乐在你身边围绕
>
> 只要你过得比我好
>
> 过得比我好
>
> 什么事都难不倒
>
> 一直到老

这是他最喜欢的一首歌，不知她有没听过。这首歌有几个版本，都是男人唱的，只有男人才能唱出男人的心声，但愿女人能够听得懂。

通往布达佩斯的路经过奥地利，他想在萨尔茨堡住一夜，路上多些时间思考下一步。

午夜时分，他的车子在那家熟悉的学生旅店门前停下。这家旅店离市区远一些，跟居民住宅在一起，紧靠一片森林，院子里安静极了。

登记处仍有人值班，中年女人给李铭钧开了门，见他风尘仆仆，就说："你运气真好。我本来一小时前下班，可惜车子坏了，在等我丈夫来接，要不然，这里早关门了。"

中年女人看上去挺开朗，李铭钧一边填写入住登记，一边开玩笑说："我一整天晦气，现在终于时来运转了。你的车坏得真好，帮我大忙，要不然，今晚无家可归了。"

正说着，门被推开，一位中等个头的男人站在门口，他听到李铭钧的话，接话茬说："车子坏了给旅店额外做笔生意，让这位先生有了安身之处，明天修车行也高兴，一连串的好事。唯独我亏了，半夜从床上爬起来出车。"

中年女人微笑着把干净的床单递给李铭钧说："我的司机到了，我该走了。晚安。"

李铭钧接过床单，跟他们道别，拉起小行李箱，沿着楼梯走到二楼的单间客房。刚才的这对夫妇似乎都挺乐观，长相也差不多，不高不矮，不胖不瘦。本来，车子坏了让人丧气，这位女士却看得开，可能她知道，气急败坏也没用，车子已经坏了。哭丧着脸也开不动车。更难得的是，她的丈夫看上去也乐呵呵，两人般配。跟情投意合的人生活在一起真好。

李铭钧走进房间，看看表，已是凌晨了。他筋疲力尽地倒在床上。

原来的设想是很快离开布达佩斯，现在看来至少近期没法脱身了。去德国前，曾想到一切难以预料，但心里还是期望能够找到苏蔚，而后回去跟蓉珍告别。他甚至想象，跟蓉珍告别时，会十分难过，但却是毫不犹豫的选择。如今情况不同了，跟蓉珍该怎么办？不管怎样都不是一件容易决定的事，自己的情感在不知不觉之中成了一笔糊涂账。

要娶蓉珍吗？说实话，没想过跟她结婚。跟蓉珍的隔阂不仅是背景不同，还有她时而流露出的优越感，也许自己太敏感，但正因为有差别才会敏感。那又何必呢？我又不是除了她就没别人了。对，不结婚最好，就这么混着，我才30岁，急什么？可她耽误不起，过两年她就四十了，那时候自己也说不出口。其实不必那时，如今就难一刀两断。难道要跟她说，蓉珍，你看我们欠你家的钱都还清了，我也不再需要你帮忙。咱们背景相差太大，你总有优越感，你的那些优越我也看不上，咱就此分手吧。

这种话能说吗？说这话就是在利用别人，玩弄别人感情，但是话又说回来，我的情感又是谁在玩弄？一个巴掌拍不响，要不是她……怎么能只怨她，自己不也一样觉得她性感，喜欢她的关心体贴，更离不开她的帮助，实际上是离不开她。如果没有她，这笔巨款还不上，这两年多也会生活惨淡。既然离不开她，那就结婚算了，可为什么一想到结婚就心里不踏实？

世界上没有无缘无故的爱，这句话说白了就是没有免费的午餐。别人付出了，就期望回报，那我就用后半生回报？如果要回报的话，我宁肯把感情和金钱分开，就算贷款两年，把应该给的利息付给她。金钱是金钱，感情是感情，一切都慢慢解决吧。

李铭钧第二天下午回到布达佩斯。在公寓停车场停了车，见蓉珍的车也在，心想，干脆今天谈吧。他走到家门口，推开门。

蓉珍坐在门厅。她没想到他会回来，惊讶地望着他，似乎要从他脸上看出那个人的痕迹。她站起身，问："你回来收拾东西？你还要走吗？"

李铭钧没回答，过了一会儿才说："她已经嫁人了。"

"你见到她了？"

"我见到她的丈夫，是以前的朋友。远远看到她，她没看见我。"

"那你要回去念书了？"

"没有我的位置，不回去了，还要做现在的。"

"这么说你要一直在这里待下去？"

"至少这几年吧。"

蓉珍对李铭钧回来有许多设想，这是最好的一种了。此刻她走过去拥抱他。

李铭钧站着没动，平淡地说："蓉珍，我想跟你商量，我这两年不打算结婚。因为我现在一无所有，应该好好做几年，拥有点实力再考虑这些事。"

蓉珍松开手，倒退一步，厉声问："你是说她嫁了，你也不娶了是不是？"

"不是……"

"既然这样，你为什么不早说。单等到用不上我了，将我一脚踢开！"

"我没打算跟你分手。"

"那你要拖到什么时候？我40岁时？你两年前就想结婚，现在又突然不想结婚了，为什么？没有合适的人！我算什么？只是可以利用罢了。你还回来干什么？给我滚出去！"

李铭钧没想到蓉珍会这样，刚要跟她商量，她就火冒三丈。他拉着行李朝外走，走到门口又停下，回转身说："这房子我交房租了，使用权是我的，你要是不愿见到我，恐怕是你应该离开这里。"

蓉珍气得说不出话："你……我两天没睡等着你，你一回来就……"

蓉珍生气的样子很可怕，李铭钧不忍心，镇静一下说："蓉珍，别这样，我是跟你商量。一个男人一无所有心里不安。"

"哼，你两年前难道就拥有什么吗？"

"不错。两年前我也是一无所有，是个穷学生！可我要娶的也是个穷学生！穷到一起就对了！"李铭钧提高了嗓音。

"既然你这么喜欢穷，还缠着我借钱干什么！去过你的穷日子好了！"

"要不是你们家把我哥哥朝死路上逼，这种鬼地方，请我都不来！"

蓉珍怒目圆睁："我父亲好心好意借钱给你哥哥，你反而倒打一耙。"

李铭钧平时尽量回避跟蓉珍提到这个让他厌恶之至的张老板，如今既然说到他，那就全盘倒出，以解心头之恨："一个尽干非法勾当的黑老大也成好人了！"

蓉珍气得浑身发抖，脸色铁青，一步一步走向李铭钧："你、你可以骂我是白痴，瞎了眼，出钱出力帮着你。但是我不允许你侮辱我的父亲！"蓉珍说完伸出手"啪"地给了李铭钧一个耳光，转身摔门走了。

李铭钧从未跟任何人这样吵架。他知道，他控制不住自己的情绪，因为心有怨恨。怨恨的根源不是蓉珍，而是来自德国，在卡斯弗所见到的一切。他永远失去了心爱的人。而他不知道，蓉珍发火的原因也不全是由于他说不想结婚，而是她意识到，李铭钧根本没把她放在心上。

第二天，李铭钧到酒店上班，刚在经理室坐定，哥哥来了。他先关上门，在对面坐下说："阿慧昨天去看蓉珍，她在家里大哭。我就不明白，那边的结婚了，你们还吵什么？过去的就过去了。如今你这样，让我也心里不安，都是我害得你。"

"哥，这事儿跟你无关，都是命。我心平气和跟她商量，刚说一句这两年不想结婚，她就不干了。可我从来没说要跟她结婚。"

"女人交男朋友哪个不想结婚？她再耽误就四十了。你也替她想想。"

"谁替我想？"

"你娶她不亏，叫外人看，还是你高攀了呢。"

"谁想攀谁去攀。"李铭钧烦躁地说。

"这么说，你真想跟她散了？"

李铭钧不吱声。

李洪宾脸色阴沉："弟弟，你要想清楚。先问自己，这辈子想要什么？如果你想得诺贝尔奖，那今天就回学校去完成学业。可如果你想过舒服日子，蓉珍就能让你舒服。"

见弟弟不吱声，哥哥继续说："两口子谁不吵架？大丈夫能屈能伸，你上门赔个不是……"

"给她赔不是？她还动手了呢！这种没文化的人就是素质差。"李铭钧一副不屑的神情。

哥哥脸色渐渐严肃："弟弟，可能你自己不觉得，你实际上心里很傲，谁也瞧不起。凡是没学历的，在你眼里都是文盲，不懂外语的都是老土。你跟我说话，尽是高高在上，我不在乎，你是我弟弟，可人家不会不在乎。你说她在你面前表现优越感，叫我说，是你不经意在人家面前流露瞧不起她，她才要显摆，要极力证明她的条件比你好。阿慧说，蓉珍回到越南就开始减肥，回来打扮得像个读书人，这还不是为了你？"

李铭钧不说话了。兄弟二人默默地坐着，哥哥想不出还能说些什么。这时，有人来找经理，哥哥站起身，嘱咐弟弟："好好考虑考虑。"说完，他出去了。

一周过去了。蓉珍没来找李铭钧，李铭钧也没去找蓉珍。

又过了两周，蓉珍和李铭钧在会议室因公事见面，有外人在场，李铭钧布置工作，偶尔面无表情地瞟一眼蓉珍。她面容憔悴，对他视若无睹。

一个月很快过去，两人依然没有任何联系。

星期六下起了大雨，李铭钧有些感冒，下午早早回家休息。后半夜开始电闪雷鸣，李铭钧睡得迷迷糊糊，被一声震耳的雷声惊醒，他睁开眼，一道闪电照亮屋子，看看身边的闹钟，凌晨一点二十，似乎闹钟旁边的电话铃响了。他没动，心想可能听错了，这么晚不会有电话。雷声过后，铃声又响了，李铭钧抓起电话，是蓉珍。她说话急促，她父亲晚饭后胃不舒服，此刻躺在床上动不了，像是中风。

李铭钧说："我马上过去。"

整整一个晚上，李铭钧陪伴着蓉珍。张老板经过抢救依然神志不清，完全丧失说话能力，医生说他心脏功能极弱，又有多种疾病，加上颈动脉等几处动脉大面积堵塞，不会太长了。

第三天晚上十一点，张老板醒了，他微微睁开眼，望望身边的女儿和李铭钧，脸上露出一丝宽慰。蓉珍拉着父亲的左手，他的右手渐渐展开。李铭钧站在旁边，迟疑一下，也伸出手，放在张老板的手上。张老板的眼睛稍稍睁大，就像奄奄一息的火苗忽然旺盛一些了。他望着两个年轻人，嘴动了动，但没声音。他直愣愣地呆着。他这样呆了很久。

终于，蓉珍点点头。张老板的视线慢慢转向李铭钧，李铭钧望着在阴阳之间弥留的虚弱老人，也跟着点点头，老人慢慢露出一丝宽慰，合上眼睛。

过了许久，蓉珍渐渐哭出声来。

凌晨时候，李铭钧搀扶着六神无主的蓉珍回到家。她像得了大病一样瘫在床上，李铭钧一直守在她身边。

第二天，李铭钧没去上班，在家陪着蓉珍。阿慧也来看望小姐。临来前，李洪宾嘱咐她，去看看就回来，那儿没你什么事儿。阿慧做了顿饭就走了。

李铭钧在蓉珍家暂住，帮她处理父亲的后事。葬礼全由李铭钧操办，他提供了几种方案，征求蓉珍的意见。蓉珍问："你说呢？"李铭钧说了自己的想法，蓉珍说："按你说的办吧。"

一周后的葬礼上，许多张老板以前的朋友来了。其中有一位70岁左右的老人，蓉珍叫他徐伯。李铭钧觉得眼熟，想了许久才记起，在卡斯弗见过，于是上前打招呼。徐伯也认出他，伸出手说："这里有你，我就放心了。"

李铭钧问道："三年前你到卡斯弗，是张老板叫你去的？"

老人点点头，说："他让我看看你是什么人。见了面就知道，你很能干。"

那似乎是很久以前了。在卡斯弗大学的餐厅里，李铭钧正一个人吃午饭，这位长者端着长方形的饭盘走过来问："我能坐在这里吗？"

李铭钧觉得新奇，餐厅里大都是学生，很少有老年人，既然都说国语，两人便聊起来。老人说他从斯图加特来，打算在卡斯弗开中餐馆，他问李铭钧，中餐馆在卡斯弗能赚钱吗？李铭钧不记得当时跟他说了些什么，只记得老人说要买家西人餐馆，可惜不懂德语，想找人帮翻译。李铭钧说翻译容易找，但要好生意还有好多学问。他那时正在读一本苏蔚推荐的心理学书，现炒现卖，信口开河讲了一通谈判技巧，比如要有耐心，有打持久战的准备，还要想好一些条款，以备意想不到的条件等等。

谁知给老人留下深刻印象，说如果决定买餐馆，一定找他帮忙。他记下李铭钧的地址电话，李铭钧还信以为真地说自己马上要到奥地利开会，如果需要帮忙，要等他从奥地利开会回来。老人问，这么聪明的小伙子结婚了吗？李铭钧说马上就要结婚了。老人又说，你刚才买饭时，我看到你钱包里有张女孩照片。李铭钧说，是我的女朋友。

这一切都是张老板的安排。对一个已过世的人，李铭钧不想再追究了，但他想知道张老板跟黑帮到底有没有关系。他找机会单独跟老人坐在一起，悄声问他。老人思量片刻反问道，这事对你很重要吗？李铭钧点点头。老人说，生意场上尔虞我诈你不会没经历过。"虚张声势"还是你说的，你说过，做生意要让对方信任。老人说到这里停顿一下，望着李铭钧。

李铭钧琢磨是否说过此话，不管怎样，虚张声势确不陌生。

老人继续说，他年轻时做的事，都在基督面前赎罪了。后来他自己做生意，声势的确不小，还先声夺人，让对方觉得他的后台硬，否则赚不到钱。别人不守规矩，他除了威胁，还能怎样？

老人说完这话，悼念会开始了。李铭钧对台上的赞美和颂扬一句没听进去，悼念会结束，他仍然独自坐着。

葬礼举行以后，蓉珍像变了个人。大多时候默默无语，哭诉起来又没完没了，最后总念叨，她心里空荡荡的，不相信父亲已经去了。李铭钧在这段时间里听到许多她家以前的事，像是第一次认识这家人。原先觉得他们是异类，了解多些又觉得也许没多少异常。

蓉珍5岁时，母亲去世了，一直跟父亲相依为命。父亲怕她受委屈，一直没有再娶。小时候生活动荡，离开一个地方，父亲原来的相好就断了。

李洪宾和阿慧也常过来帮忙。李洪宾在阿慧耳边吹风："趁这事劝劝蓉珍。"阿慧跟小姐说："家里要有个男人才行，出了大事能撑起来。你看现在里里外外还不是靠他？"李洪宾对弟弟说："遇到大事她第一个联系的是你，说明她觉得跟你最亲近。"

李铭钧总共在蓉珍家住了一个月。

这天星期一，吃完早饭，李铭钧跟蓉珍说，今天就搬回公寓了。蓉珍点点头。

李铭钧到楼上把自己的衣服、日用品收拾到旅行箱里，提着箱子下楼，见蓉珍手上拿着一个大信封，站在门厅。

蓉珍把信封递给他，说："我要回越南了，房子卖了就走。生意的一切事情托付给你，报酬写在上面，你看行吗？"

李铭钧颇感震惊，放下箱子接过信封，迟疑地抽出里面的文件看了看，条件极其优惠，但他拿在手上不置可否。

"怎么？嫌少吗？"蓉珍问。

"不，不，太多了，对你不合理。"

"这你就不必担心了。我想通了，女人不一定非要嫁人。男人能一个人过，女人也能，我父亲大半辈子就是一个人。"

李铭钧避开蓉珍的目光。

蓉珍继续说，语气很平静。

我跟你的确不合适，我比你大太多。你刚过 30 岁，应该娶个年轻的。当初，你哥哥追求我，我当时答应他就好了，那样我就是你的嫂子，我们还是一家人，我会常常看到你。

李铭钧想说什么，电话响了。蓉珍去接电话。她刚走，门铃又响了，是邮差，有挂号信。李铭钧给他开了院门。邮差走进院子，李铭钧打开房门，邮差站在门外说："有一封信给……"他看一眼信封说："Dung Tran Tien。"看到李铭钧茫然的样子，邮差又说："Tien 小姐。"李铭钧听不懂是谁，想了想说："这里只有张小姐。"

邮差疑惑，把信封递给李铭钧。李铭钧接过一看，地址正确，但名字的拼写古怪，Tien 是谁，不是张。阿慧姓林，这也不会是林，就说："是不是寄错了，这里只有张小姐。"

蓉珍放下电话，一边走过来一边说："给我看看。"她接过看一眼，说："是我。"于是她向邮差道谢，签字收件，邮差走了。

李铭钧觉得奇怪："拼写这么古怪，难道是越南汉语拼法？这怎么也拼不出'张'。"

"Tien 不是'张'，是'钱'，我一出生就跟母亲姓钱，后来到南美改了，因为移民局以姓氏不同为由找麻烦，从南美开始我就是张蓉珍，以前的户籍证件都是钱蓉珍。"

"你就是钱小姐？"

蓉珍打开邮件，没有理会李铭钧语气激动，随口说："没人叫我钱小姐，叫小姐，或者叫蓉珍。你喜欢叫钱小姐就随你。"

蓉珍读着信件，李铭钧一直站着没动。她觉得奇怪，抬头一望。李铭钧的神情让她大感不解："你怎么了？"

李铭钧如大梦初醒，走过去拉着蓉珍的手，突然单腿跪地："蓉珍，我现在向你求婚，是不是太迟了？"

蓉珍惊讶不已："你先站起来说话。"她扶他一把，李铭钧站起身。蓉珍说："如果你觉得求婚是件随便的事，腿一曲就跪下，我劝你算了吧。你有多少诚意自己清楚，有不拿戒指求婚的吗？不是我看中戒指，恐怕你买戒指的时候，主意就变了。我如果嫁人，就要跟他过一辈子。你不能拿这种事当儿戏。"

李铭钧像没听蓉珍说什么，急切地说："我好几天没去办公室了，今天有很多事要处理，我下午给你打电话。你等着我。"

李铭钧急匆匆走了。蓉珍琢磨他那句"有很多事要处理"。让他认真考虑的时候，他就有很多事要处理，等他处理完"很多事"，刚才的一切或者忘记，或者暗自感谢给他台阶下。跟他交往这么长时间，他从没提过结婚，今天突然的举动，让人意想不到。

正想着，地产经纪来了，蓉珍跟他约好来谈价钱。经纪看了房子，建议了价格，蓉珍想跟李铭钧商量，拨响了他办公室的电话。

李铭钧没等她讲完就说："先别签约，晚上六点到我家来，我再跟你详谈好吗？"

蓉珍答应了，整个下午猜想晚上会是什么事，难道……

六点钟，蓉珍来到李铭钧的公寓。一进门，见餐桌上摆着两套西餐具，两只酒杯里各有一束用红色餐巾折成的花。她高兴地问："今晚吃西餐吗？"李铭钧戴着围裙从厨房走出来说："法式五道菜。尝尝我的手艺。"说着，他从桌上拿起一个红色绒布小方盒，放到蓉珍手上，说："最省事儿的是请你出去吃饭，但那样你会觉得没有诚意。"

蓉珍打开方盒，里面是一枚钻戒。李铭钧双手扶着蓉珍郑重其事地说："你觉得怎样求婚才真诚，如果你愿意，我会再跪下，可你说，那样不过是曲腿着地。如果你想让我倒立，我也愿意。嫁给我好吗？"

蓉珍注视着李铭钧的眼睛，渐渐地，他在眼前变得模糊了，她眨一下眼睛，泪水落下，脸上绽放幸福的微笑。她点点头，用食指和拇指小心翼翼地把戒指取出，手指没拿稳，戒指掉在地上。

李铭钧弯腰捡起戒指，拉过蓉珍的左手，给她戴上戒指，想起几年前给苏蔚戴戒指的情景。他清楚记得，当时在心里说，男人给女人戴上订婚戒指，就是宣布"她是我的了。"他那时激动不已，亲吻苏蔚戴戒指的无名指。

此刻，他双手捧着蓉珍的左手，蓉珍伸出右手轻轻抚摸他的脸，两人凝视对方，默默无语，随即拥抱，感触着彼此急促的心跳。

"原来不知道……我的命里一直有你。"李铭钧喃喃地说。

晚餐从面包、法式鹅肝酱、菠菜色拉开始。蓉珍要帮忙端菜，李铭钧却从桌边拉出椅子，她便欣然入座。李铭钧把椅子轻轻朝桌子推近，而后拿起餐巾给她戴上，他的动作极其标准。蓉珍称她享受五星级服务。李铭钧笑道，四星半吧。没菜谱，不能点菜。大厨随心所欲，不喜欢也要将就一下啦。两人嬉笑不止。

李铭钧是晚餐的主人、大厨，外加侍者。他一道道菜端上来，一件件刀叉撤下去，最后一道甜点漂亮又精致，心型奶油蛋糕上点缀着用巧克力雕刻的白色玫瑰花。李铭钧说刻这朵玫瑰花可费了不少功夫。蓉珍听了站起身，在他脸上亲一下。而后两人端起红葡萄酒，一饮而尽。

充满柔情的烛光晚餐在欢笑声中结束了。

第二天早晨，太阳透过窗帘缝隙照到床上，李铭钧醒了。他没马上睁开眼，朦胧中明白，刚才的一切都是梦，跟她又梦中相见了。闭着眼的时候，梦境会在眼前多停留些时间，她也就多待一会儿，一睁眼她便消失了。但是，尽管他紧闭双眼，她还是渐渐远去。他对自己说，不管什么梦，都要醒来。她走了，便一去不回，娶谁都一样了。梦中的一切要静静地沉到脑海深处，那里平静安详，无人窥视，无人打扰。

李铭钧翻个身，睁开眼看着身边的蓉珍。她像早醒了，在玩弄手上的戒指。他伸出手臂拉着她带戒指的手说："我们去办婚前协约吧。你现在的一切财产，不管发生什么情况，都只归你一个人。婚后新增加的财产归我们两个人。"

"你在防备什么？你不是说一辈子只结一次婚吗？"蓉珍问道。

"不是防备我，也许你有一天会厌倦我。"李铭钧道。

"如果你像现在这样对我好，我永远不会厌倦你。"蓉珍用右手指慢慢转动左手无名指上的钻石戒指，钻石转到手心，不见了，只有攥起拳头才能感到它的存在。蓉珍问："你呢？会不会有一天不愿跟我在一起了？"

"不会，我命里有你，今生注定跟你在一起。"李铭钧说话专注认真。

时针指向八点，李铭钧起床做了早餐，土司、烤香肠，外加两个煎鸡蛋。蓉珍洗了澡，身上裹着浴衣，坐在梳妆台前梳理着长发。李铭钧曾不止一次赞美她漂亮的发式。他当然不知道，她在头发上可花了大钱呢。

清晨的阳光透过玻璃把屋子照得暖洋洋，两人沐浴着晨光吃早餐，谈笑风生。平时这个时间，李铭钧早坐在办公室里了。

吃完饭已经九点，李铭钧戴上手表，准备出门，他接过蓉珍递给他的公文包，忽然想到，她像一位专职太太送丈夫上班一样，心里顿觉温馨，于是在她脸上亲一下，而后提上公文包，推门走出去。

外面阳光普照。从幽暗的楼道里迈出去，浑身立即被暖意簇拥着，暖流由外渗透到内心，顿时感觉轻松愉悦。待在室内体会不到，外面天气真好。

蓉珍送走李铭钧，顾不上洗餐具，一屁股坐进沙发，兴冲冲抄起电话："阿慧，他向我求婚了！"

阿慧已经怀孕三个月，得知消息高兴地直嚷嚷，大声告诉李洪宾："小姐要结婚了！"。李洪宾在洗手间，提高嗓门问："跟谁结婚？"

"哎呀，还有谁，跟你那宝贝弟弟呗。"

李洪宾琢磨，弟弟忽然开窍了。不必问他，说多了他还可能变卦呢。想通了就好，其实有什么想不通，娶谁不都一样。要我说一个穷博士姐和一个百万富姐，当然娶富姐了，最起码后半生有张饭票。住进那么一栋漂亮房子，还有什么不满意？凭你读书的那点本事，猴年马月才能住上这房子。要不怎么说书读得越多越糊涂。

李洪宾提着裤子从洗手间出来，对阿慧说："你帮着请人选个好日期，尽快把这事儿定下来。"

阿慧随即向蓉珍推荐一位香港的风水先生，那位先生问了两人的生日，传真送来三个日期。蓉珍仍不放心，又委托一位懂风水的旧相识，他也提供了三个日期。其中的一个在两位风水先生列出的日子上都有，蓉珍跟李铭钧商量，婚礼就订在这一天，半年以后的一个星期六。

婚期定下，李铭钧催促蓉珍着手办理婚前协约。蓉珍心想，通常拥有财产的一方张罗订协约，他什么也没有，倒为这事着急。蓉珍请教了律师和朋友，认为签订协约为上策。如今遇到大事，蓉珍都依靠李铭钧，跟他商量后心里就有底，但是婚前协约说穿了是对付李铭钧的，这样的事就没人商量了。以前可以问父亲，如今父亲不在了。如果他在，他会怎么说？自己的财产都是父亲辛苦积攒的，他肯定会说，一定要签，而且要最大限度保护自己。

蓉珍跟律师约好，下周一去见他。当晚，她做了一个梦，梦见父亲在窗口张望。蓉珍高兴极了，跑出去请父亲进家，一见父亲就问："到家门口为什么不快进来？"

"现在这不是我的家了，我要看可不可以进来。"父亲回答。

"爸爸，这里永远是你的家。你来得正好，我要去签婚前协约……"

"蓉珍，如果你是个男孩，这种协约你应该签。但既然是个女孩，我问你，如果你有一百万，你愿意孤独一人生活，独自拥有这一百万，还是只拥有五十万，再加上一个幸福的家，有丈夫、孩子？"

"我当然选择后者。五十万和一百万没有本质区别。但有没有一个幸福的家可就不一样了。"

"既然你选后者，那就不要去签什么协约。"

"为什么？"蓉珍万没想到。

"我知道，律师劝你去签，因为律师办事按照条文。但是情感的事复杂，不是条文能说清楚。没有婚前协约，经济上会承担风险，就像下赌注，可能会输。如果你输了，输掉的是另外五十万钱财，但你仍然还有五十万。可如果你赢了，那就不是钱财能买来的幸福。我这辈子，没什么本事，靠赌为生。一辈子下了无数赌注，有输有赢，赢多输少，所以才积下点钱。现在我在天国，最后为你下一个赌注，你不要去签婚前协约……"

父亲话没说完，起身要走，蓉珍追上去："爸爸，既然说了一半，就把话说清楚。为什么？"

父亲停住脚，回转身："你母亲去世以后，我有过几个女人，但因各种原因没再成亲。如果你是第二次或者第几次结婚，那就跟他签个协约。可我想的是，你和他都是第一次结婚。我对他不能说有把握，全凭直觉。你跟他签协约，大概并不好。"

这句话说完，父亲不见了。空空的门厅里，只有一个声音在回荡：一时俘获男人的心靠运气，一辈子拴住男人的心，除了运气还要靠智慧。婚姻是一门艺术，其中的复杂让其他艺术相形见绌。

蓉珍一下醒了，望一望身边熟睡的李铭钧，无法重新入眠。奇怪，父亲一向办事谨慎，生意场上无数次跟别人为钱财争执，曾被人骂"视钱如命"，而今，倒像不把他辛苦赚来的钱当回事儿似的。

蓉珍翻个身，注视着李铭钧。他仰面躺着，呼吸均匀，神情安详。他说过，她在他的臂弯里，他无论再困也睡不着，要收起自己的手臂，跟她不贴在一起才会睡着。他睡相很可爱，带着几分天真。蓉珍常常悄悄端详他。他的睫毛很长，在眼睛中央超过一厘米。这个长睫毛的小弟弟就要成为自己的丈夫，按照梦中父亲的意思，对他不要用条文约束，要用真诚、信任和情意拴住他的心。

李铭钧醒了，睁开眼，见蓉珍正专心地注视着他。蓉珍说："我不想办婚前协约了。"

"为什么？"李铭钧睡眼惺忪地问。

"跟我的财产比起来，我是无价宝，我的财产分文不值。你不会为了分文不值的东西，舍弃无价宝。既然这样，何必费事签约，不如省下律师费，定做最漂亮的婚纱。我订了一份杂志，昨天刚寄来，是著名设计师的新款婚纱。"蓉珍从床头柜上拿起一本白色封面的杂志，递给李铭钧："哪一款你最喜欢？"

李铭钧接过杂志，依靠着枕头坐起来，一页页地翻着。

蓉珍搂着他的脖子，嗅着他身上的气息，随着他一页一页地翻动，重新审视每一款婚纱，看昨日钟爱的，是否依旧是今天的宠儿。

李铭钧从头至尾翻完，说不出他最喜欢哪一件，他的眼前总晃动那张在卡斯弗见到的婚纱照片。他努力使自己集中精力，重新一页一页地看，终于找出一件风格简洁的乳白色婚纱，觉得挺适合蓉珍，指着它说："你看这件怎么样？"

"哎呀，太好了，跟我想的一样！"蓉珍高兴极了。

婚期一天天临近，蓉珍终日为婚礼忙碌。伴娘伴郎的礼服、请帖的设计，婚宴的每一道菜，她都精心挑选。李铭钧很少参与意见。

结婚前一天，一切终于准备就绪。上午，阿慧来看望小姐，一进门就说，她做了小姐爱吃的菜忘记带来了。蓉珍对她讲，你来得正好，帮我穿上婚纱试试。我最近胖了，但愿还合身。

阿慧拍着挺起的肚子说："小姐，增体重的是我。你一点没变，不用担心。"

二楼卧室的大床上，平摆着长长的乳白色舶来品。婚纱刚送来那天，阿慧就见到了，知道这是小姐的宝贝，价钱令人咋舌。她走进洗手间洗了手，擦干净，而后才拿起婚纱，帮蓉珍穿到身上，把后背的拉链拉起来，裙摆整理好，镜子里的新娘子顿时高贵气派。

蓉珍对着镜子照来照去，按捺不住欢喜。精工制作的盛装穿到满怀憧憬的女人身上，让人眼前一亮。

阿慧说："哇，这么漂亮的新娘，明天就是多瑙河边最美的一景。"

李洪宾开车来了，在门外等着，要接阿慧去看医生。阿慧临走前帮小姐脱下婚纱，理顺挂好，只待明天了。阿慧刚走，化妆师打来电话，说她明天一早就到。

从蓉珍家出来，李洪宾送阿慧去做产前检查，母子一切正常。出了医院，李洪宾先把阿慧送回家，回餐厅前，拐弯来到弟弟的办公室，这是唯一一处兄弟俩可以无所顾忌说话的地方。

李铭钧已经搬到蓉珍的房子里。他原先住的公寓租给由吴虎刚推荐来的一位德国小伙子，由他负责德国方面的业务。李铭钧雇用他是希望吸引更多德国人、奥地利人来东欧旅游。如今，李铭钧忙于在旅游景点开连锁酒店，他早已把餐厅业务交给哥哥，李洪宾现在是餐厅经理。

李洪宾走进弟弟的总经理办公室，接着把门关上。李铭钧见哥哥来了，起身给他倒了杯茶，递给哥哥说："你来得正好。蓉珍给你孩子在台湾定做了一个百家锁，我找人刚从台湾捎过来。"说着他从抽屉里拿出一个精致的蓝色小盒子，交给哥哥，问："嫂子什么时候生？"

"还有两周。"李洪宾打开盒子，里面是一个头戴博士帽、手拿算盘的小金娃娃，另外还有两个写着"天才宝贝"的金手镯。李洪宾一下乐了："我的儿子还没出世，先戴上博士帽了。好，好，蓉珍想得周到。"

"对，我想起来了。这是满月礼物，你今天还不能拿回去。我得先交给她。她打这百家锁可费事了。见到熟人就问人家要一块钱，说交钱人越多，金锁越管用，孩子越好养。还问我要了一块钱……"李铭钧说着，笑笑摇摇头。

见弟弟气色不错，哥哥也高兴。李洪宾说："你们也快要个孩子，两个小孩差不多大，好在一块儿玩儿。"

李铭钧没接话茬。

李洪宾又说："别老忙着开一家家店，差不多就行了。赚那么多钱没时间花也不行。你看那张老板，逼咱还钱的时候气势汹汹，到头来，咱赚的钱给他了，可他也带不走呀，还不是全留下了。他要不是恶狠狠动肝火，说不定多活几年。小气抠门儿的人，为一点利息和你争，到头来乖乖连财带人一起交给你……"

"你说的就像张老板拿着大把钞票往我手上塞。这才几年，没日没夜为他打工的日子你忘了？"

"没忘，一辈子忘不了。"哥哥说话咬牙切齿。"可赚的钱不是又回来了嘛。说到底，张老板其实一直为你打工，还义务养育了媳妇送给你。"

李铭钧哼了一声："从你嘴里讲出来的张老板，听上去是个大傻帽儿。我怎么觉得，他比谁都会算计。我们兄弟二人就是中了他的计！"李铭钧手上的铅笔笔尖一下碰断了，手心留下一条黑印。

李洪宾看着弟弟的手，他左手的伤疤依然清晰，那里被锋利的切肉刀割破过，缝了几针。李铭钧拽出张纸巾，擦掉左手上的黑色痕迹，伸出右手的时候，露出右手腕被油锅烫伤的疤痕。

李洪宾从牙缝里挤出一句话："人算不如天算。到头来，看谁笑在最后。"

李铭钧舒口气："什么是'最后'？张老板带不走的东西，难道我就能带走？"

哥哥说："所以我今天来劝你，要注意身体。那天蓉珍跟阿慧打电话，说你心跳心慌，问该给你煲什么汤。其实什么汤也不管用，你是累的。不过，你也真能干，才几年，生意弄得这么红火。我一直想问你，现在指挥这么多人马，每天赚这么多钱，要什么有什么，你……你还后悔离开德国吗？"

李铭钧正要把百家锁放进公文包，手却一下停住了。哥哥的一席话让他不知如何回答。"离开德国"无异于"离开苏蔚"，苏蔚的名字无论何时出现，都会在李铭钧眼里投下一道阴影，此刻，阴影一出现就消失了。李铭钧把盒子放进公文包，拉上拉链，好像满不在乎："在哪儿还不是一样，都要干活儿养家。"

哥哥起身要走了，他交给弟弟一盒阿慧做的越南"生猪肉"。这道菜的真名李洪宾从没问起，只管它叫"生猪肉"。从弟弟办公室出来，李洪宾一路哼着小曲。

弟弟的婚礼比哥哥的隆重多了。除了双方亲朋，许多生意伙伴也专程赶到，吴虎刚和太太孩子也来了。婚礼结束，送走客人，李铭钧夫妇跟哥嫂到餐厅吃消夜。在婚礼上没怎么喝酒的新郎，吃消夜时喝醉了。几年前哥哥结婚也在这里喝醉过，他那时喝醉酒去睡了一觉。可弟弟喝醉酒竟是痛哭。李铭钧第一次知道，他喝醉以后会哭。

中国人常说，酒后吐真言。当酒精使大脑失去控制力，心灵深处压抑的一切就会浮出表面。西方有句俗语，每个成功的男人背后，有一个不为人知的痛藏在他心底。

[11] 善于体谅你的
就是好伴侣

对于网上热火朝天的讨论，网民热情很大，自发评选出"最惨妻子"和"最惨丈夫"。苏蔚计划用这两个类型，分别讲解婚恋中的男性和女性。有位网友列举自己的七位前男友，认为男人的通病是做了错事又不承认，比做错事本身更让人头疼。女性朋友纷纷表示同意，问有没有科学依据。

苏蔚引用滑铁卢大学心理学家凯林娜·舒曼和麦克尔·罗斯的研究，回答说情侣中，男方认为女方犯错的比例，比女方认为男方犯错的比例高。男人不容易承认自己做错事，因为他们不觉得自己做错了什么。

有位男生问："苏博士，你认为呢？"

苏蔚故作认真地说："我认为千真万确。"

大家哄堂大笑。苏蔚解释，男人做错事也好，不做错事也好；认错也好，不认也罢，对于女人来说，要宽容忍让。但有些毛病一定要慎重，比如，从来不为你着想，自私、懒惰，不仅不为共同的生活做出贡献，还对你的付出视而不见，甚至变本加厉。这次讨论中，网友投票选出这位妻子最惨：

她很能干，工作上成绩不错，能养家；在家操持大小事情。老公是普通职员，什么家务也不干。

妻子每天不停地忙，累了没人帮，病了没人问。她深知落到今天的地步全因年轻无知，给他的外在条件骗了，不知道该嫁什么样的人。

老公身材高大，见到他的第一眼，她以为找到了可以依靠的男子汉。当年花前月下，他温暖的胸怀是她偎依的避风港，可如今才知，她更需要的是共同操持这个家的一双手！

他俩的幸福仅仅在恋爱阶段，下餐馆、赴宴会、看电影、听音乐，快乐无忧。那时没家务，也不谈家务。但确有一件事应当引起注意，全因她稚嫩给忽略了。有一次，她病了，躺在床上动不了。他来了，正赶上晚饭时间，他给倒了杯水，让她不着急起来做饭，等感觉好些再说。反正他不饿。

那时，她虽不喜欢他什么都不干，但喜欢听他的花言巧语，还觉得正因为她什么都会干，能吃苦，才证明是一个杰出的女人、不凡的女人、让他敬佩的女人。虚荣心得到了满足，而真实的感受却被掩盖了起来。

时过境迁，每当她一个人清晨起来铲雪的时候，沉重的铲雪锹让她明白，她其实不愿当一个杰出的女人，一个男人般的女人。只想相夫教子、温柔贤淑。

婚姻无论怎样都不会十全十美。但女人变得像男人一样，大小事都得扛着，撑着一个家，其实很悲哀。婚姻也绝不仅仅是个人的事，关系到下一代甚至今后几代。子不孝，父之过，一个懒惰又对别人漠不关心的父亲会给儿子什么榜样？这位女士的大儿子很像他爸，懒惰成性，总想让别人伺候，谈了三个女友都吹了。女士说，两个男人让她操心，是她最大的不幸。

苏蔚提醒大家，当一方生病，另一方连最基本的关心都做不到，要让一个病人感觉好些时再做饭，说明他根本不体谅人。遇到这类人，不要沉醉于花言巧语，不要迷恋恭维、吹捧，更不要看重外表。冷静地观察他做了些什么，而不是说了什么。比如，他可能说，待会儿给你下碗面，可惜他忙着打游戏，忘了。要从他做的一系列事情中，判断是否有责任心、是否关心别人。这是成为好丈夫、好父亲最重要的条件。

英国布里斯特大学实验心理学院艾比格尔·米林斯博士研究发现，有责任心、勇于担当并关心他人的人，会成为好伴侣。不仅如此，拥有这些品质的人，也懂得如何处理其他人际关系。他们调查了有七八岁孩子的 125 对夫妇，得出结论，善于体谅伴侣的人，会是好丈夫或者好妻子，同时也是好父亲、好母亲。

苏蔚的儿子乔锐 4 岁了。正赶上欧洲经济萧条，她从事心理辅导工作的非营利机构裁员，她失业了。乔英哲安慰道，现在哪里都一样，他所在公司最近雇了一位英国人，签署聘书以后，公司接到总部裁员通知。那英国人乘飞机刚到法兰克福机场赴任，公司接应人员把一张回程机票塞到他手上，请他接着乘下一班机回伦敦。

乔英哲反倒觉得苏蔚失业是好事，他很想去德国北部小城贝纳。一年前，贝纳的公司聘用他，但因苏蔚在那里找不到工作，他推辞了。如今正是去贝纳的好机会，那份工作薪水高。苏蔚同意后，乔英哲立即跟贝纳的朋友联系，请他找机会再帮递申请。

几个月后，乔英哲被聘用，两人准备搬家。很快就要离开生活多年的卡斯弗，他们想趁夏天带孩子到德国南部邻近的奥地利、捷克旅行，以后搬到北部就不方便了。为准备旅行，乔英哲跟苏蔚商量：开了好几年的二手车也该换了，买辆新奔驰怎么样？

"随你，只要车别太大就行，耗油多又不好停车。"苏蔚道。

"行。我要是买了新车，就是我们那里唯一开新车的人。"乔英哲认真地讲："你知道吗？连我的老板都从没开过新车。他大概年薪二十万马克，虽然开高档车，但都是二手。他说，'两三年的二手车价钱便宜一半儿，那还买新车干嘛？买新车的人肯定都是疯子。'我真佩服德国人，这么有钱还勤俭持家。美国人才不这样呢，没钱就借。"

苏蔚道："你买新车在公司岂不太扎眼？老板一定会说，瞧这小子，刚工作就开新车。纯粹一个美国培养的疯子！"

六月的一天，一家三口开着崭新的奔驰，经茵斯布鲁克、维也纳到达布达佩斯。在靠铁链桥的街上停下车，正是中午时分，一家人进了市区一家门面不小的餐馆，中餐价廉物美，味道纯正，三人赞不绝口。他们不知道，这家餐馆的经理是李铭钧的哥哥。

从餐馆到河对岸城堡，居高临下观赏多瑙河美景，大人称赞感叹，孩子却不太感兴趣。从城堡下来，苏蔚对儿子说，现在去买玩具。乔锐顿时欢呼，高兴地坐进小推车。

一边逛一边走，对面马路上一辆巴士引起苏蔚注意。这辆豪华巴士是德国牌照，一些游客正在陆续上车，旁边一位中年男人在跟一位黑头发男人说话，像亚洲人。虽然只看到背影，但他却像一个人。苏蔚因此目不转睛，如果他回头就可以证实。苏蔚推着孩子，越走越近，他侧面也看清了！苏蔚的心提到嗓子眼。他终于转过头，仅有一秒钟，她看清了，就是他！刚要准备横穿马路，一辆大巴士从眼前开过，挡住视线，等大巴士慢腾腾开过去，苏蔚见两人进了停在路边的一部黑色轿车，车门关上，车开走了。

苏蔚望着远去的车子，对走过来的乔英哲说："我刚才看到李铭钧。原来他在匈牙利。"

乔英哲顺着苏蔚的视线望去，汽车、行人来往不停，没见到熟悉面孔。他说："匈牙利正在变革，商机很多。要赚钱的话，这是个好地方。"

苏蔚茫然地站着。

乔英哲踌躇着说："如果你想找他，我们就去刚才的餐馆打听。这里中国人不会很多，说不定他们都认识。"苏蔚没吱声，儿子不耐烦地问："妈妈，哪里是匈牙利香舍丽榭，你不是说要给我买玩具吗？"苏蔚拉着儿子的手："就在前面，妈妈带你去。"

苏蔚在餐馆里吃饭的时候，李洪宾看到这一家三口了，没觉得特别，跟这三口前后脚出门，认出女的似曾相识。他没见过苏蔚，但李铭钧曾往家寄过苏蔚的照片，还托人带回家一盘两个多小时的录像带，是跟苏蔚到欧洲几国旅游拍的。李洪宾对苏蔚有印象。两个半小时的录像就像电影，里面的男女主角跟真人差不多。李洪宾觉得最好的是两人在大海里游泳，年轻女孩穿游泳衣真好看。他记住那女孩了。今天这人有些像。后来看到他们的车子是德国牌照，就打算上前询问，还没走近，车子却开走了。

李洪宾在外面办完事，开车要回去的时候，从后视镜里看到后面的车正是那部德国车，一家三口中国人。他把车子紧靠路边停下，后面的德国车开过来，车窗落下，苏蔚问路，他没回答，反问道："你是不是苏小姐？"

苏蔚大惑不解："你怎么知道我？"

"我是李铭钧的哥哥，他也在这里。下次到店里吃饭，就不必付钱了。"

"他在哪里？我能见见他吗？"苏蔚激动地问。

李洪宾说："他刚打电话，正要上飞机去柏林，后天回来。他挺好，也结婚了。"

苏蔚还想说什么，后面车子喇叭响了，她的车挡着别人的路。这里道路狭窄，没有能暂停的地方，她急促地说："我们找上桥入口，要去斯洛伐克。转了几圈找不着。"后面车子还在不耐烦地按喇叭，李洪宾不敢耽误："跟我走吧。"

李洪宾开车带他们左拐弯，朝桥的反方向过了四五个红绿灯才再次左拐，终于见到高速公路标志。李洪宾一直把他们带到高速公路入口，在分岔处挥挥手，开车走了。

苏蔚打开车窗，朝李洪宾挥手致意，直到他的车看不见，才关上车窗。

乔英哲关切地说："你要是……还想回布达佩斯，我们就在附近住下，后天再回来。"

苏蔚过了一会儿才说："来过的地方……就不必再回去了。前面还有……你和儿子没去过的地方，没时间回头了。"

一家人在布拉提斯拉瓦停留一晚，第二天下午到达布拉格。在布拉格见到罕娜，让苏蔚喜出望外的是，她有李铭钧的消息。

李铭钧四年前来捷克，拿着当年罕娜留给他的地址，找到她家曾拥有的酒店。酒店里有工作人员认识罕娜，在他们的帮助下，李铭钧跟罕娜取得联系。罕娜见到李铭钧，曾问当年开车带他走的是谁，李铭钧说是他哥哥。哥哥做买卖欠了债，他不得已改行做生意，把债还上了。这段经历李铭钧很少说起，提起来轻描淡写，就像讲述一道风景。

罕娜说他们的生意拓展到东欧几个国家，李铭钧到捷克就是要开展这里的业务。罕娜帮介绍了几位相关的朋友。她跟李铭钧见面时，注意到他带着结婚戒指，李铭钧说他结婚了。罕娜最后说："只要你们都过得好就行。"

苏蔚问："你见过李铭钧的太太吗？"

罕娜摇头："没有，他是一个人来的。"

苏蔚听完沉静许久。女人嫁人是嫁了他的全家，那家人有一个出问题，其他人都受牵连。李铭钧为了他哥哥，什么都不顾。女人跟男人家里的人争地位，必败无疑。如今事实证明，他当初舍弃一切没错，现在事业、家庭，样样不缺，比留在卡斯弗更上一层楼。如果当年他娶了自己，完成学业，今天无非是个机械工程师，外加一个失业在家的老婆。而今人家乐不思蜀，娶了什么人家的千金，开跨国公司。

苏蔚心里想着，暗自杜撰出一封李铭钧写给她的信：

苏蔚：你好！

我因哥哥欠债，不得已要离开你去做生意了。我的确真心爱你，但是没办法，血浓于水，我只有这一个哥哥。对男人来说，妻子可以换，而父母、兄妹即便想换也换不了。这是没办法的事情。你别生气，就我个人而言，我从来也不愿更换我的父母、兄弟，无论他们好与不好。道理很简单，如果更换他们，我恐怕首先要把自己从头发到脚趾全换了，请原谅，我做不到。不仅如此，其实我还不愿更换我自己。

请你相信，我并非不珍惜我们之间的感情。但爱情是从无到有，由外界的某些条件、因素在心中产生。而对于父母兄长的爱则存在于我的血液里，与体肤共存。父母兄长决定了今天的我，为他们做出牺牲，我在所不辞。

希望你好自为之，最好能等我一年。一年过后如果还有缘分，我们重叙旧情；如果没有，那也是天意。反正，叫我丢下哥哥，我做不到；丢下未婚妻，我只能忍痛割爱了。

爱你的铭钧

苏蔚想，男人对女人说，你问他爱你有多深，月亮代表他的心。女人听了感激涕零。夜晚的月亮多情迷人，温柔似水，其实月亮不过是一块没有生命的石头，坚硬、冷酷。

李铭钧从柏林回到布达佩斯，李洪宾去机场接他。弟弟一进车子，李洪宾就对他说："我前天见到在德国的那个苏，苏蔚。"

李铭钧几乎从座位上跳起来，两眼放光，急切地问："你见到苏蔚了？！"李洪宾从未见过弟弟如此激动，芝麻大的事儿会让弟弟幸福无比，李洪宾万没想到。

哥哥讲了那天的经历，弟弟半晌不语。过了一会儿，李铭钧问："她梳长头发，还是梳短头发？"

李洪宾心里一沉："我没注意。"

车里许久没声音。

李洪宾道："都这么多年了，你……你说过，叫什么来着，幸运的男人拥有女人的初吻……"

李铭钧知道，哥哥常把他的话随意曲解，于是纠正："男人的幸运在于他是一个女人最初的爱。这是狄更斯的名言。"

其实，哥哥只记住一半，狄更斯名言的另一半是，一个女人的幸运则在于她是一个男人最终的爱。李铭钧想，狄更斯说的固然有理，尤其对于女人。但关于男人，他不敢苟同，他觉得男女没有本质区别。幸运在于获得所喜欢的人的爱，并在岁月中成熟默契。

[12] 失去的，
从未真正拥有

苏蔚开始分析"最惨丈夫"前，先提到男性心理，认为同一个男人在不同年龄段，或经历改变以后对女性的要求会有所不同，比如，一个前妻曾有婚外情的男人很可能对伴侣情感忠贞方面要求高。

英国纽卡斯大学的神经学家马丁·托维和维斯敏斯特大学心理学家维伦·斯瓦尼的研究认为，男人在不同状态下对女性的判断力会有所改变，当男人面对压力时，他们对女性的喜好也随之改变，压力大的男性更喜欢丰满的女性。

选择配偶会受诸多因素干扰，因此要撇开表面现象，注重内心本质。一门错误的婚姻会使人陷入悲惨境地，也会给后代留下祸根。网友评选的"最惨丈夫"多年受蒙蔽，在毫无准备的情况下遭遇妻子提出离婚。

故事源自《世界日报》：这位事业有成的专科医生在医学院实习时认识了性感女郎桑妮娅。婚后桑妮娅不再工作，先后生了三个孩子，但她从不带孩子，全交给婆婆和保姆。她拒绝母乳喂孩子，怕乳房变形；担心生育后体形发福，每天去俱乐部健身、按摩、美容、购物。午饭都在外面约了朋友，晚饭也常有应酬。

丈夫被繁忙的工作压得喘不过气，时常外出会诊、培训、开会。家里有婆婆和保姆，里外照顾得挺好，他知道桑妮娅任性、爱享乐，但觉得她从不妨碍他工作，就未曾对她流露不满，她也就一如既往。

孩子上中学后，她更不着家。丈夫为工作早出晚归，也没思考这些年的夫妻生活。桑妮娅花销总是很大，他没当回事，觉得照顾好孩子就行。直到有一天，他外出讲学回来，晚上十点多桑妮娅还没回家。他安置孩子们睡觉后，发现她留的一封信，要离婚！这简直是晴天霹雳！她天天游玩享乐，从不为家里的开销发愁，如今在外租了豪华公寓，聘用昂贵的律师，所有开销全凭他这唯一有收入的人！他明天还有一个大手术，人命关天的事，她全不为别人着想。他悲愤之至，整晚未眠。

随后的离婚简直是地狱。桑妮娅雇用刁钻狠毒的律师非要把他敲诈干净；教唆孩子对他阴阳怪气；还故意气他，带孩子去豪华旅行，花钱用丈夫的信用卡，说半年前就订好了。

他利用工作之便，查了她的医疗记录。桑妮娅曾在丈夫不知的情况下打掉一个孩子，这引起他的警觉，因为他已做节育手术。他把这事告诉律师，律师建议带三个孩子做亲子鉴定。虽不情愿，他还是带着孩子做了检查。结果，三个孩子当中，只有一个是他的，多年来当作亲骨肉的两个孩子，竟不知父亲是谁！

他意识到他的灾难来自于被女人外在的一切所迷惑，对婚后的生活大意，太相信她，以至于她结交一个个男友，他却浑然不知。

因为孩子的缘故，桑妮娅没得到想要的一切。官司打赢了，律师要跟他去庆祝一下，但他丝毫没有胜利的感觉，愤怒和被欺骗一直笼罩着他，想不明白在什么方面让她失望，使她不顾夫妻感情，做出这样无情无义的事。

苏蔚点评这位"最惨丈夫"：别人的经历往往是最生动的一课。

专栏作家安·兰德斯曾谦虚地说过，她的婚姻家庭栏目之所以受欢迎，不是因为她个人有什么了不起，而是读者从彼此经历中互相学习。

男人最怕后院起火，要防止娶回家的是"桑妮娅"，就要对某些品行格外把关。英国布里斯特大学的研究揭示，有责任心和关心他人的人，会成为好妻子、好母亲。这样的人也爱孩子、爱丈夫。娶妻应着重于善良懂事、独立自尊、无过多物质欲，其言行考虑你的感受、为你着想。还要跟其他异性保持距离。

男人恋爱要避免三种女人：

第一，心地不善，缺乏自尊或缺乏责任感的人。这样的人在生活顺利、物质优越时，恣意妄为，无事生非；而不如意或经历逆境时，唯利是图，不识大体，只顾自己，甚至孤注一掷，置人置己于不利。

第二，难以知足，对生活有过高要求的人。斯坦福大学心理学教授丽安·贝罗施的研究证实，婚姻幸福与否取决于妻子。当妻子感到生活幸福，丈夫就会幸福，其结果是婚姻美满。欲望过高的人动辄提要求，为满足她，丈夫含辛茹苦，甚至做出不该做的事；而不满足她，她的失落与怨恨会直接影响丈夫。婚姻中一方不开心，往往导致双方不满，夫妻难以和谐，生活不会幸福。

第三，朝三暮四，跟其他异性过于亲密的人。

桑妮娅显然囊括三条缺点。她的优点是漂亮，但如果跟其他异性过分亲热，漂亮更预示着灾难。

人们常抱怨好男人太少，好女人太少，其实根本原因是合格的父母太少。中国有本深受欢迎的家庭教育书《好妈妈胜过好老师》。从母亲的角度揭示正确教育孩子的方法。一个善良明智的女人，不仅会使家庭幸福，还关系到下一代，甚至今后几代。男人择偶要把眼光放远一些，通过跟异性交往的细微之处，区别判断对方将会是一位'好妈妈'还是'桑妮娅'。

雇用有责任心的好雇员，企业就会顺利发展；娶回家一位称职的妻子，孩子就有一个合格的母亲，一个能够胜过好老师的母亲。

回到卡斯弗一个月后，乔英哲开车带着一家人从南部一路旅游到了贝纳。在贝纳附近村庄买了栋三居室、两层楼的房子。他们是村子里唯一一家外国人。

贝纳乡村幽静，可惜很小，苏蔚找工作希望渺茫。乔英哲极力主张去美国，苏蔚思前想后不舍得离开德国。她开始相信命中注定要在家相夫教子，就跟乔英哲商量，请父母来探亲，乔英哲答应了。但父母回信说，亲家还没去过德国，让他们先去，等他们回来，我们再去。苏蔚明白，父母为人处事有自己的原则，不依他们会让他们不安，前后不过差几个月，就让公婆先来吧。

不久，公婆驾到，家里的气氛顿时有些变化。白天乔英哲上班，孩子上学，只有苏蔚和老人在家。原来的私人空间一下有了外人，苏蔚觉得不自由。

婆婆喜欢聊天，常夸自己的儿子才貌双全，暗示苏蔚见"才"眼开，拆散了乔英哲和夏宜。当然，婆婆并没直说。苏蔚后来琢磨，也许自己对这事敏感，多心了。后来跟婆婆看借来的电视剧，剧中出现第三者，婆婆大发感慨。苏蔚又听出话里有话，从此不再看电视，躲进自己的卧室，尽量减少到"公共场所"。

有次午觉起来，她无意中听到婆婆私下跟乔英哲说："夏宜在美国都当上经理了……这个可好，年纪轻轻连个工作都没有，还得让你养着。儿子是自己的，养他应该，孩子长大就不靠你了。……她倒心安理得，待在家享清福，让你养一辈子。"

苏蔚按捺着愤慨，跟谁也没说什么，甚至没跟乔英哲私下抱怨。她曾是处理家庭问题的专家，利弊清楚得很。她表面上跟没事一样，心里却一直憋气。

刚一个月，她觉得像过了一年。每到周末，乔英哲带父母出去玩，苏蔚不想跟着，又怕显得疏远。她明白，无论如何面子上要过得去。以前曾帮别人解决家庭冲突，如今自己更要注意分寸。

一个半月过去了，苏蔚在周三接到一个电话。她跟乔英哲说，柏林有家机构要她去面试。两周后，她一个人到柏林，顺道访问两个朋友，共住一周。回家不久，得知没被录用。乔英哲以为她会失望，她却很坦然。这趟柏林之行让她在外吸足了空气，但愿能憋到一个多月以后，那时就可以送客了。

终于，一家人没有发生大矛盾，三个月过去，公婆从汉堡经法兰克福回国了。跟公婆相处三个月，苏蔚意识到，她没法跟老人们长期住在一起。就连自己的父母，她暂时也不想叫他们来，她需要自己的空间暂时不被打扰。反正天气也冷了，明年再说。还有，她刚着手新计划，开始写小说。她厌倦了"让别人养着"的日子，也有大把时间。最重要的是，她从小的理想就是当作家。她认定，女人要自立，有事业、有追求，男人才不会认为她可有可无。

俗话说，一心不可两用。她把精力和大量时间用于写作，饭菜越发简单，乔英哲还没来得及抱怨，竟发现她连饭都不做了！

那天，乔英哲在公司受了点气，心里窝火，回家也晚，一进门见锅灶冰冷，顿时拉下脸。他已经很久不做饭了，不知该做什么。

苏蔚外出约见老同学，到家已过晚饭时间，一进门就见乔英哲脸色难看，还没说两句话，他就吼起来了："你做饭很难吃，我从不说你，现在待在家不上班，连饭都不做了！"

苏蔚被乔英哲莫名其妙的火镇住了，气哼哼反驳："我不上班也是我的罪过？儿子是我一手带大，你换过几次尿片？我读了十几年的书，如今在你家成了保姆、菜农、厨娘。你父母来三个月，我忍气吞声，度日如年。这种日子我过够了！"

她说完，蹬蹬上楼，迈进卧室，"砰"地关上门。

苏蔚愤愤不平地倒在床上。婆婆指桑骂槐，自己装没听见；被她数落"让别人养着"，也低头忍了。可大度忍耐的结果是什么？依旧是羞辱！如今连乔英哲都抱怨她"待在家不上班"！男人就是这样，为他做出牺牲，他觉得应该；伺候一家人吃喝拉撒，他说"你什么本事也没有，没资格抱怨"！男人都没心没肺？铭钧也会这样吗？铭钧的身影出现在脑海，苏蔚突然泪流满面。

铭钧可能不会，他没这样说过，也从没吹胡子瞪眼。没工作是苏蔚的心病，觉得比别人矮一头，不被需要，是没用的人。被招人单位拒绝让人失望，这种痛伤在表面，被亲近的人瞧不起则伤在心里，被丈夫认为没有价值，心就彻底伤透了。

为什么每当跟乔英哲吵架就想念李铭钧？苏蔚问自己。可能因为受伤的心本能地寻求安抚。如果当年嫁了李铭钧，此刻会想念乔英哲？苏蔚下意识地觉得不会。李铭钧是她最初的爱，是心灵的避风港。难道真应了狄更斯所言，男人的幸运在于他是一个女人最初的爱？李铭钧感到幸运？其实他不曾离去，真的不曾离去。苏蔚闭上眼睛，任凭泪水扑簌而下。

乔英哲以前不这样，从没说话如此尖刻、强硬。婚姻给了他安全感，他是家里唯一的经济支柱又让他有了高高在上的心态，对别人的付出视而不见。婚姻使人放松，放松就意味着无所顾忌，无所顾忌时人们会涉足禁区，禁区里的一切威胁着婚姻。婚姻就是一个矛盾的两个方面。

那次吵架后，乔英哲提出儿子挺孤独，想再生个女儿。苏蔚毫不犹豫地推辞了，说再生个孩子，又添一口让他养，到时候母子三人都要看他的脸色。她还是要工作，养活自己和儿子。乔英哲闷闷不乐。

苏蔚的小说《海德堡故事》一年后完稿。她跟在广州工作的肖韵联系，她父亲曾是报社编辑，早已退休。肖韵发邮件说，父亲有位同事的女儿在北京一家出版社当编辑，建议把书稿寄给她。父亲已跟这位编辑通了电话，苏蔚可以直接跟她联系。编辑名叫罗兰。

苏蔚把书稿寄给罗兰后，天天盼她回信。一个多月过去，罗兰依然没消息。苏蔚等不及就给她发电邮。罗兰回信说，她最近刚跳槽，在一家企业做公关，并没忘苏蔚托她的事。她在出版界依然有不少朋友，已帮联系了六家出版社，只是没一家给答复。她会尽快去追问。又过了一个多月，罗兰来信，说六家出版社她又联系了，都不接受。有的说言情小说已经太多，有的说故事不吸引人……

苏蔚万分懊恼。出去工作没指望，当作家的梦也破灭了，如今真成了需要别人养着的人。如果不是嫁了乔英哲，难道会流落街头？唉，孤身一人闯天下，胜败难卜；嫁人有好处，多一份保障。不知男人娶女人是否也考虑经济因素，据北美统计，40% 的男人在意女方收入多少，而女人看重男方收入的占 60%。男女成家其实就是过日子，衣食住行。

第二天苏蔚醒来时，已打定主意，在德国找工作没指望，得去美国了。她把想法告诉乔英哲，乔英哲顿时兴奋，说忍了这么多年，终于要解放了！单说德国的中国食品少，就让他的胃很不舒服。要不是苏蔚固执地滞留此地，他早投奔解放区了。

乔英哲 5 月到多伦多参加全美机械工程年会，会议期间有几家大公司招聘人，他给美国一家著名公司递了申请，这家公司在加拿大有分公司。递上申请第二天，他接到通知，去位于多伦多的分公司面谈。他见了三位大小头目，面谈第二天就得知被录用了。这家举世闻名的跨国公司给的薪水、福利都很好，而且负责办理加拿大移民，报销所有搬家费用。他跟苏蔚商定，不去美国了，挥师加拿大！

第二年 2 月份，乔英哲一家收到加拿大移民纸，夫妇二人准备卖房子。待儿子放暑假时，一家人乘加航班机到达多伦多。在客栈住下的第二天，苏蔚就去了一家婚姻家庭服务和心理健康治疗中心。经一位内线引见，苏蔚走进治疗中心主任办公室。

主任是一位身材高大、约 40 多岁的黑人女士，她拿着苏蔚递给她的简历说："我们这里有临床心理学家、精神病学家和婚姻家庭心理治疗师。每个人无论学历如何都需要注册，要有执照。我们需要你这样懂多种语言的专业人士，但目前没有资金招聘员工，如果以后政府拨来新的款项……"

苏蔚离开治疗中心的时候，既感到失望也怀着希望。她打算尽快拿到执照，一旦被认证合格，就去做义工。她心里只盘算两件事，一是拿执照，二是买房子。而乔英哲又提出第三个任务，再生个女儿！这事他提过很多次，从德国到加拿大，都被苏蔚以各种理由推辞。乔英哲觉得，如今太太闲在家，再不抓住机会，年龄就不允许了。

苏蔚担心生孩子没法应聘，又要再推两年。乔英哲急了，说："算我求你了。我找人算了命，说我命里有一儿一女。"苏蔚还是没答应，说自己这些年憋在家里太难受了。

苏蔚开始到心理治疗中心做义工，一连三个月无分文收入。乔英哲再也没提生孩子，也没抱怨苏蔚没赚到钱，倒是第一次明白，她实在想工作。自从上班，她开心多了。

秋天到了。多伦多在一夜之间变得色彩斑斓，蓝天白云下，火红、橘红、金黄的枫叶渲染着收获的喜悦。看到果实累累，便忘记炎炎的酷暑，即便秋风瑟瑟，也不觉得寒冬即将来临。

忙碌的生活过得很快，苏蔚做义工四个月了。星期五刚上班，她接到电话，主任请她到办公室。苏蔚猜可能是好消息，也许申请的职位批下来了！朝主任办公室走时，她心里怦怦跳。站在门口轻轻敲门，主任请她进去，亲切地说："你工作勤恳，帮我们做了很多事，大家都很感激。为表示谢意，我从办公经费里硬挖出一点钱，共两千加元，算是车马费吧。"

主任的关心让苏蔚十分惊讶，她接过支票，感谢之余激动不已。这是十多年来赚的第一笔钱。虽然辛苦工作四个月才得两千块，比乔英哲每月交的税还少，但本该一分也没有，总不能拿了钱还抱怨吧。算一算相当于一个月五百加元，每天工作八小时，加上来回路上将近十个小时，每天只赚二十多加元。但话又说回来，以前连这点收入也没有。拿着钱不必乐极生悲，悲也无济于事，多伦多不相信眼泪。

苏蔚的努力和忍耐没有白费，又过了四个月，治疗中心申请到一个新职位，虽然是大学学历就可胜任的社工，她也不在意，先成为正式职工再说。顺利拿到这个社工职位之后，她依然勤勤恳恳，早来晚走。功夫不负有心人，做了三年低收入社工，有一位级别高的婚姻家庭心理治疗师退休，苏蔚被提拔，做上梦寐以求的工作。第一次走进自己宽敞的办公室，欣喜之余，重温久违的成就感。

从此以后，她事业进展顺利，开始为报刊写婚姻咨询专栏，读者的热情给她极大鼓励。接触形形色色的案例给了她许多启发，她开始大刀阔斧地修改以前写的小说。多伦多大学比较文学中心举办的讲座和专家推荐的书籍让她受益匪浅。两年多呕心沥血的写作使《海德堡故事》丰富了许多。又经过一年的修改，寄给北京的罗兰。不久罗兰回信，说这回她仅联系一家出版社就被接受了。书很快出版。苏蔚托国内的朋友把小说推荐给演艺界，希望拍影视。但几年过去一直没进展。如今罗兰也打算出国，正联系多伦多大学，她想来读工商管理硕士。

苏蔚的事业蒸蒸日上，随着华裔人口的增加和她著书撰文的宣传，来找她解决婚姻家庭问题的人日益增多。

一转眼，儿子上中学了，打冰球、踢足球、游泳、下棋，成了家里最忙的人。他说将来要读工程，跟爸爸一样。

[**13**] 长期生活
跟谁都不易

自从苏蔚有了正式工作，乔英哲又一次跟她商量再生一个孩子，这回她同意了，但也许年龄大，加上工作忙，精神紧张，试了几年没怀上，后来就放弃了。

苏蔚邀请父母来多伦多住了三个月，乔英哲对岳父母很恭敬，带他们玩遍附近城乡。他们回国后，乔英哲跟苏蔚商量，让自己的父母来探亲。

苏蔚忘不了跟公婆住在一起的日子，没马上答应。乔英哲说他父母喜欢加拿大，流露以后给他们办移民的打算。苏蔚顿时紧张，那可就不只三个月，会是今后一辈子。她想不出推辞的理由，借口房子该装修了，原来的地毯陈旧，要换成硬木地板，等装修好了再说。乔英哲当年请人里外装修一遍，墙壁也粉刷一新。一切收拾好了，他又跟苏蔚商量。苏蔚又找到理由，说屋顶有破损，该换屋顶了，干脆换成一劳永逸的。乔英哲找了一家屋顶公司，公司派人来看，说靠近房子的挪威枫树枝子过于粗壮，像两棵横长的小树，贴近屋顶了，要砍掉才容易施工。

那棵挪威枫树属市政府财产，除了政府，其他人不能碰。于是乔英哲给市政府管理局打电话，得知一时半会解决不了，乔英哲就跟苏蔚商量，先请他父母来探亲，屋顶的事慢慢解决。苏蔚执意要等，说天冷了，待明年夏天再说。她暗自庆幸，加拿大的寒冷气候也帮她拖着。

又是秋天了，十月初的长周末是加拿大感恩节，秋收后感谢上苍的慷慨奉献。

星期五苏蔚最后一个离家。今天日程排满了，上午她约见一个人，下午到多伦多城市大学作题为"爱情心理探讨"的演讲。

苏蔚的演讲幽默风趣，博得阵阵掌声。当她讲到美国奥克拉赫马州立大学心理学家的分析时，意外出现本书开头时那个女生的质问："如果有一个麻省理工的博士，不管他有没有女朋友，结婚没结婚，你觉得他很有吸引力，就恬不知耻地去追求吗？"

那个女孩显然对苏蔚知根知底，苏蔚惊呆了。主持人立即起身，走到那女生身边，请她出去。

苏蔚恢复镇静，找回原来的思绪，接着演讲。当最后一张投影打出来的时候，她松了一口气。

演讲在一片掌声中结束。听众席里有不少人迫不及待地举起手提问，主持人把话筒递给一个戴灰围巾的女士，她拿起话筒说："我希望苏博士帮我解决具体问题。我35岁，遇到的男人都不想安顿下来，想安顿下来的，又有这样那样的问题。没合适人选怎么办？"

旁边有人附和："很多男人不愿担责任。好男人太少了……90%的女人竞争10%的男人，实在太难了。"

苏蔚关了投影机，开玩笑说，我希望有一部机器，启动就能造出优秀人选送给你们，每人一个，大家就都满意了。哪里能有合适人选呢？芝加哥大学心理学教授约翰·卡希蒲奥调查了在2005—2012年结婚的19131对美国夫妇，三分之一的人在网上结识他们的伴侣。研究表明，30—39岁的人网上成功几率高，可能因为网上选择范围广。从我观察的例子看，凡是不怕失败、积极寻找的人，不管男女，最后都找到了。凡是遇到挫折就放弃，或者择偶标准不现实的人，依然单身。

恋爱首先是交朋友，什么样的人容易让别人接近而成为朋友？亲切热情、善于倾听的人。尊敬他人是必需的品质。发自内心的微笑是打开对方心灵的一把钥匙。如果一个潜在的机会向你走来，你应该是什么状态？是快乐、满足、耐心地倾听别人的心声，还是焦虑不安、怨天尤人，指手画脚地告诉别人该如何处理他的情感世界呢？

最后，我给在场的单身提个建议，如果愿意结识新朋友，请对准摄像镜头微笑挥手，说不定，合适的人选今晚就出现了。

当摄像镜头转向听众时，许多人挥手欢呼。大家陆续起身离开，苏蔚收拾讲桌上的材料。主持人走近，悄声说："那女生给你留了个字条。"他把纸条递给苏蔚。苏蔚看一眼，默默地收起来。

主持人关切地问："你没事吧？"

苏蔚回答："没事。"而后提起公文包，跟主持人一起走出报告厅。

快到办公室了，手机响起来，是罗兰从多伦多国际机场打来的。她刚过入境处，正要去拿行李，苏蔚猛然想起该去机场接罗兰。她早已离开出版界，在一家公司做公关，如今被多伦多大学录取，来读工商管理学硕士。

罗兰请苏蔚帮租房子。苏蔚问打算花多少钱,说这里房子差别大,从每月几百加元的地下室到几千加元的公寓都有。罗兰没回邮件。苏蔚推测,她年纪轻,工作没几年,出国读书不会有很多钱,于是自作主张去看了一位朋友出租的半地下室,离学校近,干净又宽敞。就定下了九月租房。

两周后,罗兰回信,说希望住条件最好的公寓,贵没关系,但要离学校步行一刻钟以内。她打算短期住,遇到合适的就买套公寓!苏蔚吃惊,现在年轻人口气真大,出国读书还要买房子。想起当年在德国住了六年阁楼,不禁感叹。

苏蔚在机场接到罗兰,一个时尚的靓丽佳人,"70后"。一见面就叫她"蔚姐",苏蔚感到亲切。

出了机场,苏蔚一边开车一边给罗兰介绍那幢地处市中心的高级公寓,说多大有不少教授就住在那幢楼里;靠近校园的房子选择实在不多。

罗兰看了房子很开心,说她在北京七年里换了三个单位,后来在工作中认识项目投资商,跟这位董事长情投意合。董事长婚姻不幸,跟太太多年没感情,正在协议离婚。等他办好离婚,他们就结婚,可能明年吧。她打算读完硕士回北京,仍做董事长助理。

苏蔚明白了,难怪一张口就要买套公寓,原来背后有董事长撑腰,想起自己颠儿颠儿跑去租地下室,要让董事长知道,岂不笑掉牙?

罗兰讲起董事长,言辞间带着骄傲和崇敬。苏蔚的脑子却不时开小差。董事长辉煌的业绩从她右耳进，左耳出。自从听众席里冒出那个冷漠女孩，她就一直没有离开苏蔚的脑海。乔英哲知道她吗？他不知道还是有意瞒着？

回到家，苏蔚把客人安置好，关起门来问乔英哲："你知道你有个女儿吗？"

乔英哲不相信他听到的，反问道："你说我有个什么？"

从他的反应推测，乔英哲大概不知道。苏蔚讲了今天发生的事，乔英哲听得目瞪口呆。苏蔚最后说，那女孩留下一张纸条，仅写了乔英哲的名字。

乔英哲躺在床上，似乎还没从震惊中恢复。他头枕着双手，不知过了多久，起身走出卧室。

第二天醒来，乔英哲对她说，要去城里看望女儿倩茜。昨晚，他给夏宜打了电话，夏宜证实了。他知道，事至如今她不会撒谎。从倩茜的生日算，是在乔英哲从德国回波士顿的时候。只是夏宜那时不知自己怀孕了，以为得了胃病，几个月后才查出怀孕。

乔英哲问："为什么不早告诉我？"

夏宜回答："没打算让你知道。女儿要上大学的时候，一个偶然的机会发现了一些过去的照片。从小别人都说她长得不像爸爸，见到你的照片，她明白了。我如实跟她讲了。她昨天打来电话，头一句话就说，妈妈，我给你出了一口恶气。其实这么多年了，提这些干什么呢。"

乔英哲开车走了，苏蔚躺着想心事。乔英哲突然有了个女儿，终于称心如意了。想起他找人算过命，说命中有一儿一女。他今早走得匆忙，像要急于确认。男女真是大不一样，男人有个孩子自己可以不知道，女人生了孩子会忘记吗？

　　闹钟指向八点半，她急忙起来做早餐。从冰箱里拿出豆沙包，煮上稀饭。住在多伦多吃中餐真方便，包子、饺子、锅贴，各种中餐应有尽有，如今乔英哲随时可以解馋，再也没抱怨苏蔚"做饭难吃"。以前每当乔英哲抱怨她厨艺不高，苏蔚心里总觉得他是怀念夏宜做得一手好菜。

　　苏蔚跟罗兰一起边吃早饭边聊天。罗兰说，董事长这些年又开始办学，把国外的技工教师请到中国，把中国的学生送到国外，培训三个月，学习一门技术。他还热衷文化产业，比如投资影视，一部电视剧叫《清溪里》就是他们公司独家赞助的。

　　苏蔚如同听到一声春雷，她早就希望自己的小说有一天能搬上银幕，电影、电视都行。她忙问："你有没有把我的小说推荐给他？他搞影视，你怎么不早说？"

　　罗兰脸上表情僵持一秒钟，停顿一下，含糊地说："我给他看过。他说故事发生在海外，拍摄成本大。现在海外的故事已经不像前两年一样热了，他觉得风险太大。"

　　苏蔚轻轻地"哦"，而后低头把牛奶喝完，说："如果你男朋友以后来多伦多，能带他来我家吗？我想认识一下。当然，如果他忙，喝杯咖啡也行。"

"没问题。"罗兰回答。

感恩节过后就要到圣诞节了。倩茜已回波士顿。正如苏蔚期盼的那样,乔英哲并不经常去看她,她功课忙,也从没来过苏蔚的家。

苏蔚已辞去非营利机构的顾问工作,跟两位心理医生合伙开私人诊所。这样她工作时间短,可以腾出时间写作。新诊所开张整一个月。下午下雪了,一位叫艾米丽的女士走进她的办公室,她家住布鲁斯半岛,苏蔚曾在电话上跟她谈过。她声音听上去像年轻女孩,说话娇滴滴。苏蔚猜是位弱不禁风、孤芳自赏的林黛玉,谁知这位艾米丽大概50多岁,肩宽耳胖,活脱脱是个过了更年期的薛宝钗。

艾米丽举止矜持,穿着考究,端茶杯的手白白细腻。苏蔚猜是位养尊处优的大款太太。她并不像其他人那样,一进门就急忙进入主题,而是说话不紧不慢。这一点更证实苏蔚的推测,她不在乎钱。苏蔚的收费跟其他诊所的顾问一样,每五十分钟175加元,夫妻则是200加元。

"我读了你的书才从这么远的地方赶来。"艾米丽说。

"谢谢,那是多年前写的。该写新东西了。"苏蔚道。

"我来是想问你一句话,有没有离不成的婚。"艾米丽问。

苏蔚道:"加拿大也许跟其他地方不同,法官不允许离婚的话,通常是赡养孩子的条款没有落实。这只是从法律上讲。从两个人对离婚的态度、婚姻的症结，以及双方的关系上说，问题就复杂了。每个婚姻都有它特殊的一面。如果你想让我帮解决婚姻问题，我希望见你的先生。"

"可他在中国做生意。"

"难道他一年到头不来加拿大？你也不去中国看他？"

艾米丽叹口气说："都是因为移民加拿大。这一步真走错了。以前我们关系不错。所以才觉得即使分开也没事，太信任他……我是为了孩子教育，才提议移民加拿大。来这里以后，他大部分时间一个人在北京……"

艾米丽讲起一个俗不可耐的故事。太太跟老公艰苦创业，生意一天天兴隆，移民加拿大。太太带着两个孩子留守，老公一个人在中国，现在有了个年轻女人，怎么认识的不知道，反正两人住一起。跟他戳穿，他也承认了，说怎么都行，想离婚就离。但是……

艾米丽说着变得激动："我不想离婚。一个好好的家就这么散了，孩子没法接受，我更不能容忍。让我走，她来补上，凭什么？凭她年轻，她能一辈子年轻？大陆那些女的就是喜欢不劳而获。"

苏蔚意识到艾米丽讲话像台湾国语，她可能不来自大陆，忘了眼前也是个"大陆妹"。她望着愤愤不平的艾米丽问："孩子们知道这事吗？"

"不知道，现在还不知道。但是，如果他们把我逼急了，我就会跟孩子讲，让孩子去谴责他们，让他愧对孩子，愧对良心。"

"你们俩之间的事，不要让孩子掺和进来。既然不想离婚，更要通情达理。婚姻出问题，最忌讳针锋相对，要动之以情。多数情况下，女人不想离婚，婚便离不成。但前提是双方都要宽容、忍让、诚实、克制，不能得理不让人。没人愿跟不可理喻的人生活在一起，即使他有错在先。对于你的情况，我需要见你的先生。"

"我会让他来见你。他一年只来一两次，看看孩子。"

罗兰在4月的长周末搬到同一栋楼的最顶层。顶层公寓在这栋楼里最贵，仅三户人家。她靠电话跟男友联系，男友在中国坐镇指挥，跟人家谈定价钱。搬进新居一个月，罗兰请苏蔚一家到她家吃晚饭，特地嘱咐早些到，趁天亮观风景，夜景会大不一样。

周六下午五点，苏蔚一家来到罗兰的公寓楼前，跟她通话后，在地下车场停了车，一家三口乘电梯到三十楼。

罗兰开门迎接客人，她接过乔英哲手上的一瓶香槟酒，连声说他们太客气。乔锐捧着一盆花，恭贺阿姨乔迁之喜。苏蔚跟在最后走进门。

这套顶层高级公寓宽敞气派，门厅豪华水晶吊灯闪闪发光，南面是落地玻璃窗，从门厅看上去，似乎比苏蔚四居室的房子还要大，而且装修考究。罗兰说她看中房间新装修过，不必费事了。她带大家兜了一圈，从厨房开始，客房、洗手间、衣帽间，最后参观主卧室。

卧室铺着乳白色羊毛地毯。一张宽大的"皇帝床"很高，床垫厚实，苏蔚伸手按了按，弹力不错。罗兰让她试试，她便躺到上面，果然舒服，感觉身体和床垫间每个空隙都被塞满了，每块肌肉得到放松。她仰望天花板问："这床垫挺贵吧？"

"不贵，才五千加币。我减价时买的。"

苏蔚笑笑说："如果你自己去赚这五千加币，就不会说不贵了。"

卧室格调温暖，四周有淡淡的金黄色装饰，天花板上的正方形吸顶灯和与之配套的壁灯都带着金边。罗兰说连一个小灯都值一千加元，卖主最后再也不降价，说装修花了很多钱。苏蔚抬头看看天花板上肥头大耳的吸顶灯，心想，这要几千加元呢？

多伦多的春天阳光明媚。乔英哲自开春以来常出差。在去西雅图的飞机上，他坐在机翼旁，起飞不久，听到发动机声音有问题。他每天的工作就是设计飞机发动机，对声音气流敏感。他扭头看窗外，发现发动机漏油！于是报告空姐，不一会儿，机长来了。随即播音喇叭宣布，因飞机有轻微故障，马上要返回多伦多机场。

飞机安全着陆。经检查，发动机确实漏油。乔英哲除了得到包括机长在内的机组人员的感谢，还得到终身免费搭乘加航的贵宾奖励。

对苏蔚来说，这项嘉奖如同久旱恰逢及时雨。乔英哲又提出让他父母来探亲，苏蔚拿出挡箭牌：儿子9月份要去滑铁卢读大学了，你的免费机票实在难得，不如你夏天带儿子回国一趟，看望父母，一次就节省两千加元。

省钱当然让人高兴，乔英哲同意。夏天回到南京，爷爷奶奶见到儿子、孙子很高兴，催问申请移民的事。他们说，多年前从美国去加拿大旅游，喜欢多伦多。人老了就想跟孩子在一起，希望早日和孩子团聚。乔英哲答应，这次回去就为父母申请移民。

8月底，两人回到多伦多。苏蔚开车去机场迎接，见到父子俩就告诉他们，她已经在滑铁卢租了公寓，下周就可以搬家了。搬家时要额外带一张折叠床。从下周开始，她要在滑铁卢住十天。

苏蔚几年前开始为一个慈善机构做义工。这个慈善机构要在滑铁卢和附近城镇搞宣传教育活动，办免费讲座、义务咨询和社工培训。苏蔚将去参加。这次活动时间紧凑，白天、晚上都排满了日程，她打算这十天住在儿子的公寓，省得开长途回家。

晚上，乔英哲跟苏蔚商量，说他父母年纪大了，天天盼望能来加拿大跟儿孙团聚，要给父母办移民。他这次回多伦多时，在飞机上听说，现在要等很长时间。

苏蔚没想到原先乔英哲只说给公婆办探亲，谁知回国一趟改成办移民了，心里顿生不快，推说孩子要搬走，心里正难过，过些日子再说。

乔英哲知道，一提请父母来，苏蔚就推托，他抱怨她以换屋顶、装修房子为借口，拖延给公婆办移民。现在门前的树枝已经砍了，屋顶也换好，再也没理由推辞了。

苏蔚承认，她是想拖几年。等自己年长几岁，或许不会像年轻时那样计较，而且等经济上宽裕，再买一套公寓。不必跟老人住在一起。

乔英哲说不能再等了，星期一就把材料寄走。

苏蔚终于把隐藏多年的秘密说了出来："你还记得你父母在德国的时候我到柏林住了一周吗？说是去单位面谈。其实我撒了谎，柏林没人叫我去面谈。我先住了三天学生旅店，后来去看望两个朋友。到外面透透气，否则在家憋死了。你妈私下跟你抱怨我，被我无意中听到……"

乔英哲听着突然双手捂着腹部，表情十分痛苦。苏蔚问："你怎么了？"

乔英哲道，"没什么，最近这儿有时疼，过一会儿就好。"

苏蔚吃了一惊："为什么不去看医生？你有两三年没体检了。上次约了检查你没去。"

乔英哲说："那是因为出差取消了。本来以为很快会好，明天给家庭医生打电话。"

一周后，苏蔚到滑铁卢和附近城镇做义工。整整十天都住在儿子的公寓，周末也没时间回家。星期天，义工活动结束了。在儿子窄小的公寓里挤了十天，苏蔚迫不及待准备回家。临走前，接到乔英哲从机场打来的电话，他正要去澳洲。苏蔚惊讶得说不出话。

乔英哲说，不必吃惊。别忘了，加航给我终身免费待遇，想去哪里就去哪里。昨天才决定去澳洲，现在就要登飞机了。我给你写了封信，回家看吧。别担心，我圣诞节会回来看望你们。

苏蔚放下电话，心急如焚往家赶。一进门直奔书房，果然，桌上放着一封信：

　　　　我去看了家庭医生，结果都正常，感觉也好多了。可能是前段工作压力大的缘故。我想休息一段时间，公司同意我一年停薪留职。我要利用一年的时间休息，去世界各地旅行。我知道你丢不下工作，所以也没想让你陪我。
　　　　我从小就想走遍世界，现在有这么好的免费机会，不好好利用可惜了。不能等到退休，万一加航哪一天倒闭，没人承认我这终身免费待遇。别担心，我会常回家，圣诞节就回多伦多。

　　　　　　　　　　　　　　　　　　　　　　　　英哲

　　苏蔚在桌前坐了很久，怅然若失。挺长时间不关心乔英哲了。好在圣诞节他就回来，等重新在一起，会有宽容的心态，所有的怨气、不满都会化解。等着吧。
　　圣诞节到了，乔英哲没回来。他正在澳洲，说那里正是盛夏，他在给苏蔚的邮件上说："回到满天飘雪的多伦多将很压抑。"从那以后，他很少写邮件，偶尔写邮件就说他到了些偏僻的地方，上网不方便。苏蔚是从他使用信用卡、取钱机，才知道他曾经到过的确切地方。
　　这是结婚以来第一个没有乔英哲的圣诞节。儿子从滑铁卢回来，但他有自己的朋友，几乎不着家。苏蔚感到从未有过的孤独，如果早知道乔英哲不回来，她会去澳洲看望他。朋友都有家，就连单身罗兰也回北京看望男朋友了。

[14] 你是我
删不掉的记忆

冬去春来，一转眼，乔英哲在外旅行快半年了。他除了在新年前打过一个很长的电话，后来很少有他的消息。如今苏蔚跟他联系很不方便，他已经到非洲了。所到之处甚至没有电。上个电话他从开罗打来，说飞机进入埃及时，窗外是连绵不尽的沙漠，直到开罗上空才有些建筑。开罗机场设施落后，入境处居然没有电脑。

夜深人静的时候，苏蔚苦思冥想为什么乔英哲一去不回。她想起曾见到他腹部疼痛，该不会是身体不好吧。第二天，苏蔚给乔英哲的家庭医生诊所打了电话，希望能了解他的检查结果。秘书告诉她，没经过她丈夫的允许，他的检查结果不可以透露给任何人，包括妻子。

苏蔚左思右想，给他写了两个长长的邮件，反省自己这些年，也试图解释。她觉得乔英哲对她不满，所以干脆躲出去。他抱怨家里大事小事都是她说了算。她喜欢德国，全家就要在那里住很多年。如果不是找不到工作，恐怕还待在那儿。"我想有个女儿，你一推再推最终没生。如今倒是有女儿，可从没请她到家里，去看她还要看你的脸色。我父母希望来加拿大，你推三阻四，到现在他们也没来。"

苏蔚在信上说，夫妻一起生活多年，难免磕磕碰碰。她把乔英哲的抱怨一一作出解释，承认自己有不对的地方，没考虑他的感受。

两封长信发出去都没回音，最近一些时间他没用信用卡，也不知他到哪里了。

没有乔英哲的日子，最难熬的是节假日了。

复活节长周末，苏蔚上午九点给罗兰打电话，想问她愿不愿去北面湖区踏春。罗兰像没睡醒，说话悄声细语，带一点拿捏的温柔。苏蔚一下明白她身边有人，踏青提都没提，随便说个事，连忙挂了。放下电话还在紧张，又觉得好笑。我紧张什么？又不是我在怎么样。

旁边那人是谁？肯定是董事长，罗兰不会还有其他人吧。既然董事长来了，苏蔚早跟罗兰说过，想见见这位如雷贯耳的大人物，很想亲自跟他谈小说拍影视的事。苏蔚觉得，拍摄成本高不是真正的理由，可能董事长没看上本子。推说国外的事已不时兴更是明显的借口。现在正流行的韩剧、日剧难道是讲中国的事吗？中国人在国外的故事更容易把中国和世界联系起来，有利于把中国文化推向世界，身为董事长难道看不到这一点？恐怕罗兰根本没向他推荐，要不然他根本就是个俗不可耐的土老帽儿。

苏蔚不打算出去了。她想，等他们有时间了，罗兰可能会打电话，也许会过来坐坐。可惜，整个长周末，电话从未响过。苏蔚对罗兰不满，她对这事太不放在心上了，不过举手之劳，难道还怕我去抢董事长吗？或者两个人好不容易在一起，天天要粘着。琢磨这些，她就会想念乔英哲，他很久没音讯了。

一个星期过去，罗兰仍没电话。苏蔚想，董事长肯定走了，这种满世界跑的人不可能在一个地方待久。又过了一周，罗兰打来电话，跟没事一样，说她下个月要回北京，临走前想把公寓的钥匙交给苏蔚，请她帮浇花、喂鱼。苏蔚一口答应，什么也没问。

整个暑期，罗兰不在多伦多。苏蔚每周去她的公寓一次。每次会在转动的地球仪前站一会儿，望着眼前慢慢靠近、又渐渐远去的七大洲四大洋。乔英哲的足迹已走过许多地方，从他信用卡的记录看，他现在应该在摩洛哥。

夏天里，苏蔚见到一位在西海岸当教授的中国朋友。这位朋友独自一人到非洲旅游，在开罗遇见乔英哲。两人一起从开罗到非洲的最南端开普敦，纵穿非洲四万里。他把沿途写的游记留给苏蔚，还有跟乔英哲一起的照片。乔英哲走后一张照片也没寄过。十个月不见，他像个艺术家，留胡子、长头发，皮肤黑黝黝。朋友说乔英哲看上去不错，但动不动悲观，大概他出游时间太久了。苏蔚问，他身体怎么样？朋友说还行。苏蔚犹豫着问，他有没有别人？朋友说不可能，反正在非洲绝对没有。大部分时间所在的环境极其原始，但自然风光让人难以忘怀：坦桑尼亚的野生动物，美丽的海滨城市开普顿……

乔英哲跟这位朋友分手前说，他一年假期结束前一定回家。如果不是这样，苏蔚会到非洲千里寻夫。他已经走了十个月了。

8月底，罗兰回来了，当天就到苏蔚办公室要回她的公寓钥匙。说她去了趟柏林，对德国印象不错。柏林玩儿的地方多，她花七欧元买了一块柏林墙回来。德国商人生财有道，破墙皮也拿来卖钱了。她说一年一度的多伦多电影节本周末开幕，几家参与影院都在她公寓附近。她早订好电影节通票，打算天天看电影。得知乔英哲依然在外旅行，她邀请苏蔚一起去看电影。

苏蔚买了三张票，打算星期六上午看一部，下午看一部，晚上看一部。罗兰也订了星期六晚上的那部美国电影，要跟苏蔚一起一天看三场，"看得昏天黑地"。罗兰说，晚上看完电影就住在她家。

星期六晚十一点，苏蔚和罗兰看完电影走回家。罗兰住的地方真方便，步行十分钟的地方有四家影院。两人一路议论着刚看的故事片。电影开演前，导演和主要演员与观众见面，观众欢声雷动。导演大概三十出头，说话幽默，充满活力，讲到得意之处手舞足蹈，像个大学生。罗兰欣赏导演新颖的表现手法，苏蔚赞扬他会讲故事，从他撰写的剧本能看出他的文学功底。

回到公寓，苏蔚在客房洗澡。罗兰进来问，要不要到我房间睡？我新买的床垫能治疗腰痛，你不是常腰痛吗？睡一晚试试。床必须睡一觉才知好不好，仅仅躺在上面感觉不出来。

苏蔚常受腰痛之苦，曾听罗兰夸赞"能治疗腰痛"的床垫，正想一试，如果真管用，自己也去买一张，于是答应了。她洗完澡，穿上睡衣，上了罗兰高高的"皇帝"大床。

仰望天花板上的吸顶灯，苏蔚心里一惊。原先的正方形灯没有了，换成了扁扁的椭圆形灯，其他壁灯都没变，细看的话，新换的灯跟周围的不配套，不仔细看不出来，花纹有差别，金色也稍淡。这些变化使苏蔚心跳加快,这盏灯跟卡斯弗的一模一样!

罗兰洗完澡回来了。苏蔚平静地问:"为什么把吸顶灯换了?"

罗兰把裹在头上的毛巾摘下来说:"没什么,原来的看着不顺眼,棱角太多,这盏灯还是大老远从德国带来的。"

"你跟董事长去德国,没带翻译?"

"到德国需要什么翻译,我没跟你说过吗?他原来留学德国,读的是德国第一批精英大学。叫什么来着……"

"卡斯弗大学。"

"对,是卡斯弗。他说过,我总记不住,你怎么知道?"

"德国第一批精英大学是慕尼黑大学,慕尼黑工业大学和卡斯弗大学。慕尼黑你会记住,卡斯弗你就不知道了。"

"对了,你原来也在德国,你不是住在一个小村子吗?"罗兰问。

"开始的时候在海德堡,后来到了贝纳。贝纳是个小镇子。"

罗兰偶尔跟苏蔚提起她的男朋友,称他"明哥",苏蔚称"你的男朋友"或者"董事长"。

苏蔚问:"董事长……这位明哥……姓什么?"

"铭哥姓李,李铭钧。你认识他?"罗兰用手梳理着头发问。

"……不认识。"苏蔚闭起双眼。

罗兰上床躺下,伸手关了灯。苏蔚慢慢睁开眼睛。天花板上的灯已经看不清了,但是苏蔚却清楚地知道它的形状,那椭圆形的样子像只螃蟹，因为她是巨蟹座的。而李铭钧是双鱼座，鱼和螃蟹同属大海，乔英哲是狮子座，本应在非洲草原……

罗兰迷迷糊糊地快睡着了，听见苏蔚起身说："我跟别人怕是睡不着，还是回客房吧。"

苏蔚整晚做梦。她到李铭钧家做客，躺到床上的时候，见李铭钧走进来。他的面孔清晰，渐渐靠近她，低下头要吻她。苏蔚惊慌，这不可以，他不是乔英哲。再仔细看，也许这就是乔英哲。当两人的脸贴近的时候，苏蔚看清了，他不是乔英哲，是李铭钧。苏蔚一下醒了。这样的梦以前做过，每次都差不多：苏蔚跟乔英哲住在一间房子里，李铭钧跟太太住在另一间房子里，两家人共用厨房、卫生间和客厅。每次在梦里，苏蔚都小心翼翼，李铭钧找机会亲近她的时候，她急忙挡住："这不可以……"

第二天起床，苏蔚称自己昨天受凉，流鼻涕、鼻子不通。罗兰见她眼睛肿，说话声音也哑了，像感冒。

吃完早饭，两人来到楼下药店，苏蔚要买感冒药。罗兰在光盘架子旁挑影碟。两人一起排队付钱。苏蔚见罗兰手上的影碟是英国电影《学生王子》，就问："你喜欢《学生王子》？罗兰摇摇头，是他喜欢。不管在哪里，只要见到就买，买了也没见他听。"

"他不会喜欢这个版本。"苏蔚轻声道。

"你怎么知道？"罗兰惊讶。

"你说他曾留学德国，我猜他会喜欢德国的歌剧《学生王子》。那是发生在海德堡的故事。你手上的是英国故事片，王子的爱情故事发生在剑桥。"

苏蔚说完，转过身去，轮到她交钱了。手上的票子已经看不清是多少钱，只管交给收银员，少了她会再要，多了她会找回来。

苏蔚称自己感冒了，怕传染给罗兰，不便多待。从药店出来，直奔停车场开车回家。

一路上，她想起离开海德堡去卡斯弗的情景。那是乔英哲去接她，她曾在心里默默跟李铭钧告别，要去开始新生活了。过去的情感圈上句号，就像把一幅画卷起来，用丝带系紧，里面的内容被遮掩。触景生情的时候，系着画卷的丝带解开，画卷陡然落下，清晰的画面历历在目。

昨晚的梦里，李铭钧的样子跟以前一模一样，也许今生再也见不到他，他永远年轻地活在自己的梦中。他的心里也有一个只有自己能窥视的角落。每当孤独寂寞、情感遭受冷落的时候，受伤的心会本能地寻求安抚，梦里的一切抚平心灵的创伤。

苏蔚回到家，进书房，见电话留言机闪着绿灯，她按下按钮。是乔英哲在波士顿的同学，在德国时曾见过，他带着太太孩子到欧洲旅游，在家里住过三天。他留言："我昨天到朋友家聚会才知道你来过波士顿，真遗憾没见着你。我受公司委派到香港一年，刚回来。从照片上看你一点没变。我搬家了，新的电话是……"

苏蔚对"波士顿"高度敏感。乔英哲使用信用卡的记录上没有显示波士顿。而他在能用信用卡的地方都用卡，只有在边远的穷乡僻壤才用现金。他在波士顿没有用卡，显然不想让苏蔚知道他去过波士顿。

苏蔚拨了这同学的电话，告诉他乔英哲出差了，已转告他，但是聚会的照片他没见过，能发来吗？同学说他没有乔英哲的邮箱地址，已经很久没联系了。苏蔚说，他对不熟悉的邮件地址，尤其带附件，不一定打开，常当病毒删除了。你或者也给我发一份，我转给他。同学答应。

放下电话，她上网打开那同学的邮件。里面男男女女十二个，除了乔英哲，唯一认识的就是夏宜，她坐在他身边。苏蔚知道夏宜的近况，她离婚了，女儿去了西海岸，身边有一个儿子。

从照片上的时间看，乔英哲先去了波士顿，从波士顿回到多伦多，当天给苏蔚打了电话，而后开始他漫长的旅行。去波士顿当然不是因为他可以免费飞。

男人很少有可以倾诉内心的朋友，他能有的通常是太太，当太太不能成为心灵知己，他的心就容易朝别人敞开。身为妻子，最不能让自己的丈夫把另外的女人当成知己。当他的要求一次次得不到满足，他不再提起并不是接受或者忘记了，而是在心里记了笔账。夫妻之间，恩爱容易被视为理所当然，但不满和受伤的诸多负面渐渐积累，如同水慢慢升温，持续升高达一百度，水就沸腾了。沸腾的水则会灼人。

苏蔚离开罗兰家后再也没跟她联系。罗兰忙着写论文，也很少给苏蔚打电话了。一年没联系的艾米丽又一次来见苏蔚。她已说服丈夫，下次回来就来见她。苏蔚说只要提前预约就行。艾米丽临走前，跟秘书订了她丈夫来咨询的时间。一周后他会来多伦多，预约订在下周五上午，约见一次五十分钟，她把钱先付了。

一周后，苏蔚刚送走一对新移民夫妇，秘书拨了她的分机，告诉她李先生来了。苏蔚问：哪个李先生？秘书说，就是艾米丽的丈夫。苏蔚放下电话的同时，办公室的门被推开了。

苏蔚抬眼望着站在门口的人，震惊的神态不亚于来客。这位李先生由震惊转为欣喜，他微笑的样子跟二十年前一样。

"真是你，你在加拿大？"他说。

苏蔚本来要起身迎客，但却坐着没动，注视着他，心里问，这难道是梦？不，梦里的李铭钧总出现在家里，从没在办公室。苏蔚的眼前晃动着富态丰满的艾米丽和青春荡漾的罗兰，还有二十年前的自己，一路留着泪，从卡斯弗到萨尔茨堡，从萨尔茨到维也纳，从维也纳到布拉格……如果没有乔英哲一路相伴，那漫长的路不知将如何度过！二十年前的老账今天还要算吗？要算，他不就是为了钱吗？那今天就先算钱！

"我是在加拿大。如今是婚姻家庭顾问。收费的标准……收费的标准是每五十分钟一百七十五加元，不是当年每月不到一千马克的穷学生了！你……你能付得起吗？"苏蔚说话的时候，手在轻轻发抖。

"别这样，蔚蔚。"李铭钧走近，站在桌边端详她。片刻，他拉一把椅子，在她对面坐下，两人离得很近，仅隔一张桌子。

"如果知道是你，我上次就来了。这次看到名片才同意来见你，因为我想知道这位同名同姓的顾问，是不是当年的……"

"当年的穷学生已经没有了。因为她终于明白，人为了钱什么都不顾，什么都可以舍弃。"

"别说了，蔚蔚，二十年了……"

"时隔二十年，你来找我，让我帮你解决一个太太一个情人的麻烦！"

"我去找过你。可惜……在你结婚以后。"李铭钧望着苏蔚办公桌上的全家福，许久才说："我看到你……从车里出来，手上拿着一件黄色小孩罩衫，我猜可能你不知道是男孩还是女孩，所以是黄色的。……乔英哲待你好吗？"

苏蔚抹去泪水，抬眼望着李铭钧，没回答。

"你……还好吗？"李铭钧又问。

苏蔚缓缓地说："好。我现在天天帮别人解决麻烦。自己当然高高在上，春风得意。"

李铭钧不再说话，两人默默对视。

"你还跟原来一样。"李铭钧轻声说。

苏蔚定定神，用手理理头发，重新坐定，换一种平静的语气谈话。这是工作时间。

我想我不能帮助你，因为我很难给你一个不带偏见、不带感情色彩的建议。但是既然你来了，我能说的就是，罗兰是我的朋友，希望你对她负责；艾米丽是我有义务帮助的人，是你孩子的母亲……

苏蔚说不下去了，她原以为自己已恢复平静，能就事论事地谈话，像对待其他来访者一样，但刚说开头，她明白做不到。不能讲他，不能提他的情感，因为自己的情感里，他割舍不去。她极力使自己镇静，心里问，假如坐在眼前的是我哥哥，该对他说些什么？她想起昨晚读到的文章，听到自己说起澳大利亚，对，就是澳大利亚，那么遥远，越远越好，她的思绪集中到澳洲……

"澳大利亚国立大学对 2500 对伴侣作了历时六年的研究，得出结论，爱情不足以促成或者摧毁一桩婚姻，而是夫妻年龄、以前的婚恋史、是否单方吸烟等诸多因素影响伴侣关系。比如说，男方比女方年龄大 9 岁以上的，离婚的可能性要高一倍……"

苏蔚讲到后来，语气变得轻松，脸上甚至略带微笑。她说，艾米丽第一次来的时候，名字写的是 Dung Tran Tien，她说，艾米丽是她的英文名字。刚来学英文的时候，老师说 Dung 的英文意思是"粪肥"，实在不好听，给她起了个英文名字，艾米丽。Dung 是汉语"蓉"，而 Tien，就是"钱"。时隔二十年，你终于找到你的钱小姐了。一切都是命中注定，过去的就过去了，人不能总生活在梦境里。这些年……我跟乔英哲……还是不错……

苏蔚说完最后一句，眼睛突然变得潮湿，她急忙垂眼望着手上的卷宗。

李铭钧伸出手，放到苏蔚的手上，瞧见她身后书架上的《海德堡故事》，问道："你写的小说？"

"是，你读过。"

"我没有。如果知道有这本书，一定拜读。"李铭钧说着，接过苏蔚递给他的书，封面上的海德堡城堡让他若有所思，轻声道："海德堡是我今生忘不掉的地方，常在梦里出现。能把这本书送给我吗？"

苏蔚点点头："罗兰说给你看了，你认为拍摄成本太高，不肯出资拍电视剧。"

李铭钧诧异。

苏蔚立即补充："不要怨她，书中讲了许多离婚的痛苦，离婚给孩子造成的创伤。她不愿给你看，我理解，如果换我，可能也会这样。人要保护自己。"

李铭钧翻着介绍说："既然是海德堡故事，里面……如果有我的话，但愿……不是太坏……"

"这本书里没有你，因为你有始无终。我的人物不管是谁，都要完整。"

"完整不完整都是相对的。如果有一天激发你的想象，还望手下留情。"

苏蔚道："前一本书没有好的归宿，我不会开始新的。请你读完告诉我，是不是愿意投资拍影视。"

"Ja，ich will."（是的，我愿意。）

李铭钧回答用的是德语。苏蔚猛然抬起头，惊愕地望着他。李铭钧说这话的语气坚定，让苏蔚想起二十年前。她和他曾跟着牧师"彩排"婚礼，牧师逐条讲述婚礼的程序和他要说的内容。

最后他说，当我问，你愿意接受苏蔚为妻吗？你要回答……

当时，李铭钧还没等牧师说完就抢先回答："是的，我愿意。"那句不假思索的德语，跟今天的一模一样。

二十年前的一幕幕在眼前晃动，苏蔚的泪在眼里打转，然而她脱口而出的却是："对不起，时间到了。我约见了另外的人。"

李铭钧缓缓起身，轻声问道："那么请你告诉我，该到哪里付钱？付咨询费。"

苏蔚闭起眼睛，嘴唇颤抖："你的……太太……已经……付过了。"

李铭钧出门的时候，苏蔚背过身去。

第二天是星期六，苏蔚起得很晚。现在如同过单身生活，一个人吃饱，全家不饿，时间概念不强了。虽然躺在床上的时间长，但睡着的时候却不多。

吃完早饭收拾好，门铃响了。苏蔚觉得奇怪，是儿子回来了？今天这么早回来？不会，他有钥匙，进门会喊一声："妈妈，我回来了。"

苏蔚开门，李铭钧站在门口。昨晚的梦都跟他有关。苏蔚没说话，后退一步，敞开门。李铭钧走进，开口就问："为什么不告诉我，乔英哲大半年不回家？"

苏蔚没回答，猜想是罗兰告诉他的。罗兰曾答应不对任何人讲，她显然靠不住。

"为什么要告诉你？他跟公司请假一年，一年后就会回来。"

"他答应过我，会好好待你。"李铭钧把每个字都说得很重。

"他如何待我跟你无关。他是有责任心的人，还有个儿子需要他资助，一年假期到了就会回来。不像有的人，一走二十年，别人不知他是死是活！"

李铭钧走近苏蔚，一字一句地说道："是活，是活的！只要他活着，就没有一天忘记你！"他双手握住她的臂膀，接着搂紧她，吻她。泪水在脸上流淌，分不出彼此。

当两人心怦怦跳，由轻吻逐渐变深的时候，门开了，苏蔚的儿子站在门口。他手里的钥匙还没抽出来，望着一对惊愕的男女，怒火万丈："难怪爸爸一年不回家，你……我也不回来了！"说完话，他"咣"地摔上门走了。

苏蔚追出去，儿子的车子快速从门前停车位倒到街上，随着刺耳的响声呜地离去，苏蔚盯着车尾，心提到嗓子里。

苏蔚回到屋里，李铭钧仍站在门厅，不知所措地说："对不起，都怪我。"

苏蔚没说话，心里在想着儿子的安全。她脑海里翻来覆去，过了一会儿才开始听李铭钧讲话。他坐在沙发上，说了些什么？

李铭钧说男人不回家，大半是外面有人了。他的话只说一半，静静地观察苏蔚。

苏蔚摇头说，不太可能。

李铭钧心想，罗兰说的没错，苏蔚或者真不知道，或者不愿承认。

昨晚，李铭钧住在罗兰家，说起刚见过婚姻家庭顾问，才知罗兰提过的"魏姐"，其实是蔚姐，李铭钧原以为是姓魏的女人。罗兰说，蔚姐的婚姻岌岌可危。她两次见到乔英哲跟一个年轻女人在一起。一次是在韩国餐馆，还有一次见到两人逛街，那女的拉着乔英哲的胳膊，很亲密，决不是一般关系。

　　李铭钧问苏蔚："当初为什么不再多等我几个月？"

　　苏蔚过了许久才开口："我有很长一段时间很孤独，怨恨你也怨恨自己。我想你跟我一样，有过一段彼此忠诚、痛苦思念的时光。但是，即使彼此相爱，音讯中断了，人就容易移情别恋。当我从他身上看到所思念人的那些点点滴滴，甚至职业都一样……"

　　苏蔚停住，叹口气，接着说："我希望自己能坚强一些，却做不到。我害怕孤独，随遇而安。当我知道乔英哲要回美国了，突然变得恐惧；怕你一去不回，我像火车上的老太太那样，变成一个孤独的老女人。"

　　李铭钧走近苏蔚，在她身边坐下，握着她的手。苏蔚闭起眼睛，泪滴在他的手上。

　　"大概你走后快两年的时候，我开始觉得，你一直没消息，不是没法跟我联系，而是不想让我知道你在哪里。其中的原因，我猜是女人。有一晚，我做了个梦，在一个荒无人烟的岛上找到你，我们点起篝火烧水做饭，我总觉得有人朝这里张望，一会儿躲在树后，一会儿藏在山洞里。我问你，岛上还有人吗？你回答得很含糊，说没有，是个荒岛。在梦里，你说话的神情我看清了，明白你在撒谎。而后，我醒了。难道是我贼喊捉贼？扪心自问，谁是贼？你不是，我也不是。生活坎坷，我们经历别人不曾有的遭遇，发生了意想不到的事，如果我恨那个喜欢你、帮助你的女人，那么我应当首先痛恨自己。"

苏蔚的肺腑之言讲完了。李铭钧也把当年的真实心态、发生的故事讲了一遍，最后他望着苏蔚说："怎么样？比海德堡故事要曲折吧。我想问你，假如乔英哲在外面有人，我是说假如，你打算怎么办？"

苏蔚道："我一直想跟他好好谈谈。他不回家一定有原因，只是不知他在哪里。写了很长的邮件，他都没回。可能没看到。等他一年长假结束，我们好好沟通吧。"

李铭钧松开苏蔚的手，站起身问："他最近去过什么地方？"

"两周前在葡萄牙。"

李铭钧说："我现在就去找。"说着，他起身要走。

苏蔚问："你怎么能找到他？"

"只要他旅行就好办，出去总要住店，别忘了，我是开酒店的。"

"等等，该吃午饭了。吃了饭再走吧。"

李铭钧停住脚，回转身，露出苏蔚十分熟悉的神情，他微笑："也好，我需要上网，先打几个电话。"

李铭钧拿出手机的时候，苏蔚到厨房忙午饭去了。听到他在讲德语，也许对方在德国。

半小时后，三菜一汤摆在桌上。苏蔚摘下围裙，走到客厅，说：
"开饭了。"

李铭钧盯着手机答："马上来。"

李铭钧收起手机，来到厨房，苏蔚把米饭添到碗里。两人同
时面对面在餐桌前坐下。李铭钧望着苏蔚笑笑，看一眼摆在眼前
的宫爆鸡丁，说："这是你当年做得最好的一道菜，二十年没吃了。
在外面吃饭我从来不点这道菜，因为都做得不好。"

苏蔚："当年只会做一道菜，这些年又学了几样，原来的菜
味道不如以前了。"

李铭钧正要拿起筷子，见眼前有个切排骨餐刀，他抓起餐刀
端详，白色刀把上印着"西德制造"。他像见到老朋友一样，高
兴地说："这是我刚到德国时买的。"

"这把刀从来没磨过，还挺好用。不如以前锋利了，也好，
不会切着手。"苏蔚说完，望着李铭钧拿刀的手，他的手腕上有
一条伤疤。她目不转睛地注视着。

李铭钧瞧见，说："在匈牙利餐馆里被油锅烫伤，很多年了。"
苏蔚收回目光。

李铭钧揉揉手腕，轻松地说："那时的日子又苦又长，可心
里怀着希望，相信总有一天能找回从前的一切。"

苏蔚问："假如能选择，我是说，作为过来人，如果不考虑
其他因素，重新选择职业的话，当年应该去当机械工程师，还是

做你现在的？"

李铭钧思考片刻说："当机械工程师就像驾一艘大船在湖里行驶，有风有浪有暗礁，但心里有底，因为湖即使再大，对岸也不会太远。经商办企业就像在海里开小船，可能苦海无边，可能沉船搁浅。我算幸运的。"

"铭钧，我们到了这个年纪，能对自己说幸运，那么当年的选择就没错。"

李铭钧望一眼苏蔚，没说话，拿起筷子尝一口宫爆鸡丁，慢慢品味着咽下，道："你说的是假如不考虑其他因素，而且还要能选择。这两样在现实中很难具备。反正，要是有来生，我想换个活法儿。当个机械工程师，跟数字图纸打交道，生活安安稳稳。"

苏蔚咽下口中的米饭："其实人人有本难念的经。"她停了一下，又说："你的话让我想起小时候。我跟小朋友在家里玩，妈妈对来串门的邻居说，你看小孩子多好，无忧无虑，没有操心事。我当时就想，大人为什么说我们无忧无虑，其实我的烦恼很多。虽然大人看来事情很小，但对我来说比天大。比如前些日子，有个小朋友带头不让其他小孩跟我玩，那阵子，我的天塌下来了。难过伤心的程度，不亚于大人愁着没米下锅。"

李铭钧若有所思地说："这事你以前讲过。当时没多想。成年人觉得小孩子省心，只管玩儿就行了。可玩儿也要费心，也会有矛盾。遇到波折，烦恼就来了。每个人只陷在自己的烦恼里，觉得别人的生活一帆风顺。其实人人都有自己的难处，孩子也不例外。"

苏蔚道："人无远虑，必有近忧。看来要努力克服干扰，把
自己的心情搞好。一个人的心情搞好了，会感染周围的人。我如
果再写书，名字就叫《烦恼中的好心情》。你看怎么样？"

李铭钧笑了："好。到时候给我一本。我读了以后告诉你管
不管用。"

苏蔚道："一定管用。只要你能照我说的做。不管用的话，
是你自己没做到，不是我说得不对。"

两人一起开怀大笑。虽然二十多年没见面，没有任何沟通联
系，生活经历也差别很大，但重新在一起，没有丝毫的陌生和隔阂。

吃过午饭，苏蔚从地下室搬上两个盒子，是李铭钧以前的
书、笔记本和零用品，他拿起卡斯弗徽章放在手上，上面印刻着
"FIDELITAS"（忠诚），经历了二十多年的磨砺和地域的变迁，
依然闪闪发光。他把徽章放进公文包说，给我做个纪念吧。以前
的照片他顾不上看了，电话一个个打来。艾米丽问他怎么还没回
家，罗兰问他什么时候过去，加上欧洲发来的邮件，李铭钧起身
要走了。

苏蔚望着忙忙碌碌的李铭钧，一个同时理着诸多头绪的人，
关切地说，你太辛苦了，需要照顾的事太多。你得到的有付出的
多吗？

李铭钧边往外走边回答："没有，大概很多人都说没有。人
难以知足。没工作的想有工作，有工作的想出书，出了书的想拍

电视，拍电视的想拍电影，拍电影的想要票房、获大奖。"李铭钧说完笑了："我不是在说你。真的，祝贺你。没想到，你成作家了。"

苏蔚笑笑。

李铭钧坐进车，按下车窗，一边发动车子，一边望着苏蔚说："我有消息会给你打电话。"

苏蔚点点头。眼前的李铭钧除了两鬓灰白，头发比以前少了一半，举手投足都跟二十年前一模一样。

[15] 那些年，
我们没走过的路

星期一早上八点，李铭钧从布鲁斯半岛回多伦多。路上，他给苏蔚打电话，说乔英哲三天前住在阿拉斯加的安克雷奇，昨天一早离开安克雷奇以北的费尔班克斯，估计仍在阿拉斯加。详细情况见面谈，两人约好九点半在苏蔚的办公室见面。

　　苏蔚放下电话，惊讶不已，她怎么也没想到，乔英哲到阿拉斯加了。

　　上班路上，她把车子开得很快。下了高速公路，才意识到今天雾蒙蒙，平时下高速后，会看到远处好几个路口的红绿灯，而今天最近的一个都看不清。再有一个左转弯就到办公室门前的那条街，前方的绿灯刚刚转为黄灯，她心神不定地到了交叉路口，似乎没有直行车辆，没再仔细看一眼，黄灯隐去，红灯即亮，她慌慌张张左转弯，就在车子调头的一刹那，突然看到一辆直行的蓝色吉普冲过来，她的脑子里惊恐地闪过："糟了，这是哪里冒出来的车？"此后一秒钟，她不知发生了什么，再看清楚的时候，自己车的右侧、右车头被撞瘪了。她感到胸口、肩膀剧疼，车里充斥着难闻的气味。她想走出驾驶舱，但却动不了。

　　"你受伤了吗？"一位约30多岁的女人开开车门问道。苏蔚忍着痛说："是的。"

　　"来，你扶着我，先出来。注意，头别动。"

　　女士搀扶着苏蔚走出车子，让她在路边躺下，对她说："你的头颈不能动，即使觉得能动了也不行，神经一旦错位，会瘫痪。等救护车来了，到医院检查后再说。我以前在急诊室工作，这种情况每星期都有。"

苏蔚脑子一片空白，喃喃地说："我很感激你的帮助。我伤得严重吗？"

女士安慰："别担心，医生检查以后就知道了。我想你会好起来的。"

女士反复叮嘱苏蔚不能动，而后起身去询问另一部车的人是否需要帮助。那驾驶员安然无恙，也许因为他开的是一辆车型比较大的吉普车，他没受伤。救护车很快到了，苏蔚被抬上担架，随即进了救护车。

李铭钧开车到达同一路口的时候，正好看到有人被抬上救护车。一部拖车正拖起一辆撞坏的车离开路口，那部车很像苏蔚的，尤其是看到车窗贴着一个黑色和绿色的"KIT"标志，李铭钧的心提了起来。KIT是卡斯弗技术研究所，那绿色的齿轮是它的标志。在多伦多跟这一研究所有关的可能只有苏蔚一家，一种不祥的感觉笼罩李铭钧，他跟随拖车来到不远处的停车场，有位警察已经等在那里了。

警察手上拿着驾照、保险卡等证件，在向一位年轻男子问话。那位男子正是另一部车的驾驶员，而警察手上拿的驾照却是苏蔚的。李铭钧从警察那里证实，被抬上救护车的是苏蔚，他觉得头"嗡"的一声，惊恐万分地赶去医院。

苏蔚脖子上带着固定套，躺在病床上，床边站着一位医生，他刚跟苏蔚说完话，一转身见到气喘吁吁的李铭钧，就问："你是她丈夫吗？”

李铭钧说：“不是，但我正设法联系她的丈夫。有什么事可以对我说。”

“她没有外伤。我们马上给她做 CT 检查。”说着，护士推起苏蔚就要走，苏蔚看着李铭钧，他焦虑的神情让她想起许多往事。李铭钧握着她的手说：“别怕，不会有事。我在外面等你。”

进了检测室，苏蔚懊悔不已，此刻不知伤势轻重。医生不让动，她不敢擅自起来。一时疏忽，酿成大祸，要是在路口谨慎一些，多停一秒钟，看清楚再拐弯，一切伤痛全避免了。如果那样，自己顺顺当当到了办公室，这时该跟李铭钧谈完了。他把寻找乔英哲的情况说清楚，就可以去忙自己的事了。他同时理着许多头绪，今天又给他添了一件麻烦事，在外面担着心不说，该做的事全丢下了。

方才李铭钧一脸担忧的神情，苏蔚以前也曾见过。

那是二十年前的慕尼黑啤酒节上。两人在熙熙攘攘的人群中走散了，天色渐黑，失去联系两个多小时后，苏蔚又一次回到失散的地方。她这次站在一个台阶上，远远见一个人像热锅上的蚂蚁。虽然离得远，不时有人挡住视线，但苏蔚猜测那个晃动的人影就是他。她丢了，最着急的就是他了。他神色焦虑地搜寻着走来，看到台阶上的苏蔚，顿时放松，那一秒钟的表情，苏蔚一辈子也不会忘。他张口责备：“你到哪儿了，我到处找。眼看天黑，急死我了。”

苏蔚的 CT 结果出来了，幸好没大伤。她被搀扶着下了床，试着走了两步，而后做了几个手臂用力的测试，医生说，情况不是太糟，除了头颈不能动以外，手臂、腿脚可以慢慢活动，需要在家休息至少一个月。过几天疼痛会加重。

"这是她需要吃的药。"医生递给李铭钧一个处方，而后走了。

苏蔚望着站在床边的李铭钧说："对不起。"

李铭钧道："医生说你会好起来，这就好。我在路口看到你的车。拖车的人说，没法修了，只能报废。报废了最好，买辆安全性能好的车。对方驾驶员没受伤，他的车安全多了。"

"都怪我，今早魂不守舍，开车精力不集中。"

"没出大事就好。"

"家里的新车，我让儿子开了。总担心他年轻容易马虎，其实我……"

"别再想了。你感觉怎么样？"

"吃了止痛药，好多了。"

"那好，我现在去拿药。待会儿送你回家。"

李铭钧拿药回来，见处理事故的警察正跟苏蔚说话。警察把她的驾照等证件交给他，另外还有一张交通罚单，事由一栏里写着："不安全的左转弯"，罚款一百一十加元。警察安慰苏蔚安心养伤，而后告辞出来。

李铭钧尾随出门，请警察帮助联系苏蔚的丈夫。从目前得知的情况看，乔英哲在阿拉斯加，但他离开费尔班克斯以后，查不到去哪里了。推测会在丹纳利，因为那里有著名的自然保护区。而丹纳利的酒店少，凭李铭钧的能力查不出他是否在那里。警察同意了。

李铭钧送苏蔚回到家，刚把她安置好，就接到警察的电话，证实了他的推测，乔英哲的确在丹纳利，住在麦金利山庄酒店。已经给他留言，让他立即打电话回家。阿拉斯加比多伦多晚四个小时，也许晚上他就会打电话了。

李铭钧对苏蔚说："医生嘱咐今晚还要观察，如果有问题要去医院。你睡觉要警醒一些。我看，今晚我住隔壁房间，有事叫我。如果中间醒来，我也过来看看你。"

"这怎么行，你的两边都不知你去了哪里，更给你惹麻烦。"

李铭钧道："蓉珍知道我去罗兰那里了，罗兰以为我还在家。我反倒是个没人管的人。"

苏蔚听了，突然哭起来。

李铭钧不知如何是好，劝道："医生说，你的头不能震动。要小心，千万别瘫痪了。"

他搀扶着她来到客房，苏蔚止住哭泣："铭钧，我原来一直恨你，直到今天。其实，我怎么能恨你呢，我对不起你。"

"别说了，也别想那么多。一切都是天意，都是命。你好好休息，说不定一会儿乔英哲打电话来，他明天就回来了。"

见客房床上只有一条被子，苏蔚怕夜里会降温，就让李铭钧到壁橱里再拿一条。李铭钧把床上的被子展开，说："不需要，一条足够了。这条被子厚实，是德国的。"

苏蔚很清楚，这条被子的被套是中国式的，中间有个菱形开口，里面的被子露在外面。被套是新的，被子却是旧的。他说得没错，这条被子的确是德国的，曾经是他的。

李铭钧说："一条足够，两条太厚。盖多了要出汗，都蹬了反倒冻着。"

苏蔚的眼圈潮湿，泪水终于夺眶而出。李铭钧伸手为她抹去眼泪，而后彼此注视，沉默无语。他知道，如果不是苏蔚脖子上带着固定器，他会在此刻把她拥在怀里，管她如今是谁的，她曾经是我的。

苏蔚整晚睡不踏实，疼痛难忍，伴着噩梦。医生曾说，第一晚要观察，没事就可松口气，接下来就是疗养。她迷迷糊糊的时候，感到李铭钧过来看了她两次。

这一晚平安过去了。但乔英哲没打电话回来，让人不解。李铭钧吃过早饭打电话到丹纳利的麦金利山庄，得知他昨晚没回酒店，而且据打扫房间的人说，他前天也没回房间。

苏蔚顿时警觉。这太不像乔英哲了。他住的是两百美金一晚的酒店，两晚不回家，难道他在丹纳利国家公园野营露宿？电话打到国家公园得知，他没买野营许可证，不可以在那里露宿。电话另一端的女士得知苏蔚担心丈夫安全，主动查了公园游览巴士车票，按照售票记录，他应该在前天一早五点半，乘巴士进入自然保护区。但他是否乘车出来，公园没有记录。

丹纳利国家公园不是普通意义的公园，而是占地面积达两万四千多平方公里，比马萨诸塞州还大的荒野保护区。女士解释，为保护其自然生态，这里禁止私家车驶入，所有游客须买票乘公园巴士。所搭乘的巴士最远开进保护区一百五十公里，时间大约在六小时到十三小时不等。乔英哲买的车票是到最远的一站坎提斯纳，他可以在中途路过的几站下车，搭乘其他班次的车，继续前往保护区深处，或者返回出发地。但是不管怎么说，他应该至少跟当天最晚的巴士回到原出发地。没购买露宿许可的人，不允许在丹纳利过夜。

苏蔚听完，惊呆了。

李铭钧思考一会儿说，我去趟阿拉斯加。你在家安心养伤，如果他有消息，立即给我打电话。李铭钧说完就要走，苏蔚着急地说，你不是明天要回中国吗？

"我延期吧。乔英哲有消息就跟我联系。你自己多当心，我现在就走。"

苏蔚把一张乔英哲最近的照片交给李铭钧，嘱咐他到外面要多小心。

李铭钧笑笑说："我其实一直在外面。"

出了苏蔚家门，李铭钧先给乔锐打电话。电话没人接，他留言说："你妈妈在一起交通事故中受了轻伤，现在家休养。你爸爸在阿拉斯加，但如今联系不上，如果他跟你联系，请他立即给妈妈打电话。我现在正动身去阿拉斯加，你有消息也可以跟我联系……"

李铭钧在当天下午乘飞机到达阿拉斯加的最大城市安克雷奇，而后转机到达丹纳利。刚到就给苏蔚打电话，乔英哲依旧没消息。李铭钧再次跟麦金利山庄联系，服务台派人去房间查看，乔英哲的房间依然没动过。李铭钧直接乘车到丹纳利自然保护区。

一路上，只见山峦叠嶂，少有人烟，皑皑白雪覆盖山顶，风光无限。李铭钧心里说，这就是杰克·兰登笔下的阿拉斯加，广袤无比，既自然亲切，也会残酷无情。人在这里销声匿迹就像一片树叶被风吹走一样容易。

出租车到了国家公园欢迎中心。李铭钧付钱谢过司机，拿着乔英哲的照片找导游处打听。导游处有位20多岁的小伙子，认出照片上的乔英哲，说他曾打听游人少的徒步游览路线。这位小伙子告诉乔英哲一个地图上并没标出，但常有野生动物出没的地方，说他曾在那里见到成群的北美驯鹿、麋鹿、戴尔绵羊和几只灰熊；他一个人目标小，曾在那里露宿三天，安安静静地欣赏大自然中的野生动物。野生动物无拘无束地嬉戏、奔跑，景色美不胜收。乔英哲很感兴趣，说他第二天要去那里走一趟。

这位导游帮查到了前天一早的巴士司机，他证实乔英哲前天早晨五点半上车，他记得这个名字，因为他是车上唯一一个亚洲人，而且独自旅行。他中途下车，以后再也没见到，是否搭乘其他班次的车，他不知道，估计也一时难以弄清。

丹纳利每年游客超过一百万，地广人稀，今年已有十八起事故需要组织营救。事不宜迟，管理部门立即派直升机开始搜寻。

李铭钧上了隆隆响的直升机，脚下山峦起伏，远处的麦金利山覆盖着皑皑白雪，巍峨壮观。他对飞行员说，先找巴士路线附近的区域，那位小伙子说的地方，他已经在地图上标出位置。

一位梳短头发的女森林管理员介绍，这两天他们曾调查何人偷猎北美麋鹿，在附近飞过，没见到异常。正说着，直升机过了一个山头，眼前黄绿色森林里飘出青烟。这是怎么回事？

直升机降低高度，终于看清了，在被火苗即将吞没的地方，有人正挥动一件红色衣服，机上的人一起呼喊、挥手，希望指挥他到离火焰远一些的地方，但那人试了几次却动不了。虽然看不清面孔，但几乎可以断定就是乔英哲。

直升机在两次尝试以后，艰难地在乔英哲旁边着陆，李铭钧和救护员跳出机舱，飞奔到乔英哲跟前，抬起他放到担架上，迅速赶回直升机。紧接着，直升机赶在火焰逼近之前脱离地面，机上一片欢呼。乔英哲想笑却笑不出来，因为他腰疼得厉害，他忍着剧痛说："真对不起，我以为没救了，没办法才点了火。"

"别担心。我们已通知另外一部直升机，很快就来灭火。"飞行员安慰道。

乔英哲鼻梁冻得通红，嘴唇干裂。他既为得救高兴，又为渐渐远去的火焰难过。大约一英亩的森林烧毁了。

李铭钧从背包里抽出一瓶矿泉水，拧开瓶盖，递给乔英哲，他的右臂动不了，伸出左手接过，手背和手指都冻伤了。他喝了一口水，第二口水在嘴里品味以后才咽下。

"世界上没什么比水更好喝了。"乔英哲说道。"我这两天舔树叶吸水。平时喝水觉得水没味道，没水喝的时候才知道水甘甜爽口。"

一瓶水喝完，乔英哲不知该把空瓶子放在哪儿，李铭钧接过瓶子，放回包里。乔英哲说，他在图克莱特河下车，独自在山野里走了两个多小时，看到五种不同的野生动物，在返回车站的路上走错了道，山路越走越险，他想攀到高处弄清楚地理位置，那天风很大，不小心从十几米高的崖壁上摔落，腰部、腿部、手臂受伤。受伤的那一晚，他忍着剧痛走了一夜，直到坐下休息，再也站不起来。

李铭钧望着头发蓬乱、皮肤黝黑、脸颊消瘦的乔英哲，想起二十年前那个从麻省理工来的潇洒小伙子。岁月就像一个无情的情人，让人满怀希望地伴她成长，无可奈何地随她衰老，最终被她无情地抛到死亡的终点。没有人从这一过程中活着出来。

乔英哲被送到丹纳利医疗所。李铭钧拿出手机，拨了苏蔚的号码，递给乔英哲。乔英哲接过手机，里面传来熟悉的声音，而那声音却称："铭钧……"

李铭钧到值班护士那里给乔英哲冲了一碗汤，端到他面前，而后悄悄出门。

他回来的时候，乔英哲正拿着手机沉思。李铭钧告诉他，医生说，他马上要被转送到费尔班克斯医院。而他自己也要一小时后经安克雷奇回北京。在走之前，想问一句，为什么一年不回家，而且行踪不跟家人讲，别人不知你在哪里，要不是苏蔚出了车祸……

"什么？她出了车祸？"乔英哲震惊。

"就在前两天，还好伤得不重，医生说休息一个月就会好。我不明白，为什么她给你发了一百多个邮件你都不回。"

"在外面过得昏了头，我大概两个多月没查邮件。本来想，说好一年后回家，现在还差好几天。"

李铭钧没吱声，乔英哲从他的眼睛里看出，他的回答不让对方满意，李铭钧在等待下文。

乔英哲把李铭钧的手机还给他说："你的手机不错，我有一年没动手机了。看来没它不行，这次几乎丧命。其实丧命和活命都是相对的。我本来就是一个身患绝症的人，想临走以前把这个世界好好看看，也算没白活一场。"

李铭钧的脸渐渐笼上阴云，缓缓地说："既然病了就该回去治疗。你得的是什么病？"

"肝硬化，医生让我选的治疗措施无异于等死……我要用自己的方式结束生命，走遍世界，直到走不动为止。"

"你不能这样消极悲观。"

"如果消极，我可能就永远睡在丹纳利了。你专程来救我，我很感激。没人知道我一年在外旅行的原因……"

李铭钧道："能从北非跑到南非，单说体力就不像病人。也许诊断错了，应当再检查。"

"人活着靠精神，我是靠精神力量坚持到现在。"

"难道你就不想知道你的太太、孩子怎么样了？"李铭钧问。

"太太的消息经常可以读到。几天前在温哥华看到汉语报纸整版报道，德国心理学博士、作家、婚姻家庭顾问，为华人移民解决婚恋问题。"

乔英哲停住了，脸上露出苦笑："她在外面演讲夫妻沟通的重要性，其实我们之间很久说不到一起了。"

李铭钧面无表情地听着。

乔英哲继续说："当我躺在阿拉斯加冰冷的草地上，迷迷糊糊地似乎看到漫天大雪即将把我掩埋，就像《走进荒野》里一样。麦克康戴斯就是在这荒野里生活了112天后死去的，他的死因一直困扰着亲朋家人。如果这样从世界上消失，所有关心我的人也会痛苦不堪。每到这时，我就睁开眼，那一刻才明白，我不忍心。当年你走了以后，她痛苦不堪。她不应该两次经受这种折磨。人不是孤立的，做出的选择会影响其他人的一生……于是我点了火，因为在最后一刻，我渴望活着。"

李铭钧伸出手，握着乔英哲的手。

乔英哲道："在丹纳利漫长的日夜里，我想了很多。我是一个猎人，在山里迷路，到了海边，捡到一只螃蟹，于是相伴而行。但是横着走路的螃蟹跟猎人终究要分开，猎人要回山里，螃蟹还是回归大海吧。因为没有螃蟹的时候，大海总觉得少了什么，常常发怒，把海螺冲到岸上。"

李铭钧坦然地回答："你是说螃蟹一旦回归大海，大海便从此风平浪静。你见过永远平静的大海吗？"

乔英哲舒口气道："在我恍恍惚惚的时候，总觉得你会来找我。而且能够找到我的，除了警察，恐怕只有你了。二十年前，我带着她去找你，如今你为了她来找我。下辈子，我一定投生当个女的。"

李铭钧起身要走了，他说，不管什么病，都会有奇迹。人说偏方治大病，中国有些偏方很神奇，我去年靠"十八针"彻底根治痔疮。这种民间土方不需要手术，在腰部扎十八针，两周多就全好了。治疗肝硬化的偏方肯定也有。我回去给你打听，你安心养伤吧。

医生和护士进来了，乔英哲要被转到费尔班克斯医院。

李铭钧送他上了救护车以后，赶回安克雷奇，从那里经西雅图回到北京。

乔英哲在费尔班克斯医院接受治疗，一周后回到多伦多。

乔锐开车带着苏蔚到机场迎接。乔英哲手臂上打着石膏走出来，一眼看到一年不见的儿子成熟许多，像个大人了。太太脖子上带着固定器，她不安的神情在见到他的一刻转为欣慰。他感到一种久违的温情，大步走上前，三人拥抱在一起。乔锐激动地说："爸爸，你要保证，以后再也不要一个人旅行了。"

乔英哲连声道："我保证，我保证。"

两个月后，苏蔚按照李铭钧的指引，陪乔英哲回国治病，在黑龙江一个"神奇老人"那里待了两周，接受针灸和中草药治疗，之后回南京，不间断地吃老人开的中药，并住院治疗，一个月后出院时，肝功能各项指标已恢复正常。乔英哲在父母家又休息了半个月后，才回多伦多；苏蔚则回了一趟成都看父母，然后取道北京回多伦多。

　　到达北京是在上午时分，下午她将乘加航飞往多伦多。如果抓紧出机场，去看望李铭钧有足够时间。苏蔚几天前跟他通过电话，知道他今天在北京，此刻苏蔚却犹豫了。她在"出港"和"进港"之间徘徊，终于拿起了电话。

　　电话通了，拨的号码是南京，婆婆接的。乔英哲起床后散步去了。苏蔚对婆婆说，她要赶回加拿大工作，现在北京机场。她代父母向公婆问候。

　　婆婆说，这次英哲能把病治好，多亏了你，也多亏你的那位朋友帮忙找到神医。你替我们好好谢谢他。上星期有个年轻人送来一包中药，说医生叫吃完这些就不必再吃了。

　　苏蔚答应转达她的谢意，刚想问乔英哲这两天怎么样，他正巧回来了。听上去他说话有底气，体力恢复得不错，昨天去登紫金山了！两人在电话上聊了一个多小时，苏蔚看看表，该去吃午饭，准备办理登机了。她叮嘱乔英哲保重，乔英哲祝她一路平安，说他再过十天就回多伦多。

　　苏蔚办理完行李托运，来到候机厅，找了个最前排的空位子坐下，刚坐定，见迎面走来一位中年男子，他身边是一对白发苍苍的老年夫妇。中年男子身材高大，讲话一口京腔，似乎有些熟悉，像在哪里见过，一时想不起来。他对老年夫妇说："我说太早了吧。还没登机呢，坐的地儿都没有。"

苏蔚见两位老人行动迟缓，于是拎起旁边座位上的皮包站起身，给他们让座，这个座位离登机口近，老人登机方便。一行三人谢过之后，两位老人坐下了。那位中年男子打量一眼苏蔚，忽然喜出望外："哎呀，这不是苏……我忘记你叫什么了，苏小姐……"

一声"苏小姐"让苏蔚想起来了，这是李铭钧的哥哥，在布达佩斯匆匆见过一面。那时候他称她"苏小姐"，很少有人这样称呼她。

苏蔚热情地伸出手跟李洪宾打招呼。李洪宾说，他一家几年前移民加拿大，住在多伦多。这次带父母到加拿大探亲。前些年住在匈牙利的时候，父母去欧洲旅游了一趟，这是第一次去加拿大。李洪宾转身低声给父母介绍苏蔚。两位老人记得苏蔚，虽然没见过，但李铭钧往家里寄了许多照片、录像带，他们对眼前的人并不陌生。

苏蔚握着李妈妈的手，问候寒暄，脑海里闪过，如果当年……眼前的这一位就是婆婆了……

这位既不是"前婆婆"也不是"未来婆婆"的老人面容慈祥。李铭钧的脸型很像她的妈妈。他的爸爸坐在一边说话不多。其实苏蔚对他们也并不陌生，他的爸爸是工程师，妈妈是内科医生，如今都早已退休了。

旁边的乘客把座位上的行李拿到地上，顿时多出两个位子，李洪宾和苏蔚谢过他们，随即在老人身边坐下。苏蔚跟李妈妈聊家常。老人说，这次是因两个儿子再三劝说，才决定去加拿大。本来不想去，年纪大了，外面再好，也不如自己的家好。人说金窝银窝，不如自己的狗窝。原先孩子们要我们移民，我们想想算了，语言不通，到那里就成孩子的负担了。我们哪里也不去，待在北京挺好。出去玩儿也不想动，欧洲都去过了，还要去哪里？要说还幸亏十年前跑了一趟欧洲，现在再跑十多个国家，体力不行了。

苏蔚连声赞叹："真不简单，十多个国家能跑下来就不错。在欧洲开车跟北京不一样，搞不好就走错国家了。铭钧带你们去的？"

李妈妈连连点头："是的。铭钧一个人开车，总共五个星期，带我们从南跑到北，从东跑到西。这次又是他一个劲儿地劝，我们才同意到加拿大。他说，如果这次不去，以后会后悔，再过十年，我们会说'幸亏去加拿大看了看，要不然更跑不动了'。其实，我们已经知足了，像我们这个年纪的中国人，有几个去过这么多地方？"

李妈妈说到这里，问道："你说刚去看望了父母，他们身体怎么样？"

苏蔚回答："都还不错。他们也说年纪大不想动了，几年前叫他们移民，他们也推说语言不通……"

喇叭里响起中英文广播，商务舱旅客可以登机了。李洪宾对父母说："我们该走了。"两位老人起身，李洪宾拉起小行李箱，跟苏蔚再见。商务舱乘客寥寥无几，李家一行三人朝苏蔚挥挥手，走进登机口。

不多久，广播喇叭又响了，带小孩和行动不便的人可以登机了。

苏蔚属最不享有优先权的乘客，大约半小时后，才跟着长长的队伍上了飞机。刚上去就见坐在商务舱的李洪宾冲她招手，她也跟他打招呼。路过李洪宾身边，李洪宾要跟她换座位，让她坐商务舱，他去后面经济舱。苏蔚不肯。李洪宾跟着她到了二十七排，看清苏蔚的座号，他坐下不动了。苏蔚劝说没用，当着其他乘客不便多说，她走去商务舱。

李妈妈和善地对苏蔚说："他叫你坐这里，你就坐。这里宽敞可以睡觉。他一个大男人到后面挺好。"

飞机起飞了。苏蔚望着窗外，心里说，铭钧，再见了。真的，本来要去看你。往南京打了电话，就没时间了。没想到，遇见你的父母。

李妈妈问苏蔚："你跟洪宾在多伦多常联系吗？"

苏蔚回答："没有。其实我们十多年前在布达佩斯见过一面，不知道他在加拿大。如果不是他认出我，我真不敢认。"

李妈妈不作声了。她记得铭钧在德国时寄回家一张跟苏蔚的结婚照，后来他就离开德国。几年后娶了蓉珍，婚后带着太太回到北京。李妈妈第一眼看到蓉珍，就知道媳妇比儿子大不少。她私下悄悄问他："我们都以为你在德国结婚了呢。"李铭钧回答："没结婚，跟她散了。"李妈妈一直觉得这一切，加上儿子没读完学位，恐怕不是他说的那么简单。

李妈妈问苏蔚："孩子，当年是洪宾对不住你，还是铭钧对不住你？"

苏蔚吃了一惊，没想到老人家会问这问题。还没等她回答，李妈妈又说："我的孩子我知道。洪宾不会无缘无故把他的位子让给你。我想，是洪宾对不住你吧，铭钧不会。我一直不明白，他为什么没拿到学位就去做生意了。他们跟我说，因为有个商机不能错过，他就离开德国了。"李妈妈停住，叹口气说："好好的在德国读书，哪来的什么商机……"

苏蔚的泪水忍不住了。李妈妈看见，递给她一张纸巾，握着苏蔚的手说："孩子，我到了布达佩斯才知道，他们生意做得很大。他……他把自己的幸福都搭进去了……"

老人家说着，声音哽咽："他一出生就有人算命，真说准了。"

飞机已经远离地面，不管是北京还是南京，都远远落在后面了……

一个小时后，李洪宾走进商务舱，苏蔚要起身跟他换位子。李洪宾一把抓住苏蔚的胳膊，示意她坐下。他很用力，苏蔚不记得曾被人如此用力地握紧过。李洪宾说："苏小姐，如果你想让我心里好受一些，就安安稳稳坐着吧。"

李洪宾的话是命令，不是商量。苏蔚不再争执。李洪宾在她身边坐下来。

苏蔚轻声说："这么多年了，不要再有心理负担。如果当年我嫁给铭钧，我们今天都会坐经济舱。其实能坐上经济舱就不错。我们能到国外留学，开阔了眼界，已经很满足了。就像对待婚姻，我没有过高的要求。我有一个幸福的家。"

"可我弟弟没有。他到今天都没忘记你……都怨我。"

苏蔚感到鼻子酸，沉默一会儿，说："如今你们兄弟二人都做得不错，这就好。不管是谁，都难以事事如意。"

"为了给你先生治病，弟弟花了很多精力。他让公司所有员工、家属都帮着打听消息，谁提供线索都有奖励。单单找到能治病的医生还不行，还要调查被他治好的病人。因为有不少骗子。他说不能延误时间，花多少钱都不在乎。我跟你说这些，没别的意思……"李洪宾望着苏蔚说："任何时候，只要你需要帮忙，我们都愿意帮助你。"

苏蔚点点头。

李洪宾走了。苏蔚拿起身边的一张《多伦多星报》，有一则报道引起她的兴趣。有位英国数学家以伦敦为例计算得出，能够找到最佳配偶的几率是二十八万五千分之一。苏蔚想，如果这是真的，人的一生很难找到自己的"天仙配"。婚姻大概就是遇到"达到分数线"的人，产生好感或者说爱情，走到一起。这已经是难得的缘分了，二十八万五千分之一的几率可遇不可求。但是，话又说回来，就像中彩票，虽然几率低得几乎不可能，但还是有人中奖。如果本来中了，又因为种种原因错过了呢？

从北京飞往多伦多大约需要十三个小时。飞机到达多伦多机场时，是当地时间的同一天。

出了机场，李洪宾打电话叫出租，他们的东西多，要了一辆面包车。

不一会儿，乔锐开车来了，他把妈妈的行李放到车上，苏蔚叫他过去跟李叔叔、李爷爷、李奶奶打招呼。两位老人见到乔锐很高兴。告别李家三人，乔锐开车上了高速公路。他问道："这位李叔叔是谁？"

苏蔚回答，我们在布达佩斯见过他。当时找不到上高速的路口，他带我们上了桥。乔锐不记得了，但凭他的直觉，这个李叔叔跟上次见到的李叔叔有关。

爸爸还在阿拉斯加的时候，他曾接到另一个李叔叔的电话，而后就赶回家看望受伤的母亲。母亲跟他解释那天他所见到的场面，说那位李叔叔曾是多年前的未婚夫，已经二十多年没见了，一见面说起往事，两人都有些冲动，仅此而已，并不是他想象的那样。乔锐望着母亲道："别说了，妈妈，我相信你。"

快到家的时候，乔锐跟妈妈说今天要带个朋友来，是他的女朋友。乔锐说"女朋友"有些腼腆，这是他第一次说有女朋友。苏蔚觉得，儿子已经长大了。她问："是中国人吗？她父母是干什么的？"

乔锐回答："先不告诉你，让你想象。反正待会儿就知道了。"

回到家，乔锐帮母亲把行李提进屋，开车走了。他的女朋友住在不远的地方。不一会儿，苏蔚听到车库门响。

门开了，乔锐跟一个亚裔女孩走进来。女孩看上去文静、秀气，恐怕算不上漂亮。苏蔚觉得不错，不太漂亮更好。

乔锐说，他们两人做晚饭，妈妈只管上楼休息。苏蔚听了很惊讶。通常乔锐回家总想吃妈妈做的菜解馋，而今他要做饭？看来这两个月他变化不少。

苏蔚一边上楼一边想，刚才在飞机上还琢磨乔婆婆、李婆婆，现在自己都要当婆婆了。

正是南京时间的第二天上午，她先给乔英哲打电话，告诉他平安到家了。而后悄声说，刚见到儿子的女朋友，两人正在下面做饭。

洗了澡，换了衣服，苏蔚听到儿子在楼下喊："开饭了。"她一边下楼一边赞扬："好香，好香。"在餐桌边坐下来，见桌上摆着四个菜，两个西菜，两个中菜，还挺像样子。苏蔚想，儿子平时回家吃现成的，跟这女孩在一起，先让人家调教得做起饭来了，以后做家务勤快，净是伺候她了。

一顿饭吃完，苏蔚知道女孩出生在蒙特利尔，是越南华裔，也在滑铁卢读书。至于父母是干什么的，她虽然想知道，但是没问。

吃完饭，乔锐跟女孩出去了。

苏蔚上网，见有封李铭钧的邮件，她首先打开。信很短，说刚接到哥哥的电话，知道你们乘同一架飞机到了多伦多。他们见到你都很高兴。又问乔英哲身体怎么样了。

苏蔚思考片刻，给他回复：

铭钧：你好！

很高兴在机场遇到你哥哥一行。你父母身体不错，看上去挺开朗，我们一路聊家常。

乔英哲已完全康复，下周就回多伦多了。他父母对你非常感激，尤其是他妈妈，特意叫我代她向你致谢。我在成都只住了三天就飞到北京。在机场犹豫很久，最终决定不去看你了。虽然很想向你当面致谢。

不知你是否记得，当年在德国的时候，我们一起读过美国诗人罗伯特·弗罗斯特的诗《没走过的路》。那时并没读懂原文，最近偶然再次读到，才明白当年没有理解作者的深刻寓意。今天把原文和我翻译的汉语寄给你，因为译文带着我对诗文的理解。

没走过的路

金黄色的树林分出两条路，
我站在路口凝思，
遗憾不能同时去涉足。

抬眼尽力眺望第一条，
只见它静静消失在丛林深处。

彷徨之中我决定走另外一条路，
对自己说，那里荒草茂盛，
或许踏青者少，更欢迎人惠顾。
其实两条路都有人走过，
行人带来的磨损基本同步。

那天清晨，两条路的落叶一样多，
落叶上都还没脚印踏过，
我想，改天再走另外一条吧！
但我知道，一条道的尽头通向另一条，
我恐怕没有回头路。

多年后，伴着叹息我这样宣布：
林中曾有两条路，
我走的是人迹稀少的那一条。
选择的理由或许随机，
但却决定了此后的路途。

铭钧，我想告诉你，时隔二十年重读此诗，我明白一个道理：当我们各自有独特人生经历，便是走了"人迹稀少"的那条路。最初的选择有它的原因，那就接受由此而产生的结果，来生再体验另外一条路吧。路不在走得多，但求走得好；不在于乡间小路，还是康庄大道，但求心境祥和，别来无恙。

感谢你一次次帮助我，也感谢上苍待我如此宽厚，能够结识你，三生有幸。外婆信佛，常说人有前生、今生和来生。今生踏上了一条路，就忘却路口的犹豫和不安吧，轻松地踏青，相信路的尽头又是另一条新的开始。

多保重！

蔚蔚

多伦多的冬天过去了，北京的天气也温暖如春。虽然相隔太平洋，距离遥远，但两座城市都在北半球，四季同步。唯一不同的是，多伦多的黑夜，是北京的白天，就像光亮的地方透过太平洋这面镜子，在远方投下一个影子一样。

初夏的一天，李铭钧坐在董事长办公室里，助理敲门进来，说导演带着剪辑好的电视剧已经到了，他们都在会议室等候。还有，他把手上的一本书递到李铭钧眼前。

"你说凡是这个作者的书你都要看，这是她新出的一本。"

李铭钧放下手里的笔，抬起头，伸手接过书。

助理说："新来的秘书用了罗小姐办公室，罗小姐回来……"

李铭钧头也没抬："罗小姐跟公司没关系了，她已经移民加拿大。"

助理又说："夫人和孩子的飞机晚点三个小时，晚些时候再派车去接。"

李铭钧道："不必，我自己去接。你还有事吗？"

"没有了。"

助理退出以后，李铭钧翻开手上的《追寻》。按照习惯，他先看开头一页，再看最后一页，而后推测大概讲什么。这似乎是一位过来人给一位年轻女孩讲故事，结尾时她对女孩说："你该嫁什么样的人？不是英俊挺拔、外加聪明幽默的百万富翁。等待这样的人，就会像我一样，至今仍是个孤独的老女人。嫁人要嫁"好先生"，而不是"富豪帅哥"。谁是你的"好先生"？如果他豁达坦诚，通常顾及你的感受，让你开心，他就是一位好先生了。世上有多少好女人，就有多少好先生。只要不放弃，一定会找到属于自己的伴侣。当女人开始家庭生活、生儿育女的时候，不要忘记培养儿子有责任感，教育女儿善良明智……"

李铭钧合上书，走出办公室，一边蹬蹬下楼，一边琢磨，哪里冒出一个孤独的老女人？站在会议室门口，他伸手要推门的时候，忽然停住了，脸上露出一丝微笑。他想起她说过的一句话，小说家和演员一样，都是一些平凡或者不平凡人的载体。在小说里，她又走上一条没走过的路。

［鸣谢］

为了能从心理学、人类学、遗传学、社会学等各个角度对恋爱择友、情感困惑、婚姻挫折等做出全面分析，本书引用美国、加拿大以及欧洲和澳洲著名学者专家的研究成果，他们的智慧和心血帮助我们认识情感世界的误区，弄懂婚恋这门复杂的艺术。特此鸣谢以下专家教授：

美国哥伦比亚大学临床心理学家、作家艾伦·格尔次（Alon Gratch）

荷兰哥宁根大学心理学家佩特奈尔·迪珂丝卡（Pieternel Dijkstra）

美国纽约市立大学皇后学院心理学教授克罗蒂娅·布鲁鲍（Claudia Brumbaugh）

美国奥克拉赫马州立大学心理学家麦丽莎·巴克莱（Melissa Burkley）和婕西卡·派克（Jessica Parker）

美国纽约市立大学社会学教授米尔特·曼科夫（Milt Mankoff）

美国哈佛大学心理学教授丹·吉尔伯特（Dan Gilbert）

美国麻省理工学院心理学家卓施·阿克曼（Josh Ackerman）

美国哥伦比亚大学商学院教授什娜·林格（Sheena Iyenger）

苏格兰爱丁堡大学心理学家艾里森·林顿（Alison Lenton）

美国加州大学旧金山分校医学中心神经学医生罗伯特·贝顿（Robert Burton）

美国欧克兰大学社会学教授塔莉·奥布齐（Terri Orbuch）

美国密歇根大学心理学教授丹尼尔·克鲁戈（Daniel Kruger）

美国德克萨斯大学进化心理学教授达维·博斯（David Buss）

荷兰皇家科学院院士、美国国家科学院院士、埃默里大学心理学教授法兰斯·威尔（Frans de Waal）

美国人类学家、罗格斯大学 (Rutgers University) 教授海伦·菲舍尔（Helen Fisher）

美国芝加哥大学社会学教授琳达·威特（Linda J. Waite）

加拿大滑铁卢大学心理学家凯林娜·舒曼（Karina Schumann）和麦克尔·罗斯（Michael Ross）

英国纽卡斯大学神经学家马丁·托维（Martin Tovee）

英国维斯敏斯特大学心理学家维伦·斯瓦尼（Viren Swami）

美国纽约家庭问题专家麦姬·高林格（Maggie Gallagher）

美国斯坦福大学心理学教授丽安·贝罗施（Lian Bloch）

英国布里斯特大学实验心理学院艾比格尔·米林斯（Abigail Millings）

澳大利亚国立大学丽白卡·科彭、布鲁斯·查普门、于彭（Rebecca Kippen，Bruce Chapman，Peng Yu）

美国芝加哥大学心理学教授约翰·卡希蒲奥（John Cacioppo）

美国心理学教授唐纳德·多顿（Donald Dutton）、阿瑟·艾郎（Arthur Aron）

美国婚姻家庭问题专栏作家安·兰德斯（Ann Landers）

作　者